십자 저택의 피에로

JYUUJIYASHIKI NO PIERO

ⓒ Keigo Higashino 1989

All rights reserved.

Original Japanese edition published by KODANSHA LTD.

Korean translation rights arranged with KODANSHA LTD.

through EntersKorea Co., Ltd.

십자 저택의 피에로

초판 1쇄 펴낸 날 2014년 8월 6일 8쇄 펴낸 날 2022년 11월 21일

지은이 히가시노 게이고 **옮긴이** 김난주 **펴낸이** 박설림 **펴낸곳** 도서출판 재인 **디자인** 오필민디자인
등록 2003. 7. 2 제300-2003-119 **주소** 서울시 강남구 도곡동 467-6 대림아크로텔 1812호
전화 02-571-6858 **팩스** 02-571-6857

ISBN 978-89-90982-55-1 03830 Copyright ⓒ 재인, 2014 Printed in Korea.

책값은 뒤표지에 표시되어 있습니다. 잘못된 책은 바꿔 드립니다.

십자
저택의
피에로

히가시노
게이고

김난주 옮김

재인

차례

- **다케미야 미즈호**   다케미야가의 십자 저택을 1년 반 만에 찾았다.

- **다케미야 무네히코**   다케미야 산업 사장. 전 사장인 다케미야 요리코의
  남편

- **다케미야 가오리**   무네히코의 외동딸. 미즈호의 사촌 동생

- **다케미야 시즈카**   다케미야 산업 창업자인 고이치로의 아내. 요리코의
  친엄마

- **다케미야 요리코**   고이치로의 큰딸

- **다케미야 고토에**   고이치로의 둘째 딸. 미즈호의 엄마

- **곤도 와카코**   고이치로의 셋째 딸

- **곤도 가쓰유키**   와카코의 남편. 다케미야 산업 이사

- **아오에 진이치**   십자 저택에 기숙하고 있는 대학원생

- **나가시마 마사아키**   다케미야가에 출입하는 미용사

- **마쓰자키 요시노리**   요리코의 사촌 오빠. 다케미야 산업 이사

- **미타 리에코**   무네히코의 비서

- **우메무라 스즈에**   다케미야가의 가정부

- **고조 신노스케**   피에로를 쫓는 인형사

- **피에로**   고조의 아버지가 만든 인형. 비극을 부른다고 한다.

피에로의 눈 ─────

좁고 어두운 상자에서 해방되었을 때 내 앞에는 남자의 얼굴이 있었다.

남자는 내 몸을 바라본 후 만족스러운 듯 고개를 끄덕했다. 그가 무엇에 만족했는지는 알 수 없다.

그는 나를 옆구리에 끼더니 내가 지금까지 들어 있던 상자를 제자리에 돌려놓고 불을 끄면서 방에서 나왔다. 그 방은 창고 같은 장소인 듯하다.

남자는 나를 옆구리에 낀 채로 좁은 계단을 올라갔다. 계단을 올라가 보니 호화찬란한 샹들리에가 드리워져 있는 라운지 같은 곳이 나왔다. 그는 그곳을 지나 다시 위로 올라가는 계단으로 향했다. 그 계단은 조금 넓었다.

부채꼴 모양의 계단 위는 천장까지 뚫려 있고 계단을 다 올라간 곳에는 조그만 장식장이 있었다. 남자는 장식장 위의 먼지를 손바닥으로 쓱 쓸어 내더니 나를 그 위에 놓았다. 발바닥으로 서늘한 감촉이 전해졌다.

남자는 조금 떨어진 곳에서 다시 나를 바라보았다. 그러고는 또 고개를 끄덕인다. 눈빛이 칼날처럼 날카로웠다. 위험을 예감케 하는 무언가가 풍겼다.

그가 뭐라고 중얼거렸다. 하지만 목소리가 작아서 내 귀에는 들리지 않는다. 좋아, 하는 모양으로 입술이 움직인 것 같은데 아닐지도 모른다.

그는 나를 장식장 위에 둔 채 사라졌다.

아무튼 그 장식장 위가 내가 처음으로 안착한 장소였다.

나는 주위를 둘러보았다. 눈앞에는 짙은 빨간색 카펫이 깔린 복도가 뻗어 있었다. 복도 양옆으로 방 두 개가 마주 보고 있고, 그 너머는 발코니인 듯하다. 발코니 저쪽은 밤의 어둠으로 가득했다. 반대쪽을 보니 이 복도와 교차하는 다른 복도가 보였다.

벽은 짙은 갈색 계통이다. 차분하기는 하지만 왠지 모르게 칙칙한 느낌이다. 천장에는 작은 전구가 군데군데 박혀 있다. 조명으로서의 역할을 충분히 할 수 있을지 의심스러웠다.

내 감각이 정확하다면 내가 이 집에 온 것은 이틀 전이다. 도쿄 도내의 어느 골동품 가게에서 나를 이리로 보냈다. 도착

후에는 한 번도 포장이 뜯기지 않은 채 창고에 내던져져 있었다. 따라서 여기가 어디이고 어떤 사람이 살고 있는지조차 나는 알지 못한다.

그건 그렇고, 참 조용한 밤이다.

저택 전체가 정적에 싸여 있다. 아까 그 남자의 중얼거림이 아직도 어딘가에 얼어붙은 채 남아 있지 않을까 싶을 정도다.

그런데 잠시 후 그 정적이 깨졌다.

갑자기 짐승이 포효하는 듯한 소리가 울린 것이다. 그 소리는 좁은 복도를 불길한 바람처럼 휘익 훑고 지나갔다.

문이 열리는 소리가 났다. 복도가 교차되는 곳에서 더 안쪽으로 나 있는 방문이었다. 그리고 그곳에서 남녀의 모습이 나타났다. 남자가 젊은 여자를 두 팔에 안고 있었다. 여자 역시 남자의 목을 두 팔로 꼭 껴안고 있다. 두 사람은 놀란 표정으로 이쪽을 보았다.

다음 순간, 내 눈앞에 있는 계단으로 누군가가 뛰어 올라왔다. 하얀 네글리제를 입은 여자였다. 어깨까지 내려온 머리가 마구 흐트러져 있다. 여자가 내 앞까지 왔나 싶었는데 갑자기 강한 힘에 의해 나는 카펫 위로 내동댕이쳐졌다. 뭐가 어떻게 된 일인지 도무지 알 수 없었다. 카펫 위로 나동그라진 내 눈에 여자가 긴 머리를 쥐어뜯으며 인간의 것 같지 않은 소리를 내지르면서 발코니로 뛰어가는 모습이 보였다. 그

11

녀가 바깥으로 나가는 문을 열었을 때 싸늘한 바람이 몰어 들었다.

"여보, 왜 그러는 거야?"

남자가 소리쳤다. 그러나 여자의 귀에는 들리지 않는 듯했다. 그녀는 발코니로 나가자마자 아무런 망설임도 없이 난간을 올라타기 시작했다.

"여보!"

"엄마!"

남녀가 동시에 외쳤다. 하지만 그때 이미 그녀의 몸은 허공에 떠 있었다. 젊은 여자의 비명과 남자의 절규. 그리고 여자의 몸이 바닥에 떨어지는 소리가 났다.

1

2월 10일, 토요일.

저택 앞에 도착했을 때 다케미야 미즈호는 곧바로 인터폰을 누르지 않고 천천히 건물 전체를 바라보았다.

그 저택은 북유럽풍 2층짜리 건물이었다. 하얀 벽에는 짙은 갈색 지붕의 그림자가 드리워 있었다. 정면에서는 잘 모르지만 위에서 내려다보면 건물이 동서남북으로 뻗은 십자 모양이라는 것을 알 수 있다. 그래서 동네 사람들은 이 다케미야가의 저택을 '십자 저택'이라고 불렀다.

미즈호는 별다른 이유 없이 한숨을 한 번 쉬고서 코트에서 손을 빼내 인터폰 버튼을 눌렀다. 이내 응답이 있었다. 가정부 스즈에의 목소리가 흘러나왔다. 미즈호가 이름을 말하자 그녀는 "아, 어서 오세요."라며 반색했다.

대문을 들어서면 돌이 깔린 길이 있다. 미즈호는 가방을 들지 않은 손을 코트 주머니에 도로 넣고 싸늘한 바람에 머리카락을 흩날리며 그 위를 걸었다.

그녀가 현관으로 다가가자 기다렸다는 듯, 조각이 새겨진

묵직한 문이 바깥쪽으로 열렸다.

"미즈호 아가씨, 정말 오랜만이네요."

스즈에가 웃는 얼굴로 그녀를 맞아 주었다. 전에 비해 조금 야위고 얼굴에도 주름이 늘어난 것 같았다. 하지만 등을 꼿꼿하게 세운 자세는 여전했다.

"안녕하세요, 스즈에 씨. 잘 지냈어요?"

"네. 아가씨도 건강해 보이네요. 다행이에요."

스즈에가 그렇게 말하면서 머리를 숙일 때 안쪽에서 뭔가가 바닥을 끄는 듯한 소리가 났다. 미즈호는 그쪽을 보았다. 검은 스웨터에 회색 긴 치마를 입은 여자가 휠체어를 타고 나타났다. 예쁘게 생긴 동양적인 얼굴에 소녀 같은 섬세함이 아직 남아 있긴 하지만 그녀는 올해로 벌써 스무 살이다. 다섯 살 아래인 사촌 여동생. 미즈호는 지난달에 스물다섯이 되었다.

"빨리 왔네."

휠체어에 앉은 여자가 들뜬 목소리로 말했다.

"오랜만이야. 어때, 잘 지냈어?"

싱긋 웃으면서 미즈호는 구두를 벗었다.

"응, 아주 좋아. 기운이 넘쳐서 탈이지."

그렇게 말하고 여자는 후후후 웃었다.

그녀의 이름은 가오리. 다케미야가의 외동딸이다. 태어날 때부터 다리가 불편해서 줄곧 휠체어를 탄 채 생활하고 있다.

가오리가 앞장서 거실로 들어갔다. 미즈호는 소파에 앉았다. 거실이라기보다 무슨 박물관 같은 분위기다. 골동품인 축음기와 정교하게 제작된 미니어처 하우스, 뒤틀린 모양의 고리를 여러 개 연결한 것, 목각 상자 등이 놓여 있다. 언뜻 보면 맥락 없이 느껴지지만 실은 모두 퍼즐이다. 이 집 주인인 다케미야 무네히코의 취미는 이런 유의 퍼즐을 수집하는 것이었다.

미즈호는 지혜의 고리 하나를 집어 들었다. 케이스에 'DRAGON'이라고 인쇄되어 있다. 프랑스제로, 투구 모양의 고리를 다른 고리에서 빼내는 것이 목표인 듯하다.

"그런데 오늘 밤 작은이모는 못 온다면서? 진짜 아쉽네."

무척이나 아쉽다는 투로 가오리가 말했다.

"연초부터 줄곧 아틀리에에 박혀 있어. 추석도 설날도 없이. 참 별나지?"

지혜의 고리를 만지작거리면서 미즈호는 쓴웃음을 지었다.

"예술에 정열을 불태우고 있는 거잖아. 부럽다. 나도 작은이모에게 그림이나 배울까 봐."

"그러지 않는 게 좋을걸. 우리 엄만 붓만 손에 쥐었다 하면 귀신처럼 변하니까 말이지."

미즈호의 엄마 다케미야 고토에는 가오리의 엄마 요리코의

동생이다. 아버지 마사히코가 3년 전에 돌아가신 후로 미즈
호와 고토에는 성을 다케미야로 다시 바꾸고 모녀 둘이서 자
유롭게 살고 있다. 마사히코는 예술가였다. 고토에도 일본화
를 그린다.

"언니, 오스트레일리아 얘기 좀 들려줘. 얼마나 멋진 곳일
까."

가오리는 약간 어리광조로 말했다. 둘 다 외동딸이다 보니
가오리는 옛날부터 미즈호의 친동생이나 다름없는 존재다.

"그래, 멋진 곳이지. 땅이 넓은 거야 다 아는 사실이지만,
하늘도 넓은 데다 높기까지 하다니까. 참 신기해."

미즈호는 얼마 전까지 오스트레일리아에 있었다. 대학을
졸업하고 여러 가지 일을 경험했지만 딱 이거다 싶은 것이
없어 기분 전환이나 할 겸 간 것이었다.

"좋았겠다. 나도 가 보고 싶어."

가오리는 반짝거리는 두 눈을 비스듬히 위로 향했다. 오
스트레일리아의 대지를 그녀 나름으로 상상하고 있는 모양
이다.

'걱정할 필요 없겠는데.'

미즈호는 가오리의 건강한 모습을 보고서 일단은 안심했다.

가오리의 엄마 요리코는 작년 말에 죽었다. 몸이 불편한 가
오리로서는 늘 한없는 애정으로 자신을 돌봐 주던 엄마가 없

어졌다는 사실이 깊은 골짜기로 떨어진 것만큼이나 큰 충격이었을 것이다. 솔직히 미즈호는 오늘 그녀의 눈물과 마주할 각오로 이곳에 왔다. 오늘이 요리코의 49재 날이기 때문이다.

"참, 장례식 때 오지 못해서 정말 미안해."

미즈호는 사과했다. 오스트레일리아에서 요리코가 죽었다는 소식을 들었을 때 그녀는 도저히 귀국할 수 없는 사정이 있어 결국 장례식에 참석하지 못했다.

"괜찮아. 그런 건 아무 상관 없어."

그렇게 말하면서 가오리는 부자연스럽게 일그러진 미소를 띤 채 시선을 아래로 떨어뜨렸다. 그러나 이내 고개를 들고서 휠체어의 방향을 바꾸며 밝은 목소리로 이렇게 말했다.

"그보다 언니, 차 마실래? 얼마 전에 사과차라는 걸 마셔 봤는데, 정말 맛있더라."

"아니, 차는 나중에 마실게."

미즈호는 오른손을 살짝 들었다.

"그 전에 큰이모부께 인사해야지. 지금 어디 계셔?"

"아빠는 산소. 와카코 이모랑 같이."

"그렇구나……, 그럼 할머니도?"

"아니, 할머니는 방에 계셔. 좀 피곤해서 안 가겠다고 하셨어. 지금 아마…… 나가시마 씨가 와 있을걸."

미즈호는 어라, 하고 생각했다. '나가시마'라는 이름을 말할 때 가오리가 약간 주저하는 듯이 느껴졌기 때문이다.

"그럼 인사드리고 올게. 아니, 니가시마 씨가 와 있다면 좀 기다리는 편이 나을까?"

"괜찮아. 이제 거의 끝났을 거야. 같이 가자."

"그래. 그런데 이 지혜의 고리, 어렵네. 정말 빠지긴 하는 거니?"

아까부터 미즈호가 이리저리 만지고 있는데 고리가 전혀 빠질 기미를 보이지 않았다.

"이리 줘 봐."

미즈호가 건네자 가오리가 잠시 만지작거리더니 고리가 금방 빠졌다.

"대단한데."

미즈호는 감탄한 듯 말했다.

"별거 아니야. 어떻게 하면 되는지 뻔히 아는걸, 뭐. 언니도 퍼즐이나 마술 같은 거 좋아해?"

"관심은 있지."

미즈호가 대답했다.

"큰이모부는 그런 것에 관련된 책도 많이 갖고 계시지?"

"글쎄…… 다음에 물어볼게."

"그래, 부탁해."

"난 퍼즐 같은 거 싫더라."

가오리가 내뱉듯 중얼거렸다.

"어떻게 하는지 알면 그걸로 끝이잖아. 그러고는 또 다른 걸 갖고 싶어 하고. 일종의 마약이야."

"큰이모부는 그 마약에 중독된 셈이네."

소파에서 일어난 미즈호는 벽에 걸린 거대한 퍼즐 그림을 바라보면서 그렇게 말했다. 어딘가의 풍경 그림이었다. 가오리의 아버지, 무네히코는 요즘 퍼즐에 푹 빠져 지낸다고 한다.

"정말 그렇다니까. 웬만한 걸로는 만족을 못해."

가오리는 진지한 표정으로 그렇게 말하고는 "가자, 언니." 하고 미즈호를 재촉했다.

거실 구석에는 사방 1미터 정도의 네모난 기둥이 천장까지 뻗어 있었다. 가오리가 휠체어를 탄 채로 자유롭게 오르내릴 수 있도록 설치한 소형 엘리베이터다. 미즈호는 가오리와 함께 엘리베이터에 타고서 버튼을 눌렀다.

엘리베이터에서 내리면 올이 긴 카펫이 깔린 복도다. 열십자로 교차하는 복도의 모습이 오랜만이라 그런지 반가웠다.

십자 저택이라고 불리는 이 집을 지은 사람은 미즈호와 가오리의 할아버지인 다케미야 고이치로였다. 고이치로는 임업에서 시작해 부동산과 레저 산업으로 사세를 확장하면서 다케미야 산업을 구축한 사람이다. 왕성한 추진력과 강건한 체력을 자랑했는데 재작년에 세상을 떠났다.

고이치로에게는 아들이 없었다. 맏딸인 요리코를 비롯해 고토에와 와카코, 이렇게 딸만 셋이었다. 그래서 요리코가 데릴사위를 맞아 다케미야가를 존속시켰다. 데릴사위가 된 무네히코는 고이치로의 부하 직원이었다.

셋째 딸인 와카코 역시 다케미야 산업의 사원과 결혼했다. 미즈호의 엄마만 분야가 전혀 다른 예술가와 결혼한 셈인데, 고이치로는 그 결혼에 그리 반대한 것 같지 않다. 그가 예술 방면에 깊은 관심이 있었기 때문이다.

이 묘한 건물 속에 있다 보니 고이치로가 예술에 상당한 관심이 있었다는 사실에 미즈호도 그럭저럭 수긍이 가는 듯한 기분이 들었다.

미즈호와 가오리는 북쪽으로 뻗은 복도로 나아갔다. 도중에 계단이 있고 그 반대쪽 벽 앞에 장식장이 있다. 장식장 위에는 50센티미터 정도 높이의 인형이 놓여 있었다. 서 있는 소년의 왼쪽 옆에 망아지가 서 있는 인형이다. 망아지의 등에는 빨간색 안장이 얹혀 있다.

계단은 동쪽으로 뻗은 복도 중간에도 있다. 그리고 반대쪽에도 역시 장식장이 있고, 거기에는 항아리가 놓여 있다.

복도 양쪽에는 방이 하나씩 마주 보고 있다. 그 왼쪽이 그녀들의 할머니, 시즈카의 방이다.

방으로 들어가기 전에 가오리는 휠체어를 앞으로 밀어 발코니로 나갔다. 미즈호도 잠자코 따라갔다.

"이 난간으로 기어 올라갔어. 그리고 뛰어내렸어."

가오리는 발코니 난간을 더듬으면서 말했다. 미즈호는 그녀 옆에 서서 아래를 내려다보았다. 이 건물은 비탈에 서 있기 때문에 북쪽만 3층 구조다. 지하실이라 불리는 맨 아래 층

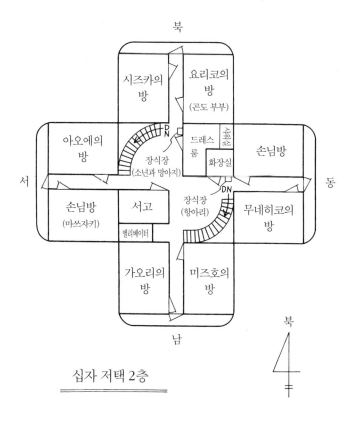

십자 저택 2층

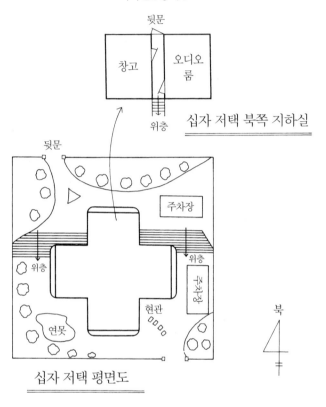

십자 저택 북쪽 지하실

십자 저택 평면도

에는 창고와 오디오 룸이 있고 거기서 곧장 뒷마당으로 나갈 수 있다. 뒷마당에는 잔디가 깔려 있지만 그 앞길은 콘크리트로 포장돼 있다. 발코니 바로 아래도 콘크리트로 덮여 있는데, 요리코는 아마 그 위로 떨어져 죽었을 것이다.

"막을 수 없었어?"

이제 와서 물어봐야 소용없는 일이지만 미즈호는 엉겁결에 묻고 말았다.

"난 아무것도 할 수 없었어."

가오리는 참담한 표정을 보이다가 그 감정을 억누르듯 숨을 크게 쉬었다.

"그때 난 내 방에서 아빠랑 얘기를 나누고 있었는데 갑자기 섬뜩한 비명 소리가 들렸어. 아빠가 나를 안고 방에서 나왔고, 누가 계단을 후다닥 뛰어오르는 게 보였지."

"그 사람이 요리코 이모였다는 말이지?"

미즈호가 그렇게 묻자 가오리는 잠시 머뭇거리다가 고개를 까딱했다.

"그리고 발코니로 나가는가 했는데 다음 순간에는 벌써 뛰어내리고 있었어. 정말 순식간에 벌어진 일이었어."

"그랬구나……. 두 사람 말고는 아무도 없었다고 들었는데."

"응. 다들 밖에 나가서 나하고 아빠밖에 없었어. 아빠는 나를 휠체어에 앉혀 놓고 뒷마당으로 내려갔어. 난 여기서 이렇게 엄마 모습을 내려다보았어."

가오리는 발코니 난간을 꽉 잡고서 그때의 정경을 떠올리듯 눈을 꼭 감았다.

"엄마는 하얀 꽃잎 같았어. 하얀 꽃잎이 땅에 떨어진 것 같 았어."

미즈호는 시선을 다시 아래로 돌렸다. 가오리가 요리코를 얼마나 사랑했는지는 미즈호도 잘 알고 있다. 그때 그녀가 느꼈을 슬픔을 생각하자 미즈호는 할 말이 없어졌다.

"아빠가 그러는데, 노이로제였을 거래."

가오리가 눈을 떴다.

"일 때문에 스트레스가 너무 심해서 밤에도 잠을 잘 못 잤 대."

"그렇구나……."

미즈호는 요리코를 잘 알고 있다. 노이로제가 원인인 듯하 다는 말은 들었지만 지금도 여전히 믿기지는 않는다.

맏딸인 요리코는 고이치로의 세 딸 중에서 가장 우수했다 고 한다. 명문 여자 대학의 부속 초등학교에 들어가서 고등 학교를 졸업할 때까지 줄곧 톱클래스였고, 대학도 일류 국립 대학 경제학부를 졸업했다. 졸업 후에는 다케미야 산업에 들 어갔고, 영업 기획부에 배치되었다. 그녀는 고이치로에게 물 려받은 추진력과 독창성을 발휘하면서 새로운 기획을 줄줄 이 실현시켰다. 주위 사람들도 처음에는 사장 딸이 소일거리 삼아 일하는 것이겠거니 하다가 점차 그녀의 넘치는 활력에 이끌려 가는 식이 되었다고 한다.

고이치로는 실력 있는 부하 직원을 요리코의 배우자로 삼아 그에게 다케미야 산업의 미래를 맡길 생각이었다. 그런데 요리코의 능력을 지켜보다가 그럴 필요가 없다는 것을 깨달았다. 그녀를 자신의 후계자로 삼으면 될 일이었다. 그는 요리코를 차기 사장 후보로 키우기로 하고 데릴사위로는 그녀가 자유롭게 선택한 사람을 그대로 받아들이기로 했다. 요리코는 소마 무네히코라는 남자를 선택했다.

이처럼 요리코는 전형적인 재원이었다. 그렇다고 일에만 몰두하는 냉담한 여자는 절대 아니었다. 고이치로가 죽고 나서 사장 자리에 오른 후에도 세세하게 정을 쏟는 점에는 변함이 없었다. 음악과 그림을 즐길 줄 아는 풍부한 감성도 지니고 있었다. 그래서 모든 사람에게 사랑받았다.

그런 요리코가 자살하고 만 것이다. 그것도 발작적으로. 노이로제로.

"미안해."

가오리가 적막한 미소를 지으며 말했다.

"이런 얘기, 할 생각이 아니었어. 언니 오면 더 재미있는 얘기 하려고 했는데."

"괜찮아."

미즈호는 휠체어를 밀며 발코니에서 나와 시즈카의 방으로 갔다.

가오리가 문을 노크하자 안에서 노부인의 부드러운 목소리가 들려왔다. 가오리에 이어 미즈호가 들어가자 안락의자에 앉아 있던 시즈카가 큰 소리로 반겼다.

"오오, 미즈호, 언제 왔니? 정말 오랜만이구나. 1년 반쯤 되었나?"

시즈카가 동그란 얼굴에 미소를 띠고 그녀를 맞았다. 주름은 있어도 피부가 하얗고 매끄러웠다. 그리고 은색 머리가 이 서양식 건물에 아주 잘 어울린다.

"할아버지 장례식 때 뵙고 처음이니까 1년 반 만이네요. 소식도 못 드리고 죄송해요."

미즈호는 꾸벅 머리를 숙였다.

"잘 왔어. 자, 그렇게 서 있지 말고 앉아라."

시즈카의 말에 미즈호는 카펫 위에 방석을 깔고 앉았다. 바닥에 난방이 들어오는지 발밑이 무척 따뜻했다.

"미즈호 씨는 오스트레일리아에 공부하러 다녀온 거죠?"

시즈카 옆에서 가방을 정리하고 있던 나가시마 마사아키가 물었다. 나가시마는 이 근처에서 미용실을 경영하고 있다. 한 달에 몇 번 이렇게 시즈카의 머리를 손질해 주러 온다고 들었다.

"공부랄 것도 없어요. 그냥 마음 내키는 대로 지내다 왔을 뿐이니까요."

"그런 경험이 큰 재산이 될 겁니다. 앞으로는 국제화에 대응할 수 있어야 해요."

나가시마는 햇볕에 그은 가뭇가뭇한 얼굴을 두세 번 끄덕거리면서 그렇게 말했다. 아마 나이가 서른다섯쯤 됐을 것이다. 근육질의 호리호리한 몸집에 피부도 아직 탄력이 있었다.

"머리 손질은 다 끝난 것 같네요."

가오리가 시즈카와 나가시마의 얼굴을 동시에 보면서 말했다.

"그래, 끝났다."

시즈카가 자신의 머리를 만지면서 부드러운 음성으로 대답했다.

"지금 나가시마 씨에게 잔소리를 듣는 중이었어."

"잔소리가 아니죠."

미즈호와 가오리가 놀라는 모습을 보고서 나가시마가 당황하면서 말했다.

"건강을 조심하시라는 뜻으로 말씀드린 거예요. 머리카락이나 피부는 그 사람의 건강 상태를 그대로 나타내거든요. 사모님은 요즘 많이 피곤하신 것 같아요. 조깅, 그만두셨죠?"

조깅이라는 말에 미즈호는 뜻밖이라는 듯 시즈카를 보았다.

"할머니, 조깅을 하셨어요?"

시즈카는 올해로 일흔이다.

"그래, 오랫동안 했었지. 그런데 나가시마 씨가 이제 그럴 나이가 아니니 그만두라고 해서 말이다."

"그런 의미가 아니라, 건강을 유지하기 위해서는 조깅보다 워킹이 좋다는 뜻이죠. 산책은 매일 하고 계시죠?"

"그 정도는 해야 몸이 둔해지지 않지."

"좋습니다. 산책을 계속하세요."

나가시마와 시즈카의 대화가 마무리되자 미즈호는 실내를 둘러보았다. 어렸을 때는 이 방에서 자주 놀았는데, 지난 몇 년 동안에는 거의 들어온 적이 없었다. 벽에는 고이치로가 수집했다는 독특한 골동품들이 죽 걸려 있다. 북유럽 바이킹이 사용했다는 활, 에도 시대의 회중시계 등.

그러다 바로 뒤에 있는 벽을 보고는 미즈호는 움찔하고 말았다. 사람이 서 있는 줄 알았기 때문이다. 다시 보니 거대한 초상화였다. 정장을 입은 고이치로의 모습이다. 배경은 아무래도 이 십자 저택인 듯하다. 고이치로는 하얀 장갑을 낀 두 손을 허리 앞에 공손하게 모으고 있었다.

"놀랐지?"

미즈호의 표정을 읽었는지 시즈카가 말했다.

"처음에는 회사 로비에 걸려고 했는데 다들 보기 흉하다고 해서 이 집에 걸게 된 거야."

"할아버지 유언은 기억하고 있지, 언니?"

옆에서 가오리가 미즈호에게 물었다.

"유언 중에 당신이 돌아가시면 회사에 초상화를 걸라는 내용이 있었잖아. 그래서 아빠가 주문했나 봐. 배달된 지 반년쯤 됐을 거야."

"흠, 그렇구나……."

미즈호는 다시 한 번 초상화를 보았다. 화려하게 장식된 액자의 위쪽이 천장까지 닿아 있었다. 전 회장의 초상화를 회사 로비에 걸다니, 아닌 게 아니라 흉측하겠다는 생각이 들었다.

"지난달까지는 복도에 걸려 있었어. 그런데 너희 막내 이모가 싫다고 해서 이 방으로 옮겼다. 유언이니 어쩔 수는 없다만, 이렇게 방에 걸어 두는 것도 영 마땅치가 않아. 밤중에 그림 속에서 튀어나오는 게 아닐까 싶을 정도다."

시즈카의 말에 나머지 세 사람이 웃을 때였다. 노크 소리가 들렸다. 미즈호가 문을 여니 가정부 스즈에가 문 앞에 서 있었다.

"이 댁의 주인을 꼭 뵙고 싶다는 분이 오셨는데요."

스즈에가 조금 낮은 목소리로 말했다.

"아, 그래? 산소에 간 사람들은 아직 안 왔지?"

"네. 묘원에서 돌아오는 길에 들를 데가 있다고 하셨어요."

"그래. 그럼 내가 만날 수밖에 없겠네. 대체 어떤 사람인데?"

"네, 그게 저……."

스즈에가 모두의 얼굴을 보고서야 마음을 굳혔다는 듯이
말했다.

"인형사라는데요."

"인형사?"

시즈카가 영문을 모르겠다는 듯 고개를 갸우뚱했다.

"인형사라면, 인형을 만드는 사람인가?"

"아마 그렇겠죠."

"그런 사람이 우리 집에 무슨 볼일이 있다는 거지?"

"글쎄요……."

스즈에도 고개를 갸우뚱했다.

"혹시 엄마와 관계있을지도 모르겠네요."

가오리가 말했다.

"왜, 우리 엄마가 골동품 같은 데에 관심이 많았잖아요. 혹
시 그 관련으로……."

"아아, 그렇구나."

시즈카가 가볍게 고개를 끄덕거렸다.

"그럼 만나 봐야겠다. 스즈에 씨, 그분을 응접실로 안내해
줘요."

알겠습니다, 하고서 스즈에는 물러갔다.

인형사가 뭘 하는 사람인지 궁금한 미즈호와 가오리도 함

께 자리하기로 했다. 나가시마는 오늘 밤에 다시 오겠다고 하고서 돌아갔다. 요리코의 49재 날이라 밤에 모두 모이기로 되어 있는 것이다.

시즈카를 비롯한 세 여자가 응접실로 내려가 보니 자못 색 다른 풍모의 남자가 기다리고 있었다. 초록색이 감도는 검은 색 윗도리에 역시 검은색 슬림한 바지. 받쳐 입은 셔츠는 하얀 색이고, 목에는 나비넥타이 대신 하얗고 긴 줄을 리본 모양으로 묶었다. 나이는 서른 안짝으로 보였다. 다소 야윈 몸집에 피부가 하얀 데다 얼굴 윤곽이 뚜렷해서 마치 서양 사람 같은 인상이다. 미즈호는 그런 인상 때문에 영화에 나오는 뱀파이어를 얼핏 연상했다.

여자 셋이 나타나자 남자는 얼른 소파에서 일어나 머리를 숙였다. 움직임이 마치 로봇 같았다.

"이렇게 불쑥 찾아와서 죄송합니다."

남자의 목소리에는 약간의 금속성 울림이 있었지만 크게 거슬릴 정도는 아니었다.

"꼭 말씀드리고 싶은 게 있어서요. 저는 고조라고 하는 인형사입니다."

그렇게 말하면서 남자가 내민 명함을 시즈카가 받아 들었다.

"고조 씨……. 성이 특이하군요."

시즈카는 명함을 미즈호 쪽으로 돌렸다. 명함에는 '인형사

고조 신노스케'라고 적혀 있었다.

"나는 이 집 주인인 다케미야 무네히코의 장모 되는 사람이에요. 이쪽은 손녀들이고요."

미즈호와 가오리가 인사하자 고조도 다시 머리를 숙였다.

"이제 말씀을 들어 볼까요."

모두가 소파에 앉은 후 시즈카가 말했다.

"듣자 하니 아주 중요한 말씀이라고요. 하지만 미리 양해를 구해야겠어요. 우리는 인형에 대해서는 아무것도 모르는 문외한이니 그 점을 염두에 두고 말씀해 주세요."

그 말에 고조는 딱 부러지게 대답했다.

"인형에 관한 지식은 전혀 필요치 않습니다. 다만, 제가 이제부터 드리는 말씀을 가볍게 여기지 않으셨으면 합니다. 다소 믿기 어려운 점도 있을지 모르겠으나 아무쪼록 끝까지 들어 주시기 바랍니다."

"왠지 무서운 얘기 같군요."

시즈카가 미소를 머금은 채 대답했다.

"네."

고조는 진지한 표정으로 말했다.

"굉장히 무서운 얘기라고 해도 무방하겠죠."

그의 말에 미즈호는 숨을 삼켰고 옆에 있는 가오리는 등을 곧추세웠다. 그때 조심스럽게 문이 열리면서 스즈에가 들어왔다. 그녀는 약간 굳은 표정으로 가져온 홍차를 각자의 앞에 내려놓았다.

"피에로 인형을 구입하셨죠?"

고조가 물었다.

"피에로?"

시즈카가 찻잔을 입으로 가져가려다 말고 되물었다.

"무슨 피에로를 말하는 건지……."

"몸통은 나무로 되어 있고 검은 모자를 씌웠습니다. 옷은 하얗고요. 도쿄 도내에 있는 골동품상에 문의해 보니 얼마 전에 이 댁에 사시는 분이 구매하셨다고 하더군요."

"피에로란 말이죠……."

그렇게 말하고서 시즈카가 아아, 하면서 손바닥을 마주쳤다.

"그 인형. 두 달 전쯤에 요리코가 산 걸 말하나 보네."

"그럼 그때 그 인형?"

가오리가 미간을 찡그리며 시즈카의 얼굴을 보았다.

"그때라니?"

미즈호가 물었다.

"요리코가 자살했을 때 말이다. 그때 계단 옆 장식장에 그 피에로 인형이 놓여 있었단다."

"아……."

뭐라고 말해야 할지 몰라 미즈호는 입을 다물었다. 대신 입을 연 사람은 인형사였다.

"피에로 인형을 구입한 분이 돌아가셨습니까?"

"네, 스스로 목숨을 끊었어요. 오늘이 49재 날입니다."

시즈카가 대답했다.

"그랬군요."

인형사는 고개를 푹 숙인 채 한동안 움직이지 않았다. 그는 요리코의 죽음을 몹시 슬퍼하는 듯이 보였다. 그가 왜 그렇게 슬퍼하는지 미즈호는 이해할 수 없었다.

"늦었다는 뜻이군요……."

그가 혼잣말을 하듯 중얼거렸다.

"늦었다고요?"

시즈카가 물었다.

고조는 천천히 고개를 끄덕이더니 이렇게 말했다.

"그 인형은 비극의 피에로라고 하는데, 그걸 구매하거나 수중에 넣은 사람은 반드시 불행해진다는 징크스가 있습니다. 전에 그 피에로를 갖고 있던 사람은 교통사고로 가족 모두가 죽었죠. 또 그 전에는 미쳐서 자살하고 말았습니다. 그 밖에도 그 피에로에 얽힌 불길한 일화가 한두 가지가 아닙니다."

그는 세 여자의 반응을 확인하듯이 시선을 움직였다.

고조의 말에 그 넓은 응접실의 공기가 순식간에 팽팽해졌다. 잠시 그렇게 시간이 흘렀다.

그 긴장을 깨뜨리듯 여전히 온화한 목소리로 시즈카가 말했다.

"그렇군요. 비극의 피에로란 말이군요. 그래서 그 피에로를 어떻게 하고 싶다는 말인가요?"

"그 인형은 제 아버지가 만든 것입니다."

고조가 그렇게 운을 뗐다.

"아버지는 돌아가셨지만, 마지막 숨을 거두는 순간까지 그 인형이 마음에 걸렸던 모양입니다. 어떻게든 회수해서 처분하라는 유언을 남기신 터라……"

"그러니까 그 인형을 되사고 싶다는 말이군요?"

"그렇습니다. 물론 구매하신 가격에 약간의 금액을 얹어 드리겠습니다."

"논이야 얼마가 되었든 상관없지만……. 그럼 잠시 기다려 주세요. 일단 그 인형을 가져올 테니."

그렇게 말하고서 시즈카가 응접실에서 나갔다.

젊은 여자 둘이 앞에 있는데도 고조는 조금도 어색해하지 않고 벽에 걸린 그림과 장식물을 쳐다보았다. 그러다 그 눈길이 창가의 장식장 위에서 멈췄다.

"퍼즐이군요."

"네. 아빠가 취미로……. 이 방 저 방에 하다 만 퍼즐이 그대로 놓여 있어요."

가오리가 대답했다. 미즈호도 엉덩이를 약간 들고서 그 퍼즐을 보았다. 할머니가 거위를 타고 하늘을 나는 묘한 그림이었다. 거의 완성 단계라 파란 하늘만 빈 곳이 남아 있었다.

"이 그림, 머더구스인가 봅니다. 그림책의 일부인지도 모르겠군요."

고조가 알 것 같다는 듯이 그렇게 말하고서 도로 소파에 앉았다.

"그 피에로 인형 말인데,"

미즈호가 가오리 쪽을 보면서 말했다.

"아까 내가 봤을 때는 계단 옆 장식장 위에 소년과 망아지 인형이 놓여 있던데?"

"응. 엄마가 자살한 후 할머니가 불길하다면서 피에로 인형을 치우셨어. 사실 그 장식장에는 내내 소년과 망아지 인형이 놓여 있었는데 그날따라 처음 보는 피에로 인형이 놓여 있었거든. 그래서 고조 씨 얘기를 듣기 전에도 그 인형이 불행을 불러온 것 아닐까 생각했는데."

"알 수 없는 일이지만 그 인형에는 그런 힘이 있습니다."

고조가 말했다. 움찔 놀랄 만큼 무거운 목소리였다. 미즈호는 저도 모르게 그의 눈을 보았다. 그는 갈색이 살짝 감도는 눈동자를 그녀에게 향한 채 고개를 위아래로 두 번 움직였다.

모두 침묵하고 있는 사이 시즈카가 손에 상자를 들고 돌아왔다. 그녀는 소파에 앉아 상자 뚜껑을 열었다. 상자 속에는 유리 케이스가 들어 있었다. 시즈카는 케이스를 꺼내 테이블 위에 놓은 후 그것을 열었다.

"이겁니다."

인형사가 고개를 끄덕이며 말했다.

"틀림없군요. 비극의 피에로입니다."

그것은 조금 전에 고조가 검은 모자를 쓰고 하얀 옷을 입었다고 설명한 바로 그대로의 인형이었다. 표정이 어딘가 모르게 불길하고 쓸쓸한 느낌이다.

"이게 복도 장식장에 놓여 있었어요?"

미즈호가 묻자 시즈카가 고개를 끄덕였다.

"그래. 그날만 그랬단다."

"그렇군요. 그런데 왜 하필 그날만 놓여 있었어요?"

"나중에 들어 보니 네 큰이모부가 거기에 두었다는구나."

"큰이모부가요?"

"그래. 요리코 이모가 사들인 거라고 딴에는 신경 써서 그렇게 한 모양인데, 결국 그런 일이 생기는 바람에……. 그 후로는 내 방에 갖다 놓았다."

고조는 케이스째 인형을 손에 들고 두 사람의 대화를 듣고 있다가 다시 테이블에 내려놓고는 말했다.

"이걸 제게 파셨으면 합니다."

눈빛이 진지했다. 그런데 시즈카는 고개를 약간 기울이더니 이렇게 대답했다.

"미안하지만 이 자리에서 대답할 수는 없습니다. 내 딸이 이걸 샀다고는 하지만, 딸이 죽었으니 그 아이 남편에게 물어봐야지요."

"그럼 그 남편 분은 언제 돌아오십니까? 그때에 맞춰 다시 오겠습니다."

"밤에는 물론 돌아오지만, 오늘 밤은 손님이 많아서 곤란해요. 내가 말을 전해 놓을 테니 내일 오세요."

"내일……이라고요."

고조는 입술을 깨물더니 테이블 위로 시선을 떨어뜨렸다. 그런 태도로 보면 이 사람은 정말로 피에로의 징크스를 믿고 있는지도 모르겠다고 미즈호는 생각했다.

"알겠습니다. 그럼 내일 다시 오도록 하죠."

"미안해요."

시즈카가 말했다.

"아닙니다. 터무니없는 얘기를 들어 주셔서 오히려 감사합니다."

자리에서 일어난 고조는 옆에 놓아두었던 검은 코트를 걸쳤다. 코트가 망토처럼 생겨서 미즈호는 또다시 뱀파이어를 떠올리고 말았다.

응접실에서 나오자 시즈카는 스즈에를 불러 인형을 지하실에 갖다 놓으라고 지시했다.

시즈카, 가오리와 함께 미즈호도 고조를 현관까지 배웅했다. 그는 십자 모양으로 지어진 이 저택에 관심이 많은 듯했지만 그 말을 꺼내지는 않았다.

"이 집에 행복이 찾아오기를."

현관에서 시즈카와 악수를 나누며 그가 말했다.

"고마워요. 고조 씨에게도요."

"그럼 내일 뵙겠습니다."

그리고 인형사는 십자 저택을 나섰다.

피에로의 눈 ──

49일 동안 나는 잠을 자고 있었던 것 같다.

하얀 네글리제를 입은 여자가 뛰어내린 직후 누군가가 나를 안아 올렸다. 그 몸에 가려 아무것도 보이지 않은 탓에 그가 누구인지는 알 수 없었다. 뭘 하려나 했는데, 결국 아무 일도 일어나지 않았다. 나는 다시 카펫 위에 나뒹굴었다. 눈앞으로 여자가 뛰어내린 발코니가 보였다. 그대로 한참을 카펫 위에 누워 있었다.

그러다 무슨 소리가 가까워지는 것을 느꼈다. 보니, 휠체어를 탄 여자가 내 옆을 지나가고 있었다. 뭐랄까, 마치 정신이 나간 것처럼 그녀는 움직임이 어색했다.

휠체어 탄 여자는 발코니까지 가서 아래를 내려다보더니 엉엉 소리 내어 한참을 울었다. 그녀가 울음을 그친 것은 몇몇 남자의 목소리가 들리고 나서였다. 내게는 보이지 않았지만 남자들이 계단을 올라온 것 같았다. 그들은 발코니에 나가 휠체어 탄 여자에게 무례한 질문을 하면서 한참 시간을 보내더니 다시 돌아갔다. 휠체어 탄 여자도 없어졌다. 그동안 아무도 나를 안아 올리지 않았다.

그렇게 시간이 한참 흐른 후 또 말소리가 들렸다. 이번에는 두 여자의 목소리였다. 한쪽은 휠체어 탄 여자, 그리고 다른 한쪽은 나이가 꽤 든 여자 같다.

"아무튼 가오리, 너는 방에 가서 쉬어라."

노부인이 휠체어 탄 여자에게 그렇게 말했다. 그래서 나는 그녀의 이름이 가오리라는 것을 알았다.

"어떻게 이런 상황에서……."

가오리는 몹시 떨리는 목소리로 대답했다.

"그래, 안다."

노부인이 깊은 한숨을 쉬었다.

"그래도 지금은 할 수 있는 게 아무것도 없지 않니. 자, 내 방에 가서 같이 쉬자꾸나."

휠체어 소리가 좀 더 가까워졌다. 그 소리는 내 근처까지 와서 멈췄다.

그제야 나는 겨우 주워 올려졌다. 나를 주워 든 사람은 은색 머리의 기품 있는 부인이었다.

"이건 못 보던 인형이네."

그녀의 말에 가오리가 고개를 끄덕였다.

"이런 게 언제부터 있었는지 모르겠네요."

"그래. 어째 느낌이 좀 불길한 인형이로구나."

노부인은 고개를 옆으로 기울이더니 한 손으로 내 몸통을 잡았다.

"눈에 거슬려서 어디다 치워야겠다. 여기에는 다른 걸 놔두는 게 좋겠어."

그녀는 나를 어느 방으로 데려갔다. 그리고 상자와 케이스를 가져와 나를 거기에 담은 후 벽장 깊숙한 곳에 밀어 넣었다. 유리 케이스 안이라 바깥 소리가 들리지 않았다.

그러다가 다시 밖으로 나온 것이 조금 전이다.

누가 나를 응접실 같은 곳으로 데려갔는데, 거기에 고조가 있어서 사뭇 놀랐다. 그 사내가 또 나를 쫓아온 모양이다.

고조가 돌아간 후 이번에는 가정부가 나를 지하실로 데려갔다. 또 창고에 갇히나 했는데 그렇지는 않았다. 가정부가 창고 맞은편 문을 열었다. 그곳은 아담한 오디오 룸이었다.

그 안에 레코드 장을 겸한 수납장이 있었다. 그 아래쪽은 서랍이었다. 수납장에는 카세트테이프가 수십 개 담긴 케이스가 놓여 있고, 그 위에 퍼즐 박스가 세워져 있었다. 박스에는 나폴레옹의 근엄한 모습이 그려져 있다. 나는 카세트테이프 케이스 앞에 놓였다. 나폴레옹이 바로 내 뒤에서 내려다보는 꼴이다.

나를 거기에 남겨 둔 채 가정부는 불을 끄고 나갔다.

2

저녁때가 되자 무네히코 일행이 돌아왔다. 마침 미즈호와 가오리가 거실에서 얘기를 나누고 있을 때였다.

"여, 이거 오랜만이군. 더 예뻐진 것 같은데."

무네히코가 두 여자와 마주 앉자마자 웬일로 가볍게 말을 던졌다. 미즈호는 환하게 웃으면서 그와 와카코 부부에게 인사했다.

무네히코는 전에 위장병을 앓은 일이 있어 깡마른 데다 안색도 그리 좋지 않다. 광대뼈는 툭 튀어나오고 눈은 푹 꺼져 있다. 요리코가 죽은 탓에 그녀의 자리에 올랐지만, 대기업 사장으로서는 인상이 너무 날카롭다. 본인도 그 점에 신경이 쓰이는지 입가에 수염을 기르고 금테 안경을 써서 빈약한 인상을 커버하고 있었다.

반대로 와카코의 남편 곤도 가쓰유키는 꽤 관록 있어 보인다. 키는 크지 않지만 예전에 유도를 한 덕에 어깨도 넓고 가슴도 실팍하다. 너부죽이 생긴 얼굴은 기름기로 번들거려 정력이 넘치는 인상이었다.

"오스트레일리아에 다녀왔다고? 그쪽 남자들은 꽤나 정열적이라던데. 너나없이 껄떡거려서 귀찮았던 거 아니야?"

가쓰유키는 그렇게 말하면서 입을 쩍 벌리고 웃었다. 이 이모부가 아까부터 자신의 허벅지를 힐금힐금 바라보고 있다는 사실을 미즈호는 알고 있었다. 그녀는 오늘 짙은 갈색 미니스커트를 입고 있었다.

"그런 일 없었어요. 일본 남자들보다 얼마나 신사적인데요."

빈정거리는 투로 그렇게 말하고 미즈호는 일부러 큰 동작으로 다리를 꼬았다.

와카코는 미소를 머금은 채 그들의 대화를 잠자코 듣고 있었다. 그녀는 자그마한 몸집에 수수하게 생겼지만, 나름 일본적인 미인이라고 할 수 있다. 그건 요리코나 가오리와도 공통되는 점이다. 고이치로의 세 딸 중에서 미즈호의 엄마고토에만 이국적으로 생겼다. 미즈호는 그 엄마의 피를 물려받은 얼굴이다.

그들 외에 미즈호가 모르는 여자가 한 명 있었다. 단색 투피스를 입은 젊은 여자였다. 아무리 낮게 봐도 서른은 넘었을 것 같았다. 비율을 과시하듯 등을 꼿꼿하게 세우고 가슴을 한껏 펴고 있다. 약간 치켜 올라간 눈매와 반듯한 콧대가 새침한 고양이를 연상케 하는 인상이었다.

무네히코의 소개로 그 여자가 무네히코의 비서, 미타 리에코라는 것을 알았다.

"잘 부탁드립니다."

그녀가 모델처럼 가슴을 쫙 편 채로 인사했다. 낮지만 낭랑하게 울리는 매력적인 목소리였다.

"이제 우리는 방에서 한숨 돌릴까."

무네히코가 그렇게 말하면서 일어나자 곤도 부부도 계단으로 향했다. 그리고 당연하다는 듯이 미타 리에코도 그들의 뒤를 따랐다.

"자기가 아빠 부인인 줄 안다니까."

그들이 사라진 후 가오리가 그녀답지 않게 가시 돋친 말투로 내뱉었다. 리에코를 말하는 듯했다.

"저 여자가?"

미즈호가 물었다.

"그렇다니까. 엄마가 돌아가신 지 얼마 되지도 않았는데, 어이가 없어서."

가오리가 고개를 약간 숙이고 아랫입술을 깨물었다. 그녀가 그런 표정을 보이는 것은 흔한 일이 아니다.

무네히코의 바람기에 대해서는 어느 정도 알고 있었다. 옛날부터 수시로 상대 여자가 바뀐다고 들었다. 지금은 저 여비서가 상대인 모양이었다.

"요리코 이모도 알고 있었어?"

미즈호가 목소리를 낮추어 물었다.

"물론 알고 있었지. 저 여자, 원래는 엄마 비서였는걸, 뭐."

"요리코 이모의 비서였어?"

"엄마는 모르는 척했지만 사실은 다 알고 있었어. 나는 엄마가 알고 있다는 사실을 알고 있었고."

"그랬구나……."

미즈호는 오늘 이 집에 오기 전에 엄마인 고토에와 나눴던 대화를 떠올렸다. 고토에가 오늘 오지 않은 것은 일 때문이기도 하지만 무네히코와 얼굴을 마주하고 싶지 않아서이기도 한 것 같았다.

"요리코 언니는 그렇게 쉽게 절망하고 노이로제에 걸릴 사람이 아니야."

캔버스를 향해 손을 놀리면서 고토에는 분노를 억누르듯 말했다.

"그런 사람이 자살을 하다니, 얼마나 괴로웠으면 그랬을까.

그 인간, 겉으로는 마음 약하게 보이지만 사실은 얼마나 냉혹한지 몰라."

"큰이모부 말이야?"

미즈호가 그렇게 묻자 고토에의 손놀림이 순간적으로 흐트러졌다. 증오하는 사람을 '큰이모부'라고 부른 것이 그녀의 신경을 거슬렀는지도 모르겠다.

고토에는 미즈호 쪽으로 몸을 돌리더니 그녀를 똑바로 보면서 말했다.

"미즈호 너, 십자 저택에 가거들랑 거기서 대체 무슨 일이 있었는지 잘 알아봐. 요리코 이모가 어떤 식으로 궁지에 몰렸는지 말이야."

"잘 알아보라니……, 그래서 알면, 엄마는 어떻게 할 건데?"

미즈호가 묻자 고토에는 슬쩍 눈길을 피하며 조그맣게 한숨을 쉬었다.

"모르겠어. 하지만 잠자코 있자니 너무 화가 나서 말이지."

엄마가 어금니를 악무는 것을 미즈호는 숨을 삼키면서 바라보았다.

'스스로 목숨을 끊을 만큼 요리코 이모를 절박하게 만든 것이 역시 지금 가오리가 말한 이모부의 바람기였을까?'

미즈호가 고토에의 얼굴에 드러났던 암울한 표정을 떠올

리고 있는데, 그것을 알아차리기라도 한 듯 가오리가 중얼거렸다.

"다들 아빠를 원망하고 있어. 누구나 엄마를 사랑했으니까. 하지만 아무도 대놓고 말을 못해. 지금은 아빠가 이 집 주인이잖아."

"가오리, 너도 아빠를 원망하니?"

미즈호가 물었다. 그러자 그녀는 이마에 손을 대고 고통스럽게 얼굴을 일그러뜨리며 미즈호를 바라보았다.

"싫어. 정말 싫어. ……진짜 싫어졌어."

아오에 진이치가 돌아온 것은 저녁 식사가 시작되기 직전, 미즈호가 가오리 방에서 쉬고 있을 때였다. 노크 소리가 나서 대답하자 천천히 문이 열렸다.

"라이벌이 등장했군요."

건조한 목소리로 아오에가 말했다.

"미즈호 씨가 온다는 소식을 들었을 때부터 그녀가 얼마나 들떠서 조잘거리던지. 그 모습을 보여 주고 싶을 정도였어요. 그 표정의 절반만이라도 내게 보여 주면 행복할 텐데."

나중 말은 가오리를 향한 것이었다. 그리고 양해도 구하지 않고 방으로 성큼 들어섰다.

"되지도 않는 소리 하지 마."

가오리는 화가 난 말투였다.

"사실이 그런데, 뭘."

아오에는 동요하지 않았다. 1년 반 만에 만나는 것인데 진과 조금도 달라지지 않았다고 미즈호는 생각했다.

"학교는 어때요?"

미즈호가 인사 대신 그렇게 물었다.

"어떻다고 할 게 뭐 있나요. 하루하루가 따분할 뿐이죠. 내 전공은 화학이잖아요. 세상에 별 도움도 안 될 연구에 시간과 돈만 낭비하고 있는걸요, 뭐."

"석사 과정은 올해로 끝난다고 들었는데."

"덕분에 무사히 졸업은 할 것 같습니다. 취직자리도 결정 났으니까 이제 내게 어울리는 상대만 찾으면 인생 게임이 거의 끝났다고 할 수 있겠지요."

그렇게 말하고서 아오에는 의미심장한 눈길로 가오리를 보았다. 하지만 가오리는 그 시선을 무시했다.

아오에 진이치는 대학생 때부터 이 저택에서 기숙하고 있다. 미즈호와 가오리의 외할아버지인 고이치로가 허락한 일이었다. 아오에는 고이치로가 전쟁 중에 신세를 진 친구의 손자로, 교통사고로 부모를 잃었다. 할아버지 친구 분도 이제는 돌아가시고 없다는데, 그 전에 고이치로는 아오에가 대학원을 졸업할 때까지 다케미야가에서 돌봐 주겠다고 약속한 모양이었다. 그러니까 현재는 시즈카가 그 약속을 이어받아 지키고 있는 셈이다.

고이치로는 은인의 손자여서만이 아니라 아오에라는 사람 자체를 상당히 마음에 들어 했던 것 같다. 그가 이 저택에 살기 시작했을 당시 미즈호는 고이치로와 얘기를 나눈 적이 있다.

"진이치 군은 머리가 잘 돌아가는 친구야. 무슨 일이 닥쳤을 때도 냉철하게 처신하지. 과연 그 할아버지가 자랑할 만한 재목이야. 먼 훗날의 일이지만, 저런 아이를 손녀사위로 맞는 것도 괜찮지 않을까 싶다. 난 집안 내력 따위는 상관하지 않는 성격이니까."

고이치로가 그렇게 말했던 것으로 기억한다.

미즈호는 지금까지 몇 차례 아오에를 만난 적이 있는데, 그는 가오리의 장애에 개의치 않고 그녀에게 호감을 품고 있는 듯했다. 솔직하게 자기 마음을 표현하기도 한다. 그런 점에 호감이 가고 얼굴도 기품 있게 잘생겼지만 가오리는 그가 썩 내키지 않는 기색이었다.

아오에가 방에서 나간 후 미즈호는 가오리에게 물었다.

"저 사람을 싫어하니?"

"싫어하는 건 아니야."

가오리는 말하기가 좀 껄끄러운 눈치였다.

"여자라면…… 가령 나처럼 장애가 있는 여자가 아니라도 그를 이상적인 상대로 여기겠지. 그러니까 나 같은 여자는 그런 남자가 있다는 것만으로도 행복하다고 생각해야 할지 모르겠지만, 난……"

그녀가 잠시 말을 끊었다.

"하지만 난 도무지 그에게서 인간적인 것을 느낄 수 없어. 자신의 속내와 감정의 움직임을 절대 밖으로 드러내지 않는 사람이야. 언니는 저 나이에 그런 남자가 있을 수 있다고 생각해?"

"쉽게 감정을 발산하는 남자도 보통 성가신 게 아니야."

미즈호는 솔직하게 대답했다. 그런 남자는 얼마든지 있다.

"그래도 그건 인간적이잖아. 저 사람은 영락없이 기계 같아."

"할아버지는 마음에 들어 하셨잖아. 제왕학을 가르치고 싶다고 하실 정도로."

"할아버지는 그랬지. 하지만 엄마는 싫어했어."

"그랬어?"

"응. 그 사람에게서 나와 비슷한 인상을 받아서 그랬겠지. 그리고 아빠도 그를 피하고 있고."

"큰이모부는 또 왜?"

미즈호가 물었다. 가오리는 관자놀이에 손가락을 대고서 대답했다.

"아마 머리가 너무 잘 돌아가서 그럴 거야. 그걸 두려워하는 거지. 할아버지와 반대로 아빠는 절대 아오에 씨를 내 남편으로 선택하지 않을걸."

미즈호는 어렴풋이나마 알 것 같은 기분이 들었다. 아오에는 대학 시절에도 거의 톱이었고, 대학원에 올라간 후에는 몇 번이나 외국에까지 논문을 발표했다고 들었다. 지나치게 총명한 남자가 옆에 있으면 무네히코 같은 남자는 위협으로 느낄지도 모르겠다.

"그럼 아오에 씨는 우선 큰이모부 비위를 맞춰야겠네."

"그렇긴 하지만 아마 무리일 거야."

가오리는 마치 남 얘기 하듯 말했다.

"너는 어떤데? 아오에 씨가 아니라면 어떤 남자가 좋아?"

미즈호가 묻자 가오리의 눈에 약간 당황한 빛이 어리더니 장난스럽게 어깨를 으쓱해 보였다.

"난 평생 결혼 같은 거 안 할 거야. 이 집에서 싱글 라이프를 만끽할 거야."

그러나 그녀 얼굴에 언뜻 생각에 잠기는 듯한 표정이 스치는 것을 미즈호는 놓치지 않았다.

저녁 만찬은 오후 6시에 시작되었다.

다케미야가와 인연이 깊은 사람들이 서양식과 일식이 섞인

진수성찬을 앞에 두고 빙 둘러앉았다.

테이블은 만찬회 때 사용하는 길쭉한 것으로, 상석에 무네히코가 앉아 있다. 미타 리에코는 보이지 않았다. 미즈호가 의아해서 가정부 스즈에에게 넌지시 물어보았더니 리에코는 한 시간쯤 전에 돌아갔다고 했다.

"요리코 사모님의 49재 날이니 예의를 차린 게 아닐까요." 스즈에의 말투는 공손했지만 밑바탕에는 다소의 감정이 배어 있었다. 그녀가 이 집에서 일한 지 벌써 수십 년이다. 그러니 요리코를 소녀 시절부터 보아 왔고 이 집 사정에 대해서는 무네히코보다 훨씬 밝다. 그런 점을 감안하면 무네히코와 미타 리에코에 대한 그녀의 감정을 미즈호도 충분히 짐작할 수 있었다.

그런 스즈에가 지금은 묵묵히 음식을 나르고 있다.

만찬 자리의 흥을 돋우는 역할은 오늘도 가쓰유키가 도맡고 있었다. 그는 술잔을 한 손에 들고 큰 소리로 떠들어 댔다. 골프 얘기, 외국 여행 때의 실패담 등. 요리코의 49재 날이라 침울해질 수도 있는 분위기를 띄우고는 있지만, 그로서는 이런 자리에서 주도권을 잡고 싶은지도 몰랐다.

그런 그를 무네히코는 입가에 엷은 미소를 띠고서 적당히 맞장구치고 있었다. 미즈호의 눈에는 그의 태도가 친척끼리 모인 자리의 성가신 주도권 따위는 얼마든지 넘기겠다는 뜻으로 보였다.

가쓰유키를 상대하는 사람은 무네히코 말고도 한 명 더 있었다. 마쓰자키 요시노리라는 남자였다. 키가 작고 둥글둥글하게 살이 쪘으며 눈매가 처진 그는 가쓰유키처럼 강압적이지 않고 사람 좋은 타입이었다.

"마쓰자키 아저씨는 여전하시네."

미즈호가 옆 자리에 있는 가오리에게 속삭였다.

"시종일관 싱글벙글하고, 눈에 띄려고도 하지 않아."

"사람이 너무 좋아서 탈이지."

가오리도 그렇게 속삭였다.

"언제나 곤도 이모부 뒤에 가려서 회사에서도 잘 드러나지 않는데."

"하긴 그럴지도 모르겠네."

미즈호는 다시 한 번 그 뚱뚱하고 작은 남자를 바라보았다.

마쓰자키 요시노리의 아버지는 다케미야 고이치로의 형으로, 고이치로가 지금 회사를 세웠을 때의 파트너였다고 한다. 그런데 그 아버지가 젊은 나이에 사고로 죽자 요시노리라는, 어머니 쪽 성을 쓰게 되었다는 것이다.

세 남자와 조금 떨어진 자리에서 와카코가 시즈카와 재미나게 애기를 나누고 있었다. 그리고 시즈카 옆에서 나가시마가 두 여자의 애기에 귀 기울이고 있었다. 그는 간간이 미즈호와 가오리의 대화에 끼어들기도 했다.

"진작부터 한번 물어보려고 했는데요."

미즈호와 마주 앉아 있던 아오에 진이치가 옆에 앉은 나가시마의 팔을 콕콕 찌르며 말했다.

"나가시마 씨는 왜 결혼을 안 하는 겁니까? 좋은 혼처가 많았을 텐데요."

나가시마는 입에 든 음식이 목에 걸린 것처럼 컥컥거리더니 얼른 옆에 있는 맥주를 한 모금 들이켰다.

"진이치 씨가 그런 걸 묻다니 놀랍군. 남의 일에는 도통 관심이 없는 줄 알았는데 말이야."

"그렇지 않습니다. 하지만 상대가 나가시마 씨여서 더 관심이 있는지도 모르죠. 뭔가 이유가 있어서 결혼을 안 하는 겁니까?"

"이유 따위는 없어."

나가시마는 피식 웃으면서 대답했다.

"적당한 상대를 만나지 못했을 뿐이지. 지금까지는 시간도 별로 없었고. 좋은 상대가 나타나면 당장이라도 결혼하고 싶어."

"그렇게 말씀하시니 적이 안심이 되는군요."

"안심이 되다니? 묘한 말을 하는군."

나가시마는 의자를 조금 움직여 몸을 아오에 쪽으로 돌렸다.

"게다가 상대가 나라서 관심이 있다는 말도 마음에 걸리는군. 왜 내가 결혼하지 않은 것에 신경을 쓰는 거지?"

나가시마가 그렇게 묻자 아오에는 와인 잔을 들고서 히죽 웃었다.

"제 개인적인 사정 때문이죠. 제가 아끼는 사람 옆에 매력적인 남자가 독신인 채로 존재한다는 거, 그리 환영할 일이 아니잖아요."

"아오에 씨."

지금까지 잠자코 듣고 있던 가오리가 더는 못 참겠다는 듯이 끼어들었다.

"나가시마 씨에게 그렇게 무례한 말을 하면 어떡해요."

그러자 나가시마가 잠시 그녀와 아오에의 얼굴을 번갈아 보더니 아하하하 하고 큰 소리로 웃었다.

"재미있군. 나까지 연적으로 돌리는 건가? 그건 가오리 씨에게도 무례한 일일 텐데."

"그렇지 않아요. 그렇죠, 가오리 씨?"

가오리가 아오에를 노려보는데 아오에 쪽은 태연한 얼굴이다.

"하기야 나가시마 씨가 가오리 씨와 결혼하는 게 법적으로 가능한 일인지는 잘 모르겠지만 말이죠. 일본의 법률상 직계 혈족 또는 삼촌 이내의 방계 혈족 사이의 결혼은 불가능합니다."

"아오에 씨."

이번에는 미즈호가 그를 노려보았다. 그리고 얼른 시즈카 쪽을 바라보았다. 그의 지나친 말이 다른 사람들에게 상처를 줄 수도 있다. 그러나 시즈카 쪽에는 그 말이 들리지 않은 듯 했다.

"입이 너무 가볍네."

미즈호가 작은 소리로 주의를 주었다.

그러나 정작 아오에는 금기를 건드렸다는 사실에 별로 신경 쓰는 기색 없이 그저 어깨를 으쓱했을 뿐이다.

"단, 동경하거나 사모하는 마음에는 법률이 적용되지 않겠죠? 나는 그런 시답잖은 세계에서 하루빨리 그녀를 구제하고 싶단 말이죠. 그런 의미에서는……."

아오에의 맑은 눈이 갑자기 미즈호를 향했다.

"미즈호 씨도 하루빨리 짝을 찾았으면 좋겠어요."

"바보같이."

바보, 라는 단어를 강조하면서 가오리가 말했다.

"나가시마 씨나 미즈호 언니나 이 사람 말 귀담아듣지 말아요. 날 철모르는 어린애로 아나 본데……."

"본질은 그렇죠."

그렇게 말하는 아오에의 얼굴은 웃고 있었지만, 그 목소리에 담긴 진지함이 미즈호를 살짝 놀라게 했다.

"가오리 씨는 자신이 아직 소녀에서 탈피하지 못했다는 사실을 깨닫지 못하고 있어요. 빨리 깨치고 그런 껍질은 벗어던지는 편이 좋을 텐데요."

"그런가요?"

"그렇죠."

"충고 고맙네요. 하지만 난 아오에 씨의 구제 따위는 필요 없어."

가오리가 격하게 말을 내뱉자 아오에는 두세 번 눈을 깜박거리더니 또다시 웃어 보였다. 미즈호는 그 몸짓에서 그의 순간적인 낭패감을 엿본 듯한 느낌이 들었다.

저녁 만찬이 끝났다. 무네히코가 스즈에에게 응접실에 술자리를 준비하라고 지시하면서 일어서자 가쓰유키와 마쓰자키가 그를 뒤따라 응접실로 향했다. 와카코도 시즈카의 방으로 가는 바람에 다들 해산하는 분위기가 되고 말았다.

미즈호와 젊은 사람들은 거실 소파로 자리를 옮겨 차를 마시면서 담소를 계속했다. 아오에는 무네히코의 퍼즐을 만지작거리면서 간간이 대화에 끼어들었다. 그리고 가오리가 뭔가 하려는 듯한 몸짓을 보이면 휠체어를 밀어 주거나 그녀가 필요로 하는 것을 가져오는 등 열심히 시중을 들었다. 하지만 가오리 쪽은 아까 아오에가 한 말이 아직도 거슬리는지 그의 기사도적인 행동을 무시하는 듯한 태도를 보였다.

그렇게 시간을 보내고 있다가 11시가 좀 지나자 스즈에가 와서 침대 세팅이 끝났으니 언제든 자라고 알렸다. 미즈호는 가오리와 마주 보는 방을, 나가시마는 무네히코와 마주 보는 방을 쓰면 된다고 했다.

"오늘은 괜찮으니까 걱정 마세요."

그렇게 말하고서 스즈에가 나가시마를 보며 웃었다.

"무슨 뜻이에요, 오늘은 괜찮다니?"

미즈호가 묻자 옆에서 가오리가 대답했다.

"내가 조심스럽지 못하게 군 일이 있었어. 나흘 전인가, 나가시마 씨가 여기 묵게 되었는데, 자기 전에 나가시마 씨 방에서 얘기를 나누다가 그만 머리맡에 있는 꽃병을 건드렸거든. 그 바람에 침대가 푹 젖어서……."

"아니에요, 아가씨. 그런 곳에 꽃병을 놓아둔 제가 조심스럽지 못했던 거죠."

스즈에가 말했다.

"그래서 내가 아빠 방을 사용하시라고 했는데……. 그날 밤 아빠는 오디오 룸에서 잠드셨거든."

"아무리 그래도 그럴 수는 없죠."

"그래서 나가시마 씨는 어떻게 했는데요?"

미즈호가 물었다.

"어떻게 하기는요. 그냥 잤습니다. 침대가 좀 젖었다고 못 잘 것도 없죠."

"아무튼 오늘 밤은 괜찮아요. 꽃병을 치웠으니까요."

그렇게 말하고서 스즈에가 방긋 웃었다.

"그런데 남자 분들은 응접실에서 뭘 하고 있나요?"

"사장님은 퍼즐을 하고 계시던데요. 가쓰유키 씨와 마쓰자키 씨도 같이 하시는 것 같고요."

"딱하게 됐군요."

아오에가 그렇게 이죽거렸다.

다들 2층으로 올라갔다. 스즈에가 말한 대로 미즈호의 방은 가오리 방과 마주 보고 있었다. 서양식 방이고, 정확히는 모르겠지만 넓이가 다섯 평 정도는 되는 것 같았다. 침대와 책상, 조그만 테이블과 의자가 놓여 있다. 방 한구석에는 샤워실까지 있다.

"나가시마 씨는 종종 자고 가니?"

미즈호는 방에 따라 들어온 가오리에게 물어보았다. 아까 얘기가 떠올랐던 것이다.

"자주라고 할 정도는 아니야."

그렇게 대답하고서 가오리는 자신의 머리카락을 매만졌다. 그리고 무언가를 살피는 듯한 눈빛으로 미즈호를 쳐다보았다.

"아까 식사 때 아오에 씨가 한 얘기는 신경 쓰지 마."

"아오에 씨가 한 얘기? 아아, 그 말⋯⋯."

"그 사람, 취했어. 그래서 그렇게 이상한 말을 주절거린 거야."

"별로 신경 안 쓰는데."

미즈호는 웃으면서 말했다.

"가오리가 너무 예민하게 구는 거지, 무시하면 될 일을."

미즈호가 그렇게 말하자 가오리는 고개를 숙이고서 자신의 손가락을 만지작거렸다.

"그분이 결혼하지 않는 이유에 대해 아오에 씨가 얘기해 준 적이 있어."

"그분?"

미즈호는 원피스의 등 지퍼를 내리려던 손을 멈췄다.

"그분이라면, 나가시마 씨?"

가오리가 희미하게 고개를 끄덕였다.

"나가시마 씨, 우리 엄마를 좋아했대. 그리고 지금도 잊지 못한다네. 그게 아오에 씨 생각이야."

"요리코 이모를?"

"응."

뜻밖의 얘기였다.

"아오에 씨가 왜 그런 말을 했을까?"

"아오에 씨뿐만이 아니야. 이 집에 드나드는 사람이라면 다들 눈치챘을지도 몰라. 나 역시 누가 말해 주지 않아도 알 수 있었고. 그분이 언제나 뜨거운 눈길로 우리 엄마를 바라봤거든. 말하기가 두려웠을 뿐이지. 그분에게 우리 엄마는 배다른 누나일 수도 있잖아."

"가오리."

미즈호는 그렇게 말하는 가오리를 나무라듯이 이름을 불렀다.

"미안해."

그녀가 가느다란 목소리로 대꾸했다.

"이런 말을 할 생각은 아니었는데."

미즈호는 원피스를 스르륵 벗고는 침대 위에 놓인 가운을 걸쳤다. 그리고 가까이에 있는 의자에 앉아 다리를 꼬고서 가오리를 보았다.

"그래서 지금은 네가 억누르고 있는 거야, 나가시마 씨에 대한 마음을?"

그러자 가오리는 세차게 도리질했다.

"그렇게 말하지 마."

뜻밖에도 그 말투가 너무 강경해서 미즈호는 움찔했다.

"아, 안 되는데, 이러면."

가오리가 기어 들어가는 목소리로 사과했다.

"거의 중년의 히스테리네. 정말 부끄럽다."

"이제 자는 게 좋겠다. 침대까지 데려다 줄게."

미즈호가 일어섰다.

"응, 그래야겠어. 머리도 조금 아프고. 미즈호 언니, 지겨웠지?"

"아니, 그렇지 않아. 재미있었어. 내일 또 얘기하자."

"응, 그래."

가오리를 방으로 데리고 가서 침대에 눕힌 미즈호는 자신의 방으로 돌아와 안쪽에서 문을 잠갔다. 그리고 침대에 앉아 후, 숨을 내쉬었다.

첫사랑······이로군.

가오리와 얘기를 나누면서 그 그리운 단어가 떠올랐다. 그녀는 지금 사랑에 빠져 있다. 그러나 그 사랑은 아오에가 말했듯이 결코 이루어질 수 없는 것이다.

나가시마가 다케미야가에 드나들기 시작한 것은 지금으로부터 약 10년 전이다. 고이치로가 집으로 불러서 자신의 머리를 깎게 한 것이다. 미즈호는 그가 대체 누구인지 의문스러웠지만 물어서는 안 되는 분위기여서 잠자코 있었다.

그러던 중 엄마인 고토에가 말해 줘서 나가시마가 고이치로와 그의 첩이 낳은 아들이라는 사실을 알게 되었다. 물론 시즈카도 그 사실을 알고 있었고, 당시에는 옥신각신 시끄러웠던 모양이다. 그런데 나가시마 씨의 사람됨이 차츰 알려지면서 시즈카도 그가 드나드는 것에 별다른 말을 하지 않게 되었다. 고이치로의 행위는 용서할 수 없지만 나가시마에게 는 아무런 책임이 없다고 생각했기 때문일 것이다.

당시 조그만 미용실에서 일하던 나가시마는 얼마 지나지 않아 시즈카의 머리도 손질하게 되었다. 솜씨가 좋았다는 뜻 일 것이다. 그러다 자연스럽게 그는 가오리의 전속 미용사가 되었다.

'가오리가 나가시마 씨에게 호감을 품게 된 것도 어쩌면 당 연한 일인지 몰라.'

그러나 한편 참 아이러니한 일이라고 생각했다. 가오리의 뒤늦은 첫사랑은 절대 결실을 볼 수 없을 것이다.

미즈호는 샤워를 한 후 머리와 피부를 손질하고서 침대에 들어갔다. 벽에 걸린 시계가 12시가 조금 지난 시각을 가리 키고 있었다. 그 시계의 고색창연한 장식을 바라보는데 문득 낮에 만난 묘한 인형사의 말이 떠올랐다.

'그 인형을 구매하거나 수중에 넣은 사람은 반드시 불행해 집니다.'

"설마……."

미즈호는 그렇게 중얼거리고서 머리맡에 있는 스탠드의 스 위치를 껐다.

피에로의 눈 ──

갑자기 문이 열리고, 이어서 우리들 세계에 빛이 들어왔다. 누군가 전원 스위치를 켠 것이다.

오디오 룸에 들어온 남자의 얼굴을 나는 기억하고 있었다. 내 기억이 틀림없다면 이 남자의 이름은 무네히코일 것이다. 금테 안경을 썼고 입가에는 수염이 나 있다.

금색이 감도는 갈색 가운을 걸친 무네히코는 가운에 달린 모자를 머리에 푹 뒤집어쓰고 있었다. 그가 내 앞에 쭈그리고 앉더니 뭔가를 꼼지락꼼지락 찾는 것 같았다. 내 아래 선반에는 레코드가 꽂혀 있으니 레코드를 찾고 있었는지도 모르겠다.

마침내 원하는 것을 찾았는지 그가 레코드를 손에 들고 턴테이블로 다가갔다. 그리고 옆에 있는 조그만 스탠드를 켜고서 조심스럽게 레코드에 바늘을 내려놓았다.

무네히코는 턴테이블 앞에 서서 돌아가는 레코드를 한참이나 바라보았다. 그러다 싫증이 났는지 그 자리를 떠났다.

푹신해 보이는 소파가 오디오 기기와 스피커에 둘러싸이듯 놓여 있었다. 그런데 무네히코는 그 소파에 앉지 않고 다시 입구 쪽으로 가서 불을 껐다. 그러자 이 넓은 오디오 룸에는 턴테이블 옆에 있는 조그만 스탠드 불빛밖에 존재하지 않게 되었다.

무네히코는 만족스러운 표정으로 앰프의 다이얼을 조절했다. 그리고 소파에 몸을 깊이 묻더니 손발을 쭉 펴고서 천천히 눈을 감았다.

그런 상태로 몇 분이 지났다. 그동안 무네히코는 꼼짝도 하지 않았다. 규칙적으로 가슴이 오르내리는 것으로 보아 아무래도 잠이 든 것 같았다.

문이 살짝 열린 것은 내가 그런 생각을 하고 있을 때였다. 스탠드의 불빛은 수납장과 소파에 가려 문까지 닿지 않는다. 그러니 문 쪽은 거의 아무것도 보이지 않을 정도로 캄캄했지만, 내 눈에는 희미하게 보였다.

문은 그 상태로 잠시 있다가 천천히 더 열리기 시작했다. 그리고 검은 덩어리 같은 그림자가 재빨리 안으로 들어왔다. 그림자는 몸을 낮추고 잠시 움직이지 않았다. 무네히코의 상태를 살피는 듯했다.

무네히코 쪽은 여전히 아무런 변화가 없었다. 자세도 처음 그대로다.

그가 잠이 들었다는 것을 그림자도 알아챘는지 어둠 속에서 다시 천천히 움직이기 시작했다. 숨을 죽인 채 최대한 자신의 기척을 내지 않으려 한다는 것을 알 수 있었다.

그림자는 내가 있는 쪽을 향해 이동하기 시작했다. 그리고 내가 놓여 있는 수납장 앞에 쭈그리고 앉았다.

이 그림자는 대체 뭘 찾으러 온 걸까. 그리고 지금 이 어둠 속에서 뭘 하고 있는 걸까.

그런 생각을 하고 있는데 이 기묘한 상황에 변화가 생겼다. 지금까지 자고 있던 무네히코가 갑자기 몸을 움직인 것이다. 이상한 기척을 감지했는지, 지금까지와는 전혀 다른 민첩함으로 소파에서 벌떡 일어나 주위를 둘러보았다.

무네히코가 어둠 속에 숨어든 자가 있다는 것을 알아챈 듯했다. 어, 하는 모양으로 그의 입이 벌어졌나 싶더니 다음 순간 그도 어둠 속으로 뛰어들었다. 수납장에 무언가가 쾅 부딪치는 충격이 느껴지고, 그림자와 그림자가 엎치락뒤치락하는 것이 눈앞에 보였다. 무네히코의 금색 가운 자락이 때로 희끗희끗 빛났다.

몇 초간 그런 격투가 계속되었다. 이윽고 슬로 모션처럼 양쪽의 움직임이 멈췄다. 한쪽은 천천히 무너지고 한쪽은 일어섰다. 이때쯤에는 내 눈이 꽤 세밀한 부분까지 볼 수 있었다.

쓰러진 쪽은 무네히코였다. 스스로 자신의 오른쪽 옆구리를 칼로 찌른 듯한 자세로 엎드린 채 꼼짝하지 않았다.

무네히코 옆에는 침입자의 모습이 있었다. 침입자는 몇 초 동안 무네히코 옆에 우뚝 서 있더니 비틀비틀 뒷걸음질을 치다가 내가 있는 수납장에 쿵 부딪쳤다. 그때 위쪽에서 무슨 소리가 나면서 무언가가 내 유리 케이스 위로 넘겨졌다. 예의 퍼즐 상자였다. 상자가 반쯤 열리고 안에서 퍼즐 조각이 와르르 쏟아졌다.

침입자가 정신을 차린 듯했다. 그는 쓰러진 무네히코를 빙 돌아 문까지 가더니 밖으로 나가 문을 휙 닫았다. 그 압력으 로 인해 내 위에서 겨우 균형을 유지하고 있던 상자가 내 눈 앞에 떨어지고 말았다.

나는 한숨이 나왔다.

또 내 주인이 죽은 모양이다.

게다가 지금은 아무것도 보이지 않는다.

3

밤중에 갑자기 눈을 뜬 미즈호는 도무지 다시 잠이 오지 않 아 끝내 침대에서 일어나고 말았다. 난방이 지나쳤는지 몸에 땀이 약간 배어 있었다. 그녀는 창문을 열고 바깥의 차가운 공기를 마셨다. 저택 전체가 고요했다.

창문을 도로 닫으려고 할 때였다. 대각선상으로 보이는 방 의 창문이 부옇게 밝아졌다. 그곳은 무네히코의 방이라고 알 고 있다. 스탠드라도 켠 것일까.

불빛이 다시 사라졌다. 무네히코가 아직 잠들지 않은 걸까,

생각하면서 미즈호는 창문을 닫았다.

침대에 들어가 한참이나 책을 읽었는데도 눈만 더 말똥말똥해질 뿐 잠은 오지 않았다. 다시 침대에서 나와 가운을 걸쳤다. 맥주라도 한 캔 마시자고 생각한 것이다.

방에서 나와 카펫이 깔린 복도를 걸었다. 여전히 아무 소리도 들리지 않는다. 계단을 내려갈 때 장식장 위의 인형에 눈길이 갔다. 소년과 망아지 인형이었다. 그 피에로 인형이 놓여 있지 않길 다행이라고 미즈호는 생각했다. 이렇게 깊은 밤에 그 불길한 인형을 보면 기분이 영 좋지 않을 것 같다.

'어?'

인형에서 눈을 떼었을 때 장식장 위에서 빛나는 조그만 것이 눈에 들어왔다. 주워 들고 보니 조그만 단추였다. 누군가의 옷에서 떨어진 모양이었다.

'왜 이런 게 여기 놓여 있지?'

미즈호는 어떻게 할까 망설이다가 결국 원래 있던 자리에 그대로 두었다. 내일 스즈에든 누구든 보겠지 생각하면서.

그녀는 계단을 내려가 부엌으로 가서 냉장고에서 캔 맥주를 꺼내 들고 방으로 돌아왔다. 그리고 맥주를 마시면서 무심코 시계로 눈길을 돌렸다.

딱 새벽 3시였다.

1

2월 11일, 일요일.

비명이 들렸을 때 미즈호는 여전히 침대 속에 있었다. 그후로도 잠들지 못한 채 깜빡거리는 상태에서 아침을 맞은 것이다.

시계를 보니 아침 7시가 조금 지나 있었다. 미즈호는 벌떡 일어나 부랴부랴 옷을 갈아입고 방에서 뛰쳐나왔다. 마침 가오리도 휠체어를 타고 복도를 지나가고 있었다. 뒤에서 그녀에게 아침 인사를 하고서 물었다.

"방금 그 소리, 뭐야?"

"아마 스즈에 씨일 거야."

가오리가 불안한 표정으로 대답했다.

"무슨 일이 있나?"

"아무튼 빨리 가 보자."

미즈호와 가오리가 엘리베이터를 타고 내려갔다. 거실에 거의 전원이 모여 있었다. 아오에, 시즈카, 나가시마…… 곤도 부부의 모습도 보였다. 그런데 그들 모두의 시선이 일정한 방향에 집중되어 있었다. 부채꼴의 중심에 있는 사람은 스즈에였다. 그녀는 지하실에서 막 계단을 올라온 듯했다. 납처럼 하얗게 질린 얼굴이 무엇에 홀린 사람처럼 딱딱하게 굳어 있다.

"사장님이……."

떨리는 입술에서 억양 없는 목소리가 흘러나왔다.

"사장님이…… 돌아가셨어요."

잠시 기묘한 공백의 시간이 흘렀다. 다들 아무런 반응도 보이지 않은 채 아연하여 서 있었다.

처음으로 행동에 나선 사람은 가쓰유키였다. 그는 스즈에를 밀쳐 내더니 거구에 어울리지 않게 후다닥 계단을 뛰어 내려갔다. 나가시마와 아오에가 그 뒤를 따랐다. 곧이어 미즈호도 계단을 내려갔다. 그때 등 뒤에서 가오리의 말소리가 들렸다.

"거짓말……."

울먹거리는 목소리였다.

계단 아래 오디오 룸의 문이 반쯤 열려 있었다. 미즈호는 안으로 발을 들여놓았다.

실내 상황을 보고서 그녀는 저도 모르게 손바닥으로 입을 막았다. 나가시마와 아오에 역시 아무 말도 못하고 있었다.

"대체 어떻게 된 거야, 이게 대체……."

가쓰유키가 쥐어짜는 듯한 소리로 중얼거리는데 곤도 부부가 내려왔다. 와카코는 눈앞에 벌어진 상황을 보고서 비명을 질렀다.

무네히코는 방구석에 있는 수납장 앞에 쓰러져 있었다. 상반신은 엎드린 자세이고 허리에서 아래로는 약간 뒤틀린 채 옆을 향해 있다. 그리고 가운의 오른쪽 옆구리 부근이 피에 젖어 있었다. 그런 그를 마치 장식이라도 하듯 퍼즐 조각이 그의 몸 위와 주변에 널려 있었다. 수납장 위에 있던 것이 떨어진 듯했다. 퍼즐 조각이 들어 있었을 것으로 짐작되는 상자도 옆에 떨어져 있었는데, 그 뚜껑은 카세트 케이스 앞에 놓여 있었다. 잘 보니 퍼즐 뚜껑은 예의 피에로 인형이 든 유리 케이스를 덮듯이 걸려 있었다. 뚜껑에는 '나폴레옹의 초상'이라는 제목이 쓰여 있었다.

무네히코의 시신도 충격적이었지만, 모두를 놀라게 한 것은 그뿐이 아니었다. 어떻게 된 일인지 거기에는 무네히코 외에 또 한 구의 시신이 있었다. 그 시신은 무네히코 옆에서 바닥에 쭈그리고 앉은 꼴을 하고 있었고 가슴에는 나이프가 꽂혀 있었다.

"어떻게 된 거야, 이게?"

가쓰유키가 똑같은 말을 다시 한 번 내뱉었다.

"왜 미타 리에코가 이런 데서 죽어 있는 거지?"

형사들이 지하실에서 조사하는 동안 나머지 사람들은 응접실에 있었다. 가쓰유키와 와카코. 둘은 나란히 소파에 앉아 있고 미즈호와 나가시마와 아오에가 그들을 마주 보고 앉아 있었다. 가오리는 휠체어에 앉은 채 미즈호 바로 옆에 있었다. 조금 전까지 창백하게 질려 있던 그녀의 얼굴에 약간 붉은 기가 돌았다.

마쓰자키만 모두에게서 조금 떨어져 창가의 장식장 옆에서 있었다. 거기에는 무네히코가 맞추다 만 '머더구스'의 퍼즐이 있었는데 마쓰자키는 고개를 숙인 채 무료하다는 듯 그 퍼즐 조각을 끼워 맞추고 있었다.

한동안 아무도 입을 열지 않았다. 저마다 하고 싶은 말이 있지만 어떻게 표현하면 좋을지 모르겠다는 듯한 침묵이었다.

미즈호는 어제 낮에 이 응접실에서 있었던 일을 생각하고 있었다. 고조라는 인형사를 만난 일이었다. 그가 말했던 '비극의 피에로' 징크스가 머리에 떠올랐다.

퍼즐 상자의 뚜껑이 피에로 인형 케이스에 걸려 있었지만 미즈호는 그대로 둔 채 오디오 룸에서 나왔다. 그 불길한 표정을 보면 끔찍할 것 같아서였다.

'그러고 보니 오늘 그 사람이 올지도 모르겠네. 하지만 인형이 어쩌고 할 때가 아니지.'

만약 고조가 사건을 알게 되면 이번에는 어떤 표정을 지을까. 미즈호는 때맞지 않게 그런 상상에 잠시 사로잡혔다.

"시간이 꽤 오래 걸리는군."

이번에도 맨 먼저 침묵을 깬 사람은 가쓰유키였다. 모두의 시선이 자신에게 집중되자 그가 설명했다.

"참고인 조사…… 말이야, 원래 이렇게 시간이 걸리는 건가?"

지금은 시즈카와 첫 발견자인 스즈에가 조사를 받고 있다.

"피해자가 거물이니 그럴 만도 하죠."

소파에 다리를 꼬고 앉은 자세로 아오에가 아는 척을 했다.

"틀림없이 내일 아침 신문에 대문짝만하게 실릴 겁니다. 세상이 주목하게 되면 경찰로서는 한시 빨리 해결하고 싶을 테니 처음부터 철저하게 조사하겠죠. 이런 사건은 초동 수사가 중요하다니까 말입니다. 참고인 조사만 해도 아주 사소한 부분까지 캐고 들 거예요."

"뭘 물어보려나?"

퍼즐을 만지작거리다 말고 마쓰자키가 불안한 표정으로 담배에 불을 붙였다. 이들 중 담배를 피우는 사람은 그와 가쓰유키뿐이었다. 그런데도 두 사람이 피우는 담배 연기만으로 응접실 공기가 부옇게 안개라도 낀 것 같았다.

"인간관계와 최근에 보인 언동 같은 거요."

이번에도 아오에가 나섰다.

"마쓰사키 씨에게는 회사 일에 대해서도 물을 겁니다. 최근
에 달라진 것은 없었는지 등을 묻겠죠. 그리고 어젯밤의 행동
에 대해서도요."

"어젯밤의 행동?"

가쓰유키가 납득이 가지 않는다는 표정으로 되물었다.

"사장님의 행동 말인가, 아니면……."

"물론 각자의 행동이죠. 뻔하지 않습니까. 각자에게 얘기를
들어 보고 모순점이 있지는 않은지 세세하게 점검하겠죠. 부
자연스러운 행동이 있었다면 집요하게 물고 늘어질 테고요.
그게 그들의 취조 방식입니다. 아무튼 있는 그대로의 진실을
얘기하면 별문제 없겠죠. 물론 수상한 점이 없다면 그렇다는
말이지만요."

아오에가 그렇게 말하고서 모두의 얼굴을 둘러보았다.

"자네 얘기는 우리들 중에 두 사람을 죽인 범인이 있다는
듯이 들리는데."

가쓰유키는 볼을 실룩거리며 아오에의 얼굴을 똑바로 쳐다
보았다.

"그런 말이 아니죠. 경찰은 온갖 가능성을 생각할 거다, 그
런 뜻으로 한 말입니다."

"자네도 오디오 룸에 가서 현장을 봤으니 알 것 아닌가. 사

태는 명백해. 사장님은 미타 리에코에게 살해당한 거야. 그리고 그녀는 자살한 것이고. 즉 억지 동반 자살인 셈이지."

머리로만 생각하던 것을 말로 함으로써 스스로도 확신이 깊어졌는지 가쓰유키는 두세 번 고개를 끄덕거렸다.

"억지 동반 자살이라고요? 왠지 시대에 뒤떨어진 얘기처럼 들리는데요. 무슨 근거로 하시는 말씀이죠?"

아오에는 어딘가 모르게 여유가 느껴지는 말투로 그렇게 물었다. 그 순간 가쓰유키가 울컥하는 듯했다.

"상황으로 봐서 뻔하잖아. 사장님은 옆구리를 찔렸어. 그리고 미타는 그 칼로 자기 가슴을 찌른 거고."

그러자 아오에는 말이 안 된다는 듯이 고개를 저었다.

"그 정도는 간단히 위장할 수 있습니다. 삼류 드라마에서도 흔히 써먹는 수법이에요. 게다가 동기가 없잖아요."

"동기가 없다고는 할 수 없지. 그 두 사람은, 그게 그러니까…… 여러 가지로 일이 많았던 모양이더군."

가오리를 의식한 것인지 가쓰유키는 애매하게 말을 얼버무리고 헛기침을 한 번 했다.

"하지만 결정적인 근거라고는 할 수 없죠."

"그야 그렇지만, 가능성이 가장 높다고는 할 수 있지."

"없어진 건 없었습니까?"

나가시마가 다소 조심스럽게 끼어들었다. 미즈호는 나가시마가 자신의 생각을 말한다기보다는 격앙되어 가는 두 사람의 대화를 중재하기 위해 그러는 것으로 느껴졌다.

그에게 모두의 눈길이 쏠렸다. 그러니까, 하면서 나가시마가 혀로 입술을 핥았다.

"그러니까, 강도의 짓일 수도 있지 않을까 해서……."

"그럴 가능성이 더 높을지도 모르죠. 문단속을 어떻게 했는지 조사해 보지 않고서는 뭐라 말할 수 없겠지만요."

아오에가 나가시마의 의견에 동조했다. 그러는 사이 가쓰유키는 불쾌하다는 듯이 담배만 피우고 있었다.

"저, 그렇지만……."

마쓰자키가 머뭇거리며 입을 열었다.

"미타 씨가 왜 거기 있었는지 모르겠군. 그녀는 어제저녁에 돌아갔잖아."

"무네히코 씨가 다시 불렀겠죠, 보나 마나."

그때까지 말이 없던 와카코가 담담하게 말했다. 그녀는 무네히코를 형부라고 부르지 않는다.

"사장님이 그 밤중에?"

가쓰유키가 되묻자 그녀는 고개를 분명하게 끄덕거렸다.

"그 여자가 사는 아파트, 여기서 그렇게 멀지 않을 거야. 그래서 무네히코 씨가 때때로 불렀던 것 같던데."

"부르다니……, 이 집으로?"

"그래요. 미타 씨를 뒷문으로 들여서 오디오 룸에서 만났어. 가끔은 아침까지……."

그렇게 말한 와카코는 끓어오르는 감정을 억제하듯 침을 꿀꺽 삼켰다.

"스즈에 씨에게 들었는데, 이른 아침에 그 여자 차가 주차장에 있었던 적도 있대요. 어제는 자기 부인의 49재 날이었으니 자숙할 줄 알았는데."

"지금은 그런 얘기 하지 말지."

그렇게 말하는 가쓰유키의 눈은 응접실 구석에 있는 가오리를 향해 있었다. 가오리는 무릎 위에 두 손을 모은 채 꼼짝하지 않았다.

그들의 대화를 들으며 미즈호는 '무네히코 이모부가 참 멋대로 하고 싶은 걸 다 하며 살았나 보네.'라고 새삼스럽게 생각했다. 엄마 고토에의 말로는 고이치로가 죽은 후부터 조짐이 보이기 시작했다는데, 요리코가 죽고 나자 더욱 고삐가 풀렸던 모양이다.

시즈카가 돌아온 것은 그로부터 한참이 지나서였다. 그녀는 뚱뚱한 체구에 머리를 짧게 깎은 남자와 함께 들어왔다. 그리고 말없이 소파에 앉더니 눈을 감은 채 돌처럼 움직이지 않았다. 마치 아무도 말을 걸지 못하도록 시위하는 것처럼 보였다.

그녀와 함께 들어온 남자는 실내를 빙 둘러본 후 곤도 부부에게 시선을 고정했다.

"잠시 말씀을 듣고 싶은데, 괜찮겠습니까?"

가쓰유키는 와카코와 얼굴을 마주 본 다음 형사에게 되물었다.

"둘이 같이 가도 되는 건가요?"

형사는 잠시 생각하는 듯하다가 입을 열었다.

"남편 분부터 부탁드리겠습니다."

아마도 경찰은 조금 전에 아오에가 말했듯이 각자에게 개별적으로 얘기를 들을 속셈인 듯했다.

가쓰유키가 형사와 함께 나가려는데 어, 하는 소리와 함께 요란한 소리가 울렸다. 마쓰자키가 퍼즐 판을 든 채 우뚝 서 있었다. 그의 발치에 퍼즐 조각이 흩어져 있었다.

"여기 두면 거치적거릴 것 같아서 옮기려고 했는데……."

마쓰자키가 쭈그리고 앉아 조각을 줍기 시작했다. 미즈호도 일어나서 거들었다. 형태가 남아 있는 부분도 있었지만 '머더구스' 그림의 대부분이 망가지고 말았다.

"거의 완성 단계여서 기분도 가라앉힐 겸 했거든요. 지금 막 완성했는데 아깝게 됐네."

굵고 짧은 손가락으로 조각을 주우면서 마쓰자키가 조그만 소리로 중얼거렸다.

"퍼즐이로군요."

형사가 내려다보면서 말했다.

"현장에도 비슷하게 퍼즐이 흩어져 있던데……. '나폴레옹의 초상'이라는 작품이었습니다. 다케미야 씨의 취미였나 봅니다."

"어젯밤에도 여기서 맞추었어요."

형사와 나가려던 가쓰유키가 끼어들었다.

"술을 마시면서도 열심이었어. 우리 얘기도 듣는 둥 마는 둥 말이야. 뭐가 그렇게 재미있는지 모르겠지만."

어젯밤 만찬이 끝난 후 무네히코와 가쓰유키, 마쓰자키는 이 응접실에서 술을 마셨다. 그들이 무네히코의 퍼즐 놀이에 마지못해 참여했다는 것은 어젯밤에 스즈에에게 들어서 미즈호도 알고 있었다.

"다케미야 씨의 방을 보았는데, 그쪽에도 절반쯤 완성된 퍼즐이 있더군요. 그쪽은 '이삭줍기'였습니다."

그리고 형사는 가쓰유키를 향해 "그럼 가시죠."라고 말했다. 가쓰유키는 가볍게 고개를 끄덕이고는 응접실을 나갔다.

그 후에도 남은 사람들이 차례로 불려 갔다. 마지막으로 참고인 조사를 받은 사람은 미즈호였다. 장소는 식당 한 모퉁이였다.

미즈호를 상대한 사람은 두 형사였다. 아까 본 뚱뚱하고 체격 좋은 형사는 야마기시라고 했고 호리호리한 또 한 형사는 노가미라고 했다. 야마기시는 마흔 살이 좀 넘어 보였고 노가미는 서른 전후로 보였는데 양쪽 다 얼굴에서 빈틈없는 성격이라는 것이 드러났다.

"어젯밤 몇 시쯤 방으로 갔습니까?"

야마기시가 물었다. 위압감이 없는 나지막한 목소리였다.

"11시쯤이었을 거예요."

"혼자서요?"

"아니요, 가오리와 함께였어요."

야마기시가 고개를 끄덕였다. 그때 일은 가오리에게 들어서 이미 알고 있을 것이다.

"그 후에는 줄곧 방에 있었습니까?"

"네. 11시 반 정도까지 가오리와 둘이 제 방에서 이야기를 나누다가 그녀를 방에 데려다 주고 나서 샤워하고 잤어요."

"도중에 잠에서 깼습니까?"

"네."

미즈호의 대답에 형사들의 눈이 약간 반짝인 듯했다.

"그게 몇 시쯤이었죠?"

야마기시가 물었다.

"정확히는 모르겠어요. 한참 책을 읽다가 방에서 나와 부엌으로 가서 캔 맥주를 꺼내 들고 돌아와 보니 3시였어요."

"잠에서 깬 것은 무슨 소리가 들려서였습니까?"

"아니에요, 그런 건 아니었어요. 그냥 잠이 깼어요. 난방 때문에 더워서 눈이 떠졌는지도 모르죠."

미즈호는 잠시 생각하고서 신중하게 대답했다.

"그렇군요. 아닌 게 아니라 참 따뜻합니다."

야마기시는 또 실내를 둘러보면서 말했다.

"캔 맥주를 가지러 내려갔을 때 뭔가 이상한 점은 없었습니까? 소리가 났다든지, 뭘 봤다든지, 아니면 누구를 만났다든지요."

"일어나서 창문을 열었는데 그때 좀 마음에 걸리는 일이 있었어요."

미즈호는 무네히코의 방에 불이 켜졌다는 얘기를 했다. 그러자 그들이 미즈호 쪽으로 몸을 바짝 들이밀었다.

"불이 어느 정도나 켜져 있었죠? 그러니까, 시간으로 따지면……."

"글쎄요…… 아마 한 10초였을 거예요."

"사람 모습은 안 보이던가요?"

"네, 안 보였어요."

"그 후 잠이 들 때까지 무슨 소리는 듣지 못했습니까?"

"네, 안타깝게도. 전 남쪽 방에서 자고 있었으니까요."

야마기시는 미즈호의 말이 순간적으로 잘 이해가 되지 않는다는 표정이더니 조금 지나서야 알겠다는 듯 고개를 끄덕였다.

"그렇군요. 사건이 발생한 곳은 북쪽 지하실이니 가장 먼 곳인 셈이군요."

옆에 앉은 노가미도 메모를 하면서 고개를 위아래로 움직였다.

"다시 처음으로 돌아가죠. 어젯밤 11시경에 방으로 갔을 때 무네히코 씨는 어디서 뭘 하고 있었습니까?"

미즈호는 입술에 손가락을 대고 어젯밤의 정경을 떠올렸다.

"그 전에 이미 응접실에 가 있었어요."

형사가 고개를 끄덕였다.

"무네히코 씨가 어젯밤 늦게 오디오 룸으로 갈 예정이었다는 것을 알고 있었나요?"

"아니요, 몰랐는데요."

"그런 습관이 있다는 것은요?"

"그것도 몰랐어요."

미즈호는 입을 다문 채 고개를 젓고는 형사들의 얼굴을 쳐다보았다.

"다른 사람들은, 그러니까 곤도 이모부나 마쓰자키 아저씨는 뭐라고 하던가요?"

거꾸로 질문을 하자 형사들은 잠시 허를 찔린 듯한 표정을 지었다.

"다른 분들은…… 다들 무네히코 씨가 잠자기 전에 지하실에서 클래식을 들으며 한두 시간 지내는 습관이 있다는 것을 알고 있더군요. 그런데 어젯밤만은 무네히코 씨가 오디오룸에 갈 마음이 없었을 거라고들 했어요. 응접실에서 나간 후에 자기 방으로 들어가는 것을 목격한 사람도 몇 명 있고요."

"그렇다면 큰이모부가 모두들 잠든 후에 자기 방에서 나와 오디오 룸으로 갔다는 건가요?"

"그렇게 되겠죠. 방금 미즈호 씨가 새벽 3시 조금 전에 무네히코 씨의 방에 불이 켜졌다고 했으니까 그때 방에서 나왔는지도 모르겠군요."

미즈호는 그때의 정경을 떠올렸다. 만약 그렇다면, 자신이 조금 더 빨리 맥주를 가지러 내려갔다면 사태는 달라졌을 수도 있었을 것이다.

이때 야마기시가 짐짓 헛기침을 했다.

"미즈호 씨는 1년 반가량 이 집에 오지 않았다고 하더군요. 외국에 있었다고요?"

"네."

미즈호가 고개를 까딱했다.

"1년 정도 오스트레일리아에 있다가 얼마 전에 돌아왔어요. 돌아가신 아버지의 친구 분이 그쪽에 회사 지사를 운영하고 있어서 거기서 일했어요. 사회 공부도 할 겸 해서요."

"그렇군요. 그럼 최근에는 다른 분들을 만나지 못했겠군요?"

"네. 가오리가 가끔 편지로 근황을 알려 주었어요."

"1년 반 만에 무네히코 씨를 만났는데, 어떤 얘기가 오갔습니까?"

"특별한 얘기는 없었어요. 결혼은 아직 생각이 없느냐, 그런 걸 물었는데 적당히 대답했죠. 이모부도 큰 관심은 없는 것 같았고요."

"오랜만에 본 무네히코 씨의 느낌이 어땠습니까, 혹시 전과 달라진 점은 없었나요?"

"글쎄요……."

미즈호가 고개를 비스듬히 기울였다.

"잘 모르겠네요. 별다른 점은 없었던 것 같아요."

"미타 리에코 씨, 그러니까 무네히코 씨 옆에 죽어 있던 여자 말인데요, 그 사람과 만난 적은 있습니까?"

"어제가 처음이었어요. 어제도 소개만 받았을 뿐 얘기는 나누지 않았고요."

그렇군요, 하면서 야마기시가 고개를 끄덕거렸다.

"그런데 말이죠, 이번 사건과 관련해서 뭔가 짚이는 건 없습니까? 예를 들어서 말이죠."

그는 테이블 위에 놓은 두 손을 몇 번이나 비벼 대고서 말했다.

"무네히코 씨에게 원한을 품고 있거나, 무네히코 씨를 방해물로 여기는 인물이 혹시 없었는가…… 그런 뜻입니다만."

순간 미즈호의 뇌리에 몇 사람의 얼굴이 떠올랐다. 그런 그녀의 속마음을 알아차렸는지 야마기시가 조금 더 미즈호에게 가까이 다가왔다.

"있나요?"

하지만 미즈호는 시치미를 뗐다.

"아니요, 모르겠어요."

그렇게 대답하자 형사는 잠시 그 자세로 그녀의 하얀 얼굴을 바라보았다. 그리고 엉덩이를 약간 들더니 다시 소파에 덜퍼덕 앉았다.

"미즈호 씨는 아주 침착하군요. 아오에 씨……였나요, 그 사람도 꽤나 침착하던데, 그와는 조금 다른 침착함이 있군요."

뭐라 대답하면 좋을지 몰라 미즈호는 아무 말도 하지 않았다.

"솔직하게 말씀드려서, 미즈호 씨도 그렇지만 여러 분 모두 지나치게 침착하다 싶습니다. 그렇긴 해도 물론 무네히코 씨의 죽음에 대해서는 슬퍼하고 있겠죠?"

미즈호는 형사의 얼굴을 보았다. 형사도 그녀의 얼굴을 똑바로 바라보면서 그녀가 어떻게 반응하는지 기다리는 눈치였다.

"네. 물론 모두 슬퍼하고 있죠. 마음속으로는요."

억양 없는 목소리로 미즈호는 대답했다.

2

형사들은 집요하게 저택 안팎을 조사하더니 저녁때가 되어서야 겨우 물러갔다. 점심때가 지나서까지 대문 앞에 진을 치고 있던 보도진도 조용해졌고, 쉴 새 없이 울려 대던 전화 벨도 지금은 잠잠하다.

미즈호와 가오리는 식당에서 스즈에가 구워 준 핫케이크를 앞에 놓고 있었다. 오늘은 한 끼도 제대로 먹지 못했다. 그런데도 가오리는 식욕이 전혀 없는지 핫케이크에는 손도 대지 않은 채 홍차만 마시고 있었다.

잠시 후 아오에가 나타나 둘을 마주 보고 앉아서 깊은 한숨을 쉬었다.

"일이 참담하게 됐네요."

미즈호에게는 그 소리가 별로 참담하게 여기지 않는 것으로 들렸다.

"다른 사람들은?"

케이크를 입에 넣다 말고 미즈호가 물었다.

"곤도 부부와 마쓰자키 씨는 응접실에 있어요. 회사 사람들이 들이닥친 모양이니 이 사태에 어떻게 대처할지 의논하고 있겠죠."

"할머니는 방에?"

"네. 연로한 몸으로 견뎌 내시기 힘든 일이겠죠. 나가시마 씨가 말 상대를 하고 있는 것 같은데, 두 사람 관계가 참 묘합니다."

그의 말에 가오리가 얼굴을 들었지만 결국 아무 말도 하지 않았다. 오늘은 대늘 기력도 없는 듯했다. 그런 그녀를 곁눈질하며 미즈호는 "경찰에서는 사건을 어떻게 보고 있나 모르겠네요."라고 말머리를 딴 데로 돌렸다.

가쓰유키 등은 형사들로부터 사건의 핵심에 가까운 얘기를 들은 모양인데, 미즈호와 가오리에게는 별로 알려 준 게 없었다.

"내가 듣기로, 역시 미타 리에코 씨가 의도한 동반 자살은 아닌 듯합니다. 외부에서 침입한 자의 범행일 가능성이 높은 것 같던데요."

"외부에서?"

"네. 주차장으로 통하는 뒷문 옆 출입구 자물쇠가 잠겨 있지 않았다더라고요. 게다가 범인의 것으로 보이는 장갑도 뒤쪽 문 밖에서 발견되었다고 하고요. 피에 흠뻑 젖어 있었다네요."

"장갑……."

"그리고 또 한 가지, 가운 밑에 입고 있던 아저씨의 잠옷 단추가 발견됐대요. 지하실 뒷문 밖에 떨어져 있었다고 하던데요. 아저씨가 범인과 티격태격할 때 떨어졌는데 범인의 몸 어딘가에 붙어 있다가 뒷문으로 도주할 때 떨어진 것으로 경찰에서는 추측하고 있나 봅니다."

"단추?"

미즈호는 움찔했다. 그러나 얼굴색이 바뀌지 않도록 주의하면서 물어보았다.

"어떤 단추인데?"

"언뜻 봤는데 별 특징이 없는 단추였어요. 손가락 마디만 한 크기에 금색이던데요."

"금색……이라고?"

미즈호는 두 볼이 뜨거워지면서 맥박이 빨라지는 것을 느꼈다. 그 단추가 혹시 어젯밤 복도 장식장 위에서 보았던 건 아닐까?

"아무튼 그런 상황이니 가족이 의심받는 추악한 사태는 피한 셈이죠. 물론 경찰이 외부 침입자의 소행으로 완전히 결론을 내린 건 아니겠지만요. 이 정도 위장은 손쉽게 할 수 있으니까요."

"무슨 뜻이죠?"

그때까지 말없이 테이블 위에 놓인 찻잔만 바라보고 있던 가오리가 감정을 억제한 낮은 목소리로 물었다. 아오에는 조금 당황한 듯이 보였다.

"별다른 의미는 없어요. 경찰이 신중을 기하고 있다는 얘기죠."

그렇게 말하고 아오에는 일어나서 계단을 올라갔다. 그 뒷모습을 바라보다가 가오리가 미즈호에게 물었다.

"범인이 우리들 중에 있을 수 있다고 생각해?"

"그럴 리 없어."

미즈호는 그렇게 대답했다. 하지만 가오리는 무언가를 곰곰이 생각하는 표정이었다.

식당에서 나와 계단을 올라가던 미즈호는 어젯밤 단추가 놓여 있던 장식장 위를 보았다. 우려했던 대로 거기에는 아무것도 없었다.

피에로의 눈 ——

오늘은 참 시끌시끌한 하루였다.

나의 비극은 그 어리석은 경찰이 퍼즐 상자의 뚜껑을 무턱대고 집으려 한 데서 시작되었다. 뚜껑이 내 유리 케이스에 걸려 있다는 것을 모르고 잡아당기는 바람에 나는 유리 케이스째 바닥으로 나뒹굴고 말았다. 당연히 유리 케이스는 산산조각이 났다. 경찰은 상사인 듯한 남자에게 혼이 난 모양이지만, 일단은 내게도 사과를 했으면 좋겠다.

아무튼 그 탓에 험한 꼴을 당했다. 경찰이 우글거리는 바람에 담배 연기며 체취로 가득한 오디오 룸은 불쾌함의 극치였다. 유리 케이스가 깨지지만 않았어도 외부 세계로부터 나를 차단해 주었을 텐데.

"범인의 장갑은 뒤쪽 대문 밖, 피해자의 잠옷 단추는 지하실 뒷문 밖에 떨어져 있었다……, 현장 상황만 봐서는 범인이 외부에서 침입한 것 같은데요."

젊은 키다리 형사가 뚱뚱하고 나이가 좀 많은 남자에게 그렇게 말했다. 두 사람 외에 코 밑에 수염을 기른 남자도 듣고 있었다. 그들 중에서는 수염 기른 남자가 제일 거들먹거렸다. 그는 차림새도 고급스러워 보였다.

"침입 경로가 뒷문이라는 말인가…… 범인이 어떻게 뒷문을 열었다는 거지?"

수염 기른 남자가 그렇게 묻자 뚱보가 대답했다.

"그 점에 대해서는 아직 밝혀진 게 없지만 한 가지, 무네히코 씨가 직접 문을 열어 줬을 가능성도 생각해 볼 수 있습니다."

"그게 무슨 소리지?"

"무네히코 씨가 늦은 밤에 미타 리에코를 불러들이지 않았나 싶습니다. 어젯밤뿐만이 아니라 종종 그런 일이 있었다고 하더군요. 하기야 이번처럼 늦은 밤에 그런 적은 전례가 없었던 것 같습니다만. 아무튼 미타 리에코는 어제저녁 일단 이 집에서 나갔으니 밤에 다시 왔다는 뜻이 됩니다. 그녀의 차도 주차장에 있었죠. 주차장에서 뒷문으로는 쉽게 돌아갈 수 있습니다."

수염 기른 남자가 흥, 하고 콧소리를 냈다. 무네히코에 대한 악의를 나타내는 것인 듯했다.

"그러니까 애인을 맞이하기 위해서 뒷문을 열어 두었다는 건가? 그리고 그 문으로 살인자가 침입했다는 말이야?"

"그렇죠."

뚱보가 고개를 끄덕였다.

"만약 그렇다면 범인이 그 모든 경위를 예상하고 있었다는 뜻인데……, 즉 무네히코 사장이 늦은 밤에 뒷문으로 여자를 불러들일 걸 알고 있었다는 거지."

"그렇습니다."

수염 기른 남자는 팔짱을 끼고서 잠시 그 주위를 서성거렸다.

"범인이 침입한 것은 미타 리에코가 오기 전이었을까, 아니면 오고 난 다음이었을까?"

"오기 전이었을 겁니다."

뚱보가 바로 대답했다.

"리에코가 들어온 후였다면 무네히코 씨는 뒷문을 다시 잠갔겠죠."

"그렇긴 하군. 그렇다면 범인은 여자가 오기 전에 침입해서 무네히코 사장을 살해했다……. 그런데 이 오디오 룸의 열쇠는 어떻게 되었지? 시신을 발견할 당시 문이 잠겨 있지 않았다고 들었는데."

"평소에는 문을 잠가 둔다고 합니다. 열쇠는 두 개가 있는데, 하나는 무네히코 씨가 가지고 있었고 다른 하나는 거실에 있더군요."

"만약 문이 잠겨 있었다면 범인은 어떻게 했을까?"

"노크를 하지 않았을까요?"

키다리가 그런 의견을 제시했다.

"여자를 기다리고 있었으니 노크를 했다면 아무런 경계심 없이 문을 열지 않았을까요?"

"그래서 문이 열린 틈을 노리고 단번에 덮쳤다? 흐음. 그렇다면 범인은 왜 곧바로 도주하지 않고 미타 리에코까지 살해한 거지?"

"두 가지 이유를 생각할 수 있습니다."

뚱보가 대단한 일이라도 되는 양 굵은 손가락 두 개를 세워 보였다.

"한 가지는 미타 리에코까지 살해할 이유가 있는 경우죠. 또 한 가지는 도주하려던 참에 리에코가 나타났을 경우입니다."

"현재 상황에서는 어느 쪽의 가능성이 많을까."

수염 기른 남자는 쓴 약이라도 입에 넣은 표정을 하고 웅얼거렸다.

"사망 추정 시각이 새벽 2시에서 4시 사이라고 했지?"

"그렇습니다. 자세한 것은 해부 결과를 봐야 알겠지만, 큰 차이는 없을 겁니다. 다만, 무네히코 씨의 조카인 다케미야 미즈호 씨가 3시쯤에 무네히코 씨의 방에 불이 켜지는 것을 목격했다고 합니다. 따라서 무네히코 씨가 지하실로 내려간 것도, 그리고 살해당한 것도 그 후라고 생각할 수 있죠."

"3시 이후라……."

수염 기른 남자가 턱을 쓰다듬었다.

"도난당한 물건은 없나?"

"없습니다."

키다리가 고개를 저었다.

"현재 무네히코 씨 외에 이 집에 사는 사람은 장모인 시즈카 부인과 딸인 가오리 씨, 대학원생 아오에, 그리고 기숙하는 가정부뿐인데요, 현재까지 없어진 물건은 없다고 합니다. 물론 이 오디오 룸에 뭐가 있었는지는 무네히코 씨 외에 잘 몰랐을 테니 설사 도난당한 물건이 있다 해도 정확히 알 수 없는 게 사실입니다."

"강도의 짓일 가능성도 지울 수는 없겠군."

"그렇습니다. 하지만 이 저택 내부에 대해서 모르고는 범행이 어렵겠죠."

키다리가 응수했다.

"음. 아무튼 이 저택을 방문한 적이 있는 사람들의 목록을 작성할 필요가 있겠군. 하기야,"

수염 기른 남자가 다시 팔짱을 꼈다.

"외부 침입자의 범행으로 위장했을 가능성도 있지. 혈흔이 묻은 장갑을 대문 밖에 버린 것만 해도 아주 간단한 일이잖아. 그런데 흉기에 대해서는 뭐 좀 알아낸 것 있나?"

"시판되는 과일칼인 듯한데, 이 집 물건은 아니라고 가정부가 증언했습니다."

이번에도 키다리가 대답했다.

"시즈카 부인도 본 적이 없다고 합니다."

"그렇군."

수염 기른 남자가 시큰둥하게 대답했다.

"그 밖에 범인이 남긴 건 없나?"

"아직까지는요."

뚱보가 대답하고서 이렇게 덧붙였다.

"그리고 단서라고 할 만한 것이 있다면 예의 단추겠죠."

"아, 그 단추."

수염 기른 남자가 고개를 끄덕거렸다.

"그 단추 말인데요……, 실은…… 감식반에서 아주 흥미로운 얘기를 했습니다."

키다리가 일부러 뜸을 들이듯 천천히 말했다.

"뭔데?"

"네, 그게 그러니까……, 지문이 검출되지 않았다고 합니다."

수염 기른 남자가 혀를 찼다.

"그게 뭐가 흥미롭다는 거야. 범인은 장갑을 끼고 있었을 텐데 검출되지 않는 게 당연하지."

"하지만 무네히코 씨의 지문은 있어야 하죠. 확인하기 위해 잠옷에 달린 다른 단추들도 조사해 봤는데, 전부 그의 지문이 검출되었습니다."

"호오……."

"게다가 떨어져 있던 그 단추에는 천 같은 것으로 닦아 낸 흔적이 있었다고 합니다. 장갑을 낀 범인이 왜 그 단추를 닦을 필요가 있었을까요?"

음, 하고 수염 기른 남자가 낮고 굵직한 소리를 냈다.

"모르겠군."

"그렇죠?"

키다리와 뚱보도 생각에 잠겼다. 그리고 셋 다 침묵했다.

"뭐, 아무튼,"

수염 기른 남자가 다시 입을 열었다.

"서둘러 결론을 내릴 필요는 없지. 저택 내부 사람을 포함해서 철저하게 인간관계를 조사해 보라고. 반드시 뭔가 나올 거야."

"무네히코 씨의 부인이 자살을 했다죠?"

키다리가 물었다.

"어제가 49재 날이었다고 하던데요."

"그래. 여자로 태어난 게 아까울 만큼 능력 있는 사람이었어."

그렇게 말한 수염 기른 남자가 쓸쓸한 표정을 짓더니 다시 말을 이었다.

"나는 다케미야가의 일이라면 오래전부터 잘 알고 있어. 아무튼 이 집안에는 알 수 없는 일이 많다니까."

그들이 나눈 대화는 대충 이랬다. 별 대단한 얘기를 나눈 것은 아니었다.

단, 무네히코 외에 한 여자가 살해된 것에는 놀랐다. 내 눈이 퍼즐 상자 뚜껑에 가려져 있는 동안 살인 사건이 하나 더 벌어졌다는 얘기다. 그러고 보니 무네히코를 살해한 범인이 도주한 후 몇 번인가 오디오 룸의 불이 켜졌던 게 기억난다.

과연 여자는 누구에게 어떤 식으로 살해당한 것일까.

그것은 나도 모른다.

3

2월 12일, 월요일.

미즈호는 새벽 6시에 눈을 떴다. 2시가 다 될 때까지 침대 속에서 이리저리 몸을 뒤척였으니 4시간 정도밖에 못 잔 셈이다. 그 탓에 머리가 무거운데도 눈은 말똥말똥하고 잠은 더 오지 않았다. 어제의 흥분이 아직 가시지 않은 느낌이었다.

특히 미즈호를 잠들지 못하게 한 것은 예의 단추 사건이었다. 그날 밤 복도의 장식장 위에 놓여 있던 단추가 어떻게 뒷문 밖에 떨어져 있었던 것일까?

우선 두 단추가 서로 다른 것이라고 생각해 볼 수 있다. 미즈호로서는 그렇게 생각하고 싶었다. 하지만 그럴 가능성은 거의 없었다. 왜냐하면 뒷문 밖에 떨어져 있었다는 단추의 모양과 색이 미즈호가 본 것과 흡사하고, 무네히코의 잠옷에서 단추가 두 개 떨어졌다는 얘기도 듣지 못했기 때문이다.

상황이 그러다 보니 별로 생각하고 싶지 않은 가설이 고개를 처든다.

그날 밤 이 저택에 있던 이들 중에 범인이 있다는 가설이다.

정리해 보면 다음과 같다.

우선 무네히코를 살해할 때 떨어진 잠옷 단추가 범인의 몸에, 예를 들어 옷 어딘가에 걸렸다든지 해서 달라붙게 되었다. 그런데 범인은 그런 줄을 모르고 자기 방으로 돌아갔다. 그런 와중에 단추가 그 장식장 위에 떨어진 것이다. 그리고 미즈호는 그것을 주워 들고 본 다음 도로 장식장 위에 놓았다. 다음 날 아침, 소동이 벌어지기 전인지 후인지는 명확하지 않지만, 장식장 위에서 단추를 발견한 범인은 외부인의 범행으로 위장하기 위해 기회를 봐서 뒷문 밖에 갖다 버렸다.

미즈호는 이렇게 추측하는 것이 가장 타당할 듯한 생각이 들었다. 현재로서는 단추의 이동 경로를 이렇게밖에 설명할 수 없다.

역시 범인은 이 저택 안에 있는 누군가일까?

미즈호는 옷을 갈아입은 후 간단히 세수만 하고 방을 나왔다. 복도는 아직 조용하다. 계단을 내려가 거실로 갔더니 벌써 일어나 바닥 청소를 하고 있는 스즈에가 보였다.

미즈호는 재빨리 머리를 굴렸다. 그녀가 범인일 수는 없다. 스즈에는 주방 안쪽에 있는 조그만 방에 기거하고 있었다. 무네히코의 잠옷 단추가 2층 장식장 위에 있었던 이상 내부인의 짓이라면 그날 밤 2층에서 잔 사람일 것이다.

"잘 잤어요, 스즈에 씨?"

미즈호가 말을 건네자 그녀가 깜짝 놀란 듯 동작을 멈췄다.

"아, 잘 주무셨어요. 오늘 아침은 이른 분이 많네요."

웃는 얼굴로 말하고 있지만 억지스러운 느낌이다.

"나 말고도 벌써 일어난 사람이 있어요?"

"네. 아오에 씨가 일어나서 조깅하러 나갔어요."

"조깅? 그 사람이 그런 것도 해요?"

"아니에요. 오늘은 잠이 일찍 깼다면서요. 평소에는 그런 일이 없어요."

"그렇군요."

무슨 바람이 분 것일까. 아니면 그 냉담한 사람도 잠을 잘 못 잔 건가 하고 미즈호는 생각했다.

소파에 앉았는데 테이블에 신문이 놓여 있었다. 사회면을 펼쳐 본 흔적이 있었다. 아오에일까? 아니면 스즈에가 읽었는지도 모른다. 펼쳐 보니 무네히코의 날카로운 얼굴 사진이 맨 먼저 눈에 띄었다. 그 옆에 미타 리에코의 사진도 있었다. 그리고 저속한 기사 제목. 기사는 사건을 두 달도 채 안 된 요리코의 자살과 은연중에 관련짓고 있었다. 잠깐 읽고서 미즈호는 신문을 탁 덮었다. 스즈에는 그런 그녀의 반응을 모르는 척하면서 열심히 바닥을 닦았다.

"어제 일 말인데요."

미즈호가 말을 건넸다.

"스즈에 씨는 몇 시에 일어났어요?"

걸레를 접고 있던 스즈에의 손이 움직임을 멈췄다.

"아마 6시 반쯤이었을 거예요. 경찰에게도 그렇게 말했는데요."

"그때 일어나 있던 사람이 또 있었어요?"

"아니요. 다들 자고 있었던 것 같아요."

"큰이모부 시신을 발견한 게 7시쯤이라고 했죠? 그때까진 뭘 했어요?"

"지금처럼 간단히 청소를 하고, 아침 식사 준비를 시작했어요."

"그 사이에 일어난 사람은요?"

스즈에가 잠시 생각하는 듯 시선을 위로 향했다.

"와카코 아가씨 부부가 2층에서 내려왔어요. 그리고 잠시

후에 나가시마 씨와 아오에 씨도 내려와서 소파에 앉아 프로
야구 얘기를 했어요. 마쓰자키 씨는 그 후에 내려왔을 거예
요."

"스즈에 씨가 2층에 올라가지는 않았죠?"

"그 다섯 분이 내려온 후에 어르신과 사장님을 부르러 올라
갔죠. 어르신은 대답이 있었는데, 사장님은 방에 안 계셨어
요. 그래서 지하실에 계신가 싶어 내려갔던 거예요. 그리
고……."

스즈에는 시신 발견 당시의 충격이 되살아나는지 침을 꿀
꺽 삼켰다.

"2층에 올라갔을 때 말인데요, 뭐 이상한 점은 없었어요?"

"이상한 점이라니요?"

"그러니까…… 뭘 주웠다든지."

영 신통치 않군, 하고 미즈호는 마음속으로 혀를 찼다. 장
식장 위에 단추가 놓여 있었는지를 확인하고 싶은데, 대놓고
물을 수가 없었다.

"뭘 떨어뜨리셨나요?"

무슨 소린지 모르겠다는 표정으로 스즈에가 물었다.

"그래요. 조그만 코인을 떨어뜨렸어요. 오스트레일리아에
서 쓰다 남은 건데, 계단 옆 장식장 부근에 떨어뜨린 것 같아
서요."

그럴싸하지는 않았지만 달리 적당한 거짓말이 떠오르지 않았다.

"글쎄요, 잘 모르겠네요. 다음에 청소할 때 주의해서 볼게요."

"부탁할게요."

미즈호는 대답하면서 만약 스즈에가 단추를 발견했다면 그대로 놔두지 않았을 거라고 생각했다. 그녀는 가구에 먼지한 톨만 묻어 있어도 참지 못하는 성격이다.

'범인이 단추를 언제 뒷문 밖에다 버렸을까?'

미즈호는 다 같이 지하실로 내려가 무네히코의 시신을 본후의 일을 하나하나 되짚어 보았다. 그녀의 기억에 그때 뒷문 쪽으로 간 사람은 없었다. 그러고서는 경찰이 출동할 때까지 전원이 응접실에 모여 기다렸다.

그렇다면 범인은 소동이 벌어지기 전에 단추를 처리했다는 얘기가 된다. 아침에 일어나 계단을 내려가려다가 장식장 위에 있는 단추를 발견했고, 소동이 벌어지기 전에 뒷문 밖에 버렸다…….

'만약 그렇다면 곤도 이모부와 와카코 이모, 마쓰자키 아저씨, 나가시마 씨, 아오에 씨 중에 범인이 있다는 얘긴데.'

미즈호는 자신도 모르게 머리카락 속에 두 손을 쑤셔 넣고 머리를 북북 긁었다.

아오에가 돌아온 것은 그로부터 10분쯤 지나서였다. 모자 달린 회색 운동복을 입고 목에 수건을 두른 모습으로 거실에 들어왔다.

"역시 밤새 감시하고 있었나 봐요."

신문을 읽고 있는 미즈호와 마주 앉자마자 그가 그렇게 말했다.

"감시라니?"

미즈호가 신문에서 얼굴을 들었다.

"경찰 말이에요."

아오에는 당연하다는 표정으로 말했다.

"우리의 움직임을 지켜보고 있어요. 범인이 내부 사람일 가능성이 높으니까 말이죠. 당분간 계속되겠죠."

"그걸 살피려고 조깅하러 나간 거야?"

"뭐, 그런 셈이죠. 아니나 다를까, 어디선가 차가 나타나서 따라붙더라고요. 그런데 산책로만 한 바퀴 돌고 돌아왔으니 실망이 컸겠죠?"

"경찰의 움직임에는 왜 신경을 쓰는 거야?"

"미즈호 씨는 신경이 안 쓰이나요?"

"그야 물론 쓰이지만, 굳이 확인까지 하고 싶은 생각은 없거든."

그렇게 대답하자 아오에의 표정이 약간 진지해졌다.

"저는 몹시 신경이 쓰입니다. 그들이 내부 사람을 얼마만큼 의심하고 있는지, 그 점이 말이죠. 바꿔 말해서 그들의 행동을 통해서 내부 사람이 범인일 가능성이 어느 정도인지를 알고 싶은 거라고 해야겠죠."

"우리들 중에 범인이 있기를 바라는 것처럼 들리네."

미즈호가 그렇게 빈정거리자 아오에는 허풍스럽게 눈을 부라리며 말했다.

"설마요. 누구도 가까운 사람 중에 범인이 있기를 바라지 않습니다. 다만 말이죠, 어제의 질문 내용하며 조금 전의 미행하며, 경찰은 명백하게 우리를 의심하고 있어요. 이 집에 붙은 감시가 그 정도이니, 곤도 씨나 마쓰자키 씨 쪽은 그 이상일 겁니다."

"듣기가 영 거북하네. 왜 이모부와 아저씨 쪽은 그 이상이라는 거지?"

미즈호는 그렇게 말하면서 그의 단정한 얼굴을 쳐다보았다.

"그야 말할 필요도 없죠. 다케미야 아저씨가 돌아가셔서 가장 이득을 볼 사람은 그 두 사람이니까요."

주변을 전혀 신경 쓰지 않는 태도로 아오에가 말했다. 미즈호는 혹시나 싶어서 주방 쪽을 보았지만 스즈에게는 들리지 않는 것 같았다.

"큰일 날 소리."

"과연 그럴까요?"

그는 소파에 깊숙이 앉아 긴 다리를 꼬면서 미즈호를 보았다.

"우선 곤도 씨 말인데요, 무네히코 씨를 거치적거리는 방해꾼으로 여긴 건 명백합니다. 실력은 자신이 한 수 위라고 생각하는데 다케미야가에 데릴사위로 들어왔다는 이유만으로 무네히코 아저씨가 회사를 지배하고 있잖아요. 곤도 씨 같은 성격의 사람은 참기 힘든 일 아니겠어요?"

"하지만 그건 어쩔 수 없는 일이잖아. 할아버지는 당신이 용퇴했을 때 요리코 이모의 오른팔로 활약해 달라는 뜻에서 곤도 이모부를 와카코 이모와 결혼시킨 거나 다름없으니까. 요리코 이모가 돌아가셔서 이모부가 회사를 물려받았어도 그 입장은 바뀔 수 없어."

"그렇게 간단히 접질 못하니까 인간이 슬픈 존재인 거죠. 제가 듣기로 곤도 씨는 요리코 사모님의 경영 능력에 대해서는 인정한 것 같더군요. 거의 여자라고 생각할 수 없을 정도라면서 말이죠. 그래서 그 하수 역할로 만족하고 있었어요. 그런데 상대가 무네히코 아저씨라면 얘기가 달라지지 않겠어요?"

"이모부의 능력은 인정하지 않는다는 뜻이야?"

"그럴 수도 있죠. 하지만 곤도 씨가 무네히코 씨를 싫어하는 이유는 좀 더 뿌리 깊지 않을까 싶은데요."

아오에가 무슨 말을 하는지 미즈호는 짐작조차 할 수 없었다. 그래서 의아하다는 표정을 짓자 그는 입술을 실룩거리며 몸을 앞으로 쭉 내밀었다.

"잘 모르시는군요? 고이치로 아저씨가 사실은 곤도 씨를 요리코 아주머니의 배필로 삼고 싶어 했다는 거."

"그건……."

미즈호도 고토에게 들은 적이 있었다.

"그런데 요리코 아주머니는 사업 능력이 그리 뛰어나지 않은 무네히코라는 남자를 선택했죠. 당연히 고이치로 아저씨는 반대했고요. 그런데도 아주머니는 아저씨를 설득했어요. 과연 어떻게 설득했을 것 같습니까?"

미즈호는 고개를 저었다.

"그 남자 같으면 과도한 야망을 품지 않을 것이다, 요리코 아주머니는 그렇게 말했어요. 무네히코라는 남자는 일보다 예술과 노는 쪽에 관심이 많은 타입이니 사장인 아내를 배신하고 회사를 가로채려 하지 않을 것이다, 이사 자리라든지 적당한 지위를 주면 만족할 것이다, 게다가 일밖에 모르는 자신은 자칫 인간으로서의 감성과 따뜻함을 잃을 수도 있다, 그러니 전혀 다른 분위기를 조성해 주는 남자가 옆에 있으면 좋지 않겠느냐……. 어때요, 요리코 아주머니다운 발상 아닌가요? 저는 이 얘기를 고이치로 아저씨에게 직접 들었어요. 아저씨는 무척 자랑스러워하셨죠."

아오에는 이 일화가 마음에 드는지 눈을 반짝이며 이야기했다.

요리코의 자상함을 기억하고 있는 미즈호는 얼마간 충격을 받았다. 그런데도 얼굴은 똑바로 아오에를 향하고 있었다.

"그래, 무슨 얘긴지 알 것 같아. 하지만 한 가지 빠뜨린 게 있어. 무엇보다 요리코 이모는 이모부를 사랑했어. 그게 가장 큰 이유 아닐까?"

"사랑이라고요?"

아오에는 마치 못 들을 말이라도 들었다는 듯 귀를 비벼댔다.

"요리코 아주머니는 완벽한 여자였으니까요. 동기야 어찌 되었든 남편으로 선택한 남자에게 최선을 다하는 사람이었죠."

"……"

반박할 말이 생각나지 않아 미즈호가 잠자코 있자 아오에는 "얘기가 옆으로 샜군요."라며 소파에서 자세를 고쳐 앉았다.

"아무튼 요리코 아주머니가 소마 무네히코라는 사람을 남편으로 선택한 데에는 그런 배경이 있었다는 말입니다. 그 일에 대해서는 곤도 씨도 알고 있고요. 그래서 요리코 아주머니가 돌아가시자 곤도 씨는 자신이 사장 자리에 오를 것이라고 내심 기대하고 있었죠. 그런데 현실은 그렇게 만만치가 않았어요. 다케미야가에 데릴사위로 들어온 남자가 어쩌다 우연히 실권을 쥐게 된 셈이 됐죠. 적어도 곤도 씨 생각에는요. 그러니 이런저런 불만이 쌓이지 않았을까요?"

"아오에 씨가 하고 싶은 말이 뭔지는 알겠어."

한숨을 쉬면서 미즈호가 말했다.

"알겠는데, 그런 이유로 그렇게 가까운 사람을 죽인다는 게 말이 돼?"

"미즈호 씨가 이해하지 못한다고 해서 동기가 성립되지 않는 것은 아니죠. 게다가 혈연관계도 아니고요."

미즈호는 아오에의 단정한 얼굴을 보면서 천천히 고개를 저었다. 가오리가 말했던 것처럼 이 남자에게서는 손톱만큼도 인간적인 면을 느낄 수 없다.

"그런 식으로 마쓰자키 아저씨도 의심하고 있다는 거네."

"마쓰자키 씨의 경우는 또 다른 이유로 원한이 깊을 겁니다."

아오에는 단정하듯 말했다.

"자기 아버지가 고이치로 아저씨와 함께 회사의 기초를 다진 만큼 나름의 프라이드가 있겠죠. 요리코 아주머니가 사장이던 시절에는 마쓰자키파라고 해서 그를 따르는 수하가 있었다고 들었어요. 아주머니도 어느 정도 용인하고 있었고요. 그런데 무네히코 아저씨는 그 마쓰자키파까지 강압적으로 공중분해시키고 말았다더군요. 그리고 최근에는 마쓰자키 씨를 자회사 사장으로 좌천시키려 한다는 얘기도 나돌았답니다. 한마디로 내쫓기 작전이죠."

"흐음……."

미즈호는 멍하니 아오에의 입가를 쳐다보았다. 자신은 회사
에 대해서 거의 아는 게 없었다. 게다가 1년 반 이상이나 떨어
져 지내다 보면 이래저래 변하는 것도 많다.

"그러니 곤도 씨나 마쓰자키 씨가 다케미야 아저씨를 살해
하려 했다 해도 크게 이상할 건 없다는 말입니다."

"별로 생각하고 싶지 않은 가능성이네."

"저도 좋아서 이런 말 하는 거 아닙니다. 하지만 경찰이 이
런 사정을 알게 되면 보나 마나 두 사람을 의심하겠죠."

그럴지도 모르지, 미즈호도 그렇게 생각했다.

"그런데 그 두 사람만 의심스러운 게 아니란 말이죠."

아오에의 목소리가 갑자기 낮아졌다. 스즈에가 식당 테이블
에 접시를 늘어놓으며 아침 식사 준비를 시작했기 때문이다.

"이런 타산만 동기가 되는 것은 아니죠. 사람은 증오심만으
로도 움직일 수 있어요."

"무슨 뜻이지?"

미즈호가 묻자 아오에는 뜻밖이라는 듯 눈을 동그랗게 떴다.

"가오리 씨에게 못 들었나요? 이 집 사람들은 하나같이 무
네히코 아저씨를 증오하고 있었는데. 예를 들어서,"

그가 바지런히 움직이는 스즈에 쪽을 살짝 손가락으로 가

리켰다.

"스즈에 씨도 그렇죠. 그녀는 요리코 아주머니가 어렸을 때부터 이 집에서 일했으니까요."

"……."

미즈호는 가오리가 한 말을 떠올리고 있었다. '모두 엄마를 사랑했어.'

"나가시마 씨도 그래요."

마치 미즈호의 속마음을 읽고 있는 것처럼 아오에는 말을 이어 갔다.

"그가 요리코 아주머니에게 어떤 감정을 품고 있었는지, 가오리 씨가 말 안 하던가요?"

미즈호는 새삼 그의 얼굴을 보았다. 태연한 표정에 어렴풋한 미소까지 어려 있었다. 미즈호는 어이없다는 표정을 지으며 그를 향해 두어 번 고개를 저었다.

"어떻게 그런 말도 안 되는 생각을 해? 아오에 씨에게 걸리면 누구든 범인의 자격을 갖추게 되겠네."

"누구든이라고 할 수는 없죠. 추측건대 제외할 수 있는 사람은 가오리 씨뿐입니다."

"나도 포함된다는 말이야?"

미즈호가 물어보았다. 아오에는 순간 허를 찔린 표정이었다.

"미즈호 씨에 대해서는 잘 모르니까 앞으로 지켜봐야죠. 하지만 제가 보기에 미즈호 씨는 사람을 죽이는 따위의 저급한 도박을 할 사람은 아니에요."

"말 한번 고맙네요."

미즈호는 새삼 공손하게 대답했다.

"그럼 이왕 이렇게 된 거 내 추리를 덧붙여도 될까?"

그 말에 아오에는 의외라는 표정을 지었다.

"그러시죠. 꼭 들어 보고 싶군요."

"내 추리 속에서 범인은 아오에 씨 당신이야."

"호오……."

그 대단한 아오에도 그 말에는 두 볼이 약간 경직되었다. 하지만 금방 누그러뜨리면서 응수에 나섰다.

"재밌겠는데요. 어디 들어 보죠."

"아오에 씨는 가오리와 결혼하기를 원하고 있어. 할아버지도 거의 그런 생각이었던 것 같고. 그런데 할아버지가 돌아가시고 없는 지금, 아오에 씨에게는 무네히코 이모부가 거치적거리는 존재가 됐어. 이모부는 당신과 가오리를 결혼시킬 마음이 조금도 없으니까."

"아하, 그렇군요."

아오에는 다리를 바꿔 꼬고서 오른쪽 귓밥을 긁적거렸다.

"그렇게 볼 수도 있겠습니다. 그럼 경찰이 저도 의심할지 모르겠군요. 그런데 말이죠, 제가 살인을 저지를 만한 사람으로 보이나요?"

"물론."

미즈호는 고개를 힘껏 끄덕였다.

"그렇게 보이지."

아오에는 몸을 한껏 젖혀 소파 등받이에 기대더니 애써 웃음 지었다.

"정확히 봤군요. 저는 살인이든 뭐든 다 할 수 있습니다. 가오리 씨를 위해서라면요."

4

"아오에 씨에게 물어보고 싶은 게 있어. 어제 아침 일이야."

미즈호가 정색하고서 말했다.

"뭐죠?"

"아침에 일어나서 여기로 내려온 후 뭘 했는지 궁금해. 우선, 아오에 씨가 내려왔을 때 여기에 누가 있었지?"

아오에가 장난스럽게 어깨를 으쓱했다.

"심문조로군요. 탐정은 제 역할 아니었나요? 역시 미즈호 씨도 내부 범행설로 기울었나 봅니다."

"조금 전에 내가 말했을 텐데. 나는 당신을 의심하고 있다고 말이야. 괜히 말 돌리지 말고 대답해."

"저만 의심하고 있는 것 같지는 않지만 뭐, 아무튼. 어제 아침 제가 일어나 내려왔을 때 여기에는 곤도 씨 부부가 있었어요. 그렇게 일찍 일어나는 부부도 참 드물죠."

스즈에의 말과 일치한다. 그 말은 믿어도 될 것 같았다.

"그다음, 스즈에 씨가 시신을 발견하고 소동이 벌어질 때까지는?"

"그 얘기를 하는 건 상관없는데."

그가 눈을 치켜뜨고 미즈호를 보았다.

"질문이 좀 묘하군요. 어제 아침이라면 이미 무네히코 아저씨와 여비서가 살해된 후인데, 그때 일은 알아봐야 소용없지 않나요? 미즈호 씨가 뭘 노리고 있는지 그게 궁금한데요."

"지금은 말할 수 없어."

미즈호가 그렇게 대답하자 아오에는 피식 웃으면서 콧잔등을 긁었다.

"지금은 말할 수 없다……, 그렇군요. 삼류 추리 소설에 자주 등장하는 대사죠. 그런 대사를 읊는 등장인물은 반드시 죽음을 면치 못하던데. 뭐, 미즈호 씨야 걱정 없겠죠. 저 다음으로 나가시마 씨와 마쓰자키 씨가 내려왔어요. 제가 신문 스포츠난을 보고 있는데 나가시마 씨가 옆에 와서 앉기에 자연스럽게 기사에 관한 얘기를 나누게 됐죠. 마쓰자키 씨는

곤도 부부와 얘기를 나누는 것 같았고요. 그러다가 할머니가
내려오셔서 식탁에서 차를 마셨죠, 아마."

"할머니는 혼자 내려오셨어?"

"아니죠. 스즈에 씨와 함께였어요. 그녀가 깨우러 갔겠죠.
스즈에 씨는 그 후에 지하실로 내려갔고, 그다음이 예의 비
명. 그렇게 된 겁니다."

이 과정에는 모순이 없었다. 문제는 스즈에가 2층에 올라
가 있는 동안이다.

"소동이 벌어지기 전에 자리를 뜬 사람은 없었어?"

"글쎄요, 화장실에 간 것까지는 기억할 수 없으니까요."

"밖으로 나간 사람은 혹시 없었어?"

"없었어요. 저를 포함해서 다섯 명이 거의 같이 있었거든
요."

"그래……."

아오에의 말이 사실이라면 그때 그 자리에 있던 다섯 명은
단추를 버리러 갈 틈이 없었다는 얘기가 된다.

"질문, 끝났나요?"

아오에가 미즈호의 속내를 읽어 내려는 듯 그녀의 얼굴을
빤히 바라보며 물었다.

"그래, 오늘은 이쯤으로 끝낼게."

"오늘은……이라고요."

그리고 아오에는 옅은 미소를 지었다.

잠시 후 가오리가 내려왔다.

"무슨 얘기 하고 있었어?"

그녀는 미즈호와 아오에 옆으로 다가와 미심쩍은 듯한 표정으로 물었다.

"아무것도 아니야."

미즈호는 그렇게 대답했다.

"사건에 관해서요."

아오에가 끼어들었다.

"제가 아저씨를 살해한 범인일 가능성에 대해서 얘기하고 있었어요."

가오리가 그를 쏘아본다.

"그래서요?"

"가능성이 아주 높다는 결론이 나왔죠."

"그래, 잘됐네."

가오리는 아오에를 무시하듯 얼굴을 옆으로 돌렸다.

"어, 뭐야, 그 책은?"

가오리의 무릎에 놓인 책을 보고서 미즈호가 물었다. 검은색 표지의 약간 낡은 책이다.

"아, 이거 언니한테 보여 주려고. 아빠 퍼즐 책이야."

"퍼즐 책?"

미즈호는 책을 집어 페이지를 팔락팔락 넘기며 내용을 살폈다. 그림 퍼즐, 지혜의 고리, 미로 등에 관해서 간략하게 설명되어 있는 책이었다. 그다지 복잡한 내용은 없는 것으로 보아 입문서쯤 되는 것 같았다. 초보적인 마술에 관한 내용도 조금 실려 있다.

"언니가 퍼즐이나 마술에 관한 책 읽고 싶다고 했잖아. 다른 책은 잘 모르겠고, 이 책이 내 방에 있기에."

"호오, 가오리 씨가 이런 책도 읽어요?"

미즈호 뒤로 와서 책을 기웃거리면서 아오에가 물었다.

"난 이런 책 안 읽어. 전에 아빠가 깜박 두고 간 거예요. 어때, 미즈호 언니. 재미없어?"

"아니, 그렇지 않아. 읽어 볼게. 하기야 오늘내일은 그럴 기분이 아니겠지만."

"그래, 알아. 아무 때나 돌려줘도 괜찮아."

"미즈호 씨가 곧바로 읽지 않을 거면 제가 먼저 빌려 볼까 싶은데요."

그렇게 말하고서 아오에는 미즈호와 가오리의 얼굴을 번갈아 보았다.

"안 되나요?"

"이 책은 미즈호 언니에게 보여 주려고 가져온 거예요."

"나는 괜찮아."

미즈호가 그렇게 말하자 가오리는 잠시 망설이는 눈치였다.

"이런 책은 읽어서 뭘 어쩌려고요?"

"관심이 있거든요. 다케미야 무네히코 씨를 사로잡은 퍼즐에 대해서요."

그가 미즈호의 손에서 책을 받아 들고는 검은색 표지를 손바닥으로 톡톡 두드렸다.

"그럼 그렇게 하든지. ……깨끗하게 봐요."

가오리가 지겹다는 듯 말하는데 아오에 쪽은 그녀의 그런 반응을 보는 것이 재미있는지 싱긋 웃었다.

잠시 후 아침 식사를 하게 되었다. 그러나 시즈카의 모습은 보이지 않았다. 스즈에의 말로는 기분이 별로 좋지 않아 당신 방에서 아침을 먹는다고 한다.

아침을 다 먹은 미즈호는 시즈카의 방을 찾았다. 가는 김에 그릇을 챙겨 오겠다고 하자 스즈에는 황송하다는 듯이 감사 인사를 했다.

시즈카는 가볍게 아침을 먹고 안락의자에 기대어 음악을 듣고 있었다. 이 방에도 단출하나마 음향 기기가 있었다.

"기분은 좀 어떠세요?"

미즈호는 일부러 명랑한 목소리로 물었다.

"괜찮다. 잠자리가 좀 뒤숭숭했을 뿐이야."

시즈카가 몸을 일으키며 자신의 왼쪽 어깨를 주물렀다.

"그런데 오늘은 바깥이 아주 조용하네. 왠지 섬뜩할 정도로."

어제는 대문 앞에 진을 친 보도진 때문에 꽤 늦게까지 시끌 시끌했다.

"앞으로는 그렇게 시끄럽게 굴지 않을 거예요."

미즈호가 말했다.

"그래, 그랬으면 좋겠구나. 그래도 경찰들은 당분간 드나들 겠지?"

"그건 아마 그렇겠죠."

그리고 미즈호는 조깅하러 나간 아오에게 미행이 붙었었 다는 얘기를 전했다. 시즈카는 한숨을 쉬었지만 그 한숨은 경찰의 움직임 때문이 아니었다.

"그 아이, 방심하면 안 될 인물이야."

시즈카가 차분함 속에 비수 같은 날카로움을 담아 말했다. 아오에를 두고 하는 말이었다.

"할아버지는 마음에 들어 했지만, 그건 자신과 닮은 부분이 있기 때문이었어. 머리가 좋고 언제나 계산적인 면이. 무슨 일이 생기든 동요하지 않는다고 하면 좋게 들리기는 하지만, 무언가에 감동하는 일도 없거든."

가오리가 한 말과 비슷하네, 하고 미즈호는 생각했다.

"그 아이가 이번 사건에 대해서 무슨 말 하지 않던?"

"무슨 말을요?"

"멋대로 추리한 걸 얘기하지 않더냐고. 네 작은이모부가 의심스럽다느니, 마쓰자키 씨에게 동기가 있다느니 하면서 말이야."

"……"

미즈호는 아무 대답도 하지 않았다.

"역시 그랬구나."

시즈카가 고개를 끄덕였다.

"그 아이는 우리 중에 범인이 있었으면 좋겠다고 생각할지도 모르겠구나."

"설마요."

미즈호는 곧바로 부정했지만 아까 그와 얘기를 나눌 때 그녀 역시 그렇게 느낀 게 사실이었다.

"만에 하나 가오리가 그 아이와 결혼하게 된다면 네 작은이모부나 마쓰자키 씨가 껄끄러운 존재로 여겨지지 않겠니. 그러니 이참에 어느 쪽이든 사라져 주면 좋아하겠지."

"할머니, 할머니도 곤도 이모부나 마쓰자키 아저씨를 의심하는 거예요?"

시즈카는 미즈호의 얼굴을 멀뚱멀뚱 바라보더니 천천히 고개를 저었다.

"당치 않은 소리. 나는 아무도 의심하지 않는다. 왜 그런 소리를 하는 거냐?"

"그게······."

미즈호가 우물쭈물하자 시즈카는 고개를 약간 옆으로 돌리고 무언가를 생각하는 듯 허공을 더듬다가 이렇게 중얼거렸다.

"아무튼 경찰이 하루빨리 사건을 해결해 줬으면 좋겠구나."

미즈호가 계단을 내려오는데 마침 현관으로 들어온 형사들이 지하실로 내려가려 하고 있었다. 어제 만난 야마기시와 노가미였다.

"현장을 재수사하게 되어서 말이죠."

미즈호를 보자 야마기시가 걸음을 멈추고 말했다.

"수사에 진척은 있나요?"

"전력을 다하고 있습니다."

야마기시는 진지한 눈길로 미즈호를 바라보며 대답했다.

"이 일대에서 탐문 조사도 진행하고 있습니다. 안타깝지만 아직 유력한 증언은 나오지 않았고요. 또 다른 가능성에 대한 검토도 병행하고 있습니다. 수사에 허점이 있어서는 안 되니까요."

"다른 가능성이라면······ 범인이 내부에 있을 가능성 말인가요?"

그렇게 물으면서 미즈호는 반응을 놓치지 않으려고 형사의 얼굴을 응시했다.

"뭐, 상상에 맡기겠습니다."

야마기시는 무표정한 얼굴로 고개를 살짝 기울이며 대답했다.

"미타 씨가 범인일 가능성은 전혀 없나요?"

그럴 리 없다는 것을 미즈호 자신도 잘 알고 있었지만 일단 한번 물어보기로 했다.

"전혀 없다고 단언할 수는 없지만 그럴 가능성은 희박하지 않을까 싶습니다. 동반 자살을 계획했다면 외부인의 범행으로 위장할 필요가 없었을 테니까요."

맞는 말이다.

"그럼 역시 미타 씨는 이모부와 연루되어 살해당한 것일까요?"

미즈호의 질문에 형사는 눈길을 피하며 잠시 침묵했다. 말을 해도 좋을지 생각해 보는 눈치였다.

"단언하기에는 아직 이르지 않겠습니까."

야마기시의 말투가 다소 신중해졌다.

"미타 씨의 아파트를 조사해 본 결과, 옷이 걸려 있는 벽장 문이 열려 있고 침대도 흐트러진 상태였습니다. 언뜻 봐도 서둘러 집을 나간 것 같았어요. 그렇다면 왜 그렇게 서둘렀을까요?"

"저야 모르죠."

미스호가 고개를 저었다.

"애당초 그렇게 늦은 시각에 만났다는 게 이해가 안 됩니다. 스즈에 씨 말을 들어 보니 미타 씨가 밤에 온 일이 있기는 하지만 아무리 늦어도 12시 조금 지나서였다고 하더군요. 왜 그렇게 늦은 시각에, 그것도 아내의 49재가 끝난 직후에 만났어야 했는지, 그걸 모르겠습니다."

"그렇다면 미타 씨는 죽을 만해서 살해당했다는 건가요?"

"모르겠습니다."

형사가 대답했다.

"아직 밝혀진 것이 전혀 없습니다. 다만……."

"다만?"

"해부 결과가 나왔어요. 그리고 미타 씨가 다케미야 씨보다 30분 이상 나중에 살해되었을 가능성이 제기됐습니다. 그게 사실이라면 그동안 범인은 뭘 했을까, 미타 리에코 씨 또한 뭘 하고 있었을까 하는 것이 문제로 대두되었습니다."

얘기하면서 형사가 얼굴을 가까이 들이미는 바람에 미스호는 자신도 모르게 뒤로 물러섰다. 그러자 야마기시는 표정을 누그러뜨리며 넥타이를 고쳐 매는 시늉을 했다.

"그러니까 한마디로 알 수 없는 일이 많다는 겁니다. 다른 질문은요?"

"아니, 없어요."

"그럼 이만."

그러고서 형사들은 계단을 내려갔다.

미즈호는 소파에 앉아 방금 야마기시가 한 말을 되새겨 보았다. 미타 리에코가 무네히코보다 상당히 늦게 살해되었다, 그렇다면 어떻게 되는 거지……, 하고 미즈호는 이리저리 생각했다.

범인은 큰이모부를 살해하는 게 목적이었지만 그 자리에 미타 씨가 함께 있는 바람에 어쩔 수 없이 둘 다 죽이게 되었다고 생각했었는데 그게 아니다. 범인은 미타 씨도 죽여야 할 이유가 있었던 것이다. 아오에 씨가 말했던 동기 때문이라면 곤도 이모부든 마쓰자키 아저씨든 큰이모부만 죽이면 충분할 텐데.

그렇다면 범인은 무네히코와 미타 리에코 양쪽 모두에 원한을 품은 자라는 얘기다.

미즈호는 다시 계단을 올라가 복도를 걸었다. 그건 그렇고, 경찰은 어디까지 알고 있는 것일까. 어쩌면 내부인의 범행을 뒷받침할 만한 중대한 증거를 발견했는지도 모른다.

자기 방 앞까지 왔을 때 건너편 가오리의 방에서 음악 소리가 흘러나왔다. 미즈호는 노크를 해 보았다. 나른한 목소리가 들렸다. 문을 열어 보니 어두컴컴한 방 안에서 가오리가 휠체어를 탄 채 눈을 꼭 감고 있었다.

"답답하게 왜 이러고 있어. 커튼 연다."

미즈호는 창가로 다가가 두툼한 커튼을 활짝 열어젖혔다. 강렬한 햇살이 하얀 레이스 커튼을 통해 비쳐 들었다.

"눈부셔."

가오리가 고개를 숙이고 손바닥으로 눈을 가렸다. 그리고 천천히 얼굴을 들었다.

"경찰에서 사람들이 왔나 보네."

"소리가 들렸어?"

"아니, 그냥 그런 것 같았어. 언니, 형사들이 이 집 사람들을 의심하고 있을까?"

"그 사람들은 의심하는 게 일이잖아."

별거 아니라는 투로 미즈호가 대답했다.

"그래도 평범한 가정이라면 가족을 의심하지는 않을 거 아니야. 이상해, 우리 집."

미즈호는 할 말이 생각나지 않아 그녀의 시선을 피했다.

피에로의 눈 ——

형사들이 또 귀찮은 파리처럼 찾아왔다. 어제의 그 뚱보와 키다리다.

그들은 우선 누군가 이 지하실에 들어와 어딘가에 손을 대지는 않았는지 조사하는 듯했다. 그러나 그런 사실이 없다는 것을 확인하고는 그다음으로 전화대로 다가가 전화번호부를 조사하기 시작했다.

　"무네히코가 밤중에 전화를 걸었는지는 판단할 수 없겠는데요."

　오디오 앞 소파에 걸터앉아 담배를 꺼내면서 키다리가 말했다.

　"하지만 분명히 걸었을 거야. 이 방에서 걸지 않았다면 자기 방에서 걸었을지도 모르지."

　뚱보도 옆에서 연기를 피우기 시작했다. 그들은 담배를 물고 있지 않으면 대화를 할 수 없나 보다.

　"미타 리에코의 아파트 상태로 봐서 밤중에 여기 올 계획은 없었던 게 분명해. 급작스러운 행동이었지. 그렇다면 누군가 전화로 불러냈다고밖에 생각할 수 없잖나. 그럴 수 있는 사람이 무네히코 말고 누가 있겠어. 그리고 다른 사람이라면 리에코도 굳이 그 밤에 오지 않았을 테고."

　"왜 그렇게 늦은 밤에 무네히코가 리에코를 불러냈는가, 그게 문제로군요."

　"그래, 문제는 바로 그거야. 그 문제가 어떻게 밝혀지느냐에 따라서 사건의 해석도 크게 달라지겠지."

그렇게 말하더니 뚱보는 일어나서 팔짱을 낀 채로 턱 밑에 손을 대고서 어슬렁거렸다.

"우선 말이지, 범인이 처음부터 무네히코 한 사람만 살해할 계획이었는지, 아니면 무네히코와 리에코, 두 사람을 살해할 계획이었는지 그걸 생각해 보자고."

"처음부터 두 사람을 죽일 계획이 아니었을까요?"

키다리가 몸을 비틀어 뚱보 쪽을 향했다.

"범인이 무네히코를 살해할 당시 리에코는 아마 현장에 없었을 겁니다. 만약에 있었다면 허둥지둥 도망쳤거나 비명이라도 질렀겠죠. 즉 범인은 무네히코를 살해한 후 리에코가 오기를 기다렸다는 뜻이죠. 그리고 리에코가 나타나자마자 그녀가 비명을 지를 새도 없이 찔렀던 겁니다."

"그래, 꽤 타당한 의견이군. 그렇다면 범인은 리에코가 온다는 사실을 미리 알고 있었어야 하는데 말이야, 어떻게 알았을까? 무네히코가 그녀를 부른 것은 예정에 없는 일이었는데."

"무네히코가 그녀를 부르는 걸 봤다, 또는 들었다, 그렇게 되겠군요."

"그렇지. 그럼 어떻게 그럴 수 있었을까?"

뚱보의 질문에 키다리는 잠시 생각하는 표정이더니 마침내 포기한 듯 고개를 내저었다.

"어떻게 알 수 있었을까요?"

"예를 들어서 말이야, 이랬다면 어떻겠나."

뚱보는 양복 주머니에서 볼펜을 꺼내더니 그것을 나이프처럼 쥐고서 키다리의 얼굴에 들이댔다.

"자, 죽고 싶지 않으면 그 여자에게 전화를 걸어. 그리고 여기로 오라고 하는 거야. 이런 식으로 협박했다면."

"아하, 그렇군요."

키다리가 볼펜 끝을 쳐다보면서 대답했다.

뚱보가 볼펜을 다시 주머니에 넣었다.

"또는, 무네히코가 전화하는 걸 엿들었을 수도 있지. 그 밖에도 여러 가지로 생각할 수 있지만, 중요한 것은 무네히코가 전화를 걸 때 범인이 이 저택 안에 있었다는 거야. 그렇다면 어떻게 들어왔을까? 그 시점에는 아직 뒷문이 잠겨 있었을 텐데."

"역시 내부 사람이 범인이겠군요."

키다리 형사가 벌떡 일어섰다.

"아직 단정할 수는 없지만 그럴 가능성이 더 높아졌다고 볼 수 있겠지."

"밖에서 탐문 조사를 하고 있는 팀의 말로는 수상한 사람을 목격했다는 진술이 현재까지 전혀 없다고 합니다. 깊은 밤이라고는 하나 이렇게 없는 것도 흔치 않은 일이죠."

"문제는 그럴 만한 동기를 가진 사람이 누가 있느냐 하는 거야. 무네히코와 리에코, 두 사람을 같이 죽일 계획이었다고 하면 꽤 좁혀질 것 같은데."

"이번 범행은 여자나 노인이 저질렀다고 보기는 힘들겠죠. 곤도 가쓰유키, 마쓰자키, 나가시마, 아오에, 이 네 사람 중에 있다고 봐도 좋지 않을까요?"

"아니지, 그런 식으로 몰아가는 건 위험해. 여자도 막상 때가 닥치면 어떤 괴력을 보일지 알 수 없다고."

"그러고 보니 다케미야 미즈호 씨는 키가 크니까 무네히코를 압도할 수 있을지도 모르겠습니다."

"그래, 그렇지."

"동기 면에서는 여자들도 제외할 수 없겠는데요. 곤도나 마쓰자키는 이해관계가 얽혀 있지만 여자들은 원한이 있으니까요."

"그래, 바로 그거야. 지금까지의 정보를 정리해 보면 다케미야 요리코가 자살한 사건으로 시즈카와 와카코가 무네히코와 미타 리에코를 증오했다고 생각할 수 있어. 그녀들뿐만이 아니지. 스즈에도 그렇고, 가오리도 아버지를 원망했을 거라고."

"이제부터 시작이군요."

"그래, 지금부터야."

두 형사의 대화는 끝이 없을 것 같았다. 나는 그들의 대화를 들으면서 때로 감탄하고 때로는 피식 웃었다.

여러 가지로 참 생각을 많이 한 것 같다. 이런 식으로 가면 의외로 빨리 진상에 도달할지도 모르겠다.

단, 그들은 아직 핵심에서 너무 멀리 있지 않나 하는 생각이 든다.

한동안은 별 진전 없이 시간만 보낼 것 같다.

3장

퍼즐

1

미즈호가 자기 방에서 책을 읽고 있는데 스즈에가 찾아와 엊그제 왔던 인형사가 또 왔다고 전했다. 스즈에는 먼저 시즈카 쪽에 그의 방문을 전했는데, 피곤하니 미즈호에게 부탁하라는 말을 들은 모양이다.

"어떻게 할까요?"

스즈에가 염려스러운 표정으로 물었다.

"알았어요. 내가 만나 볼게요."

미즈호는 책을 내려놓고 방에서 나와 스즈에를 따라갔다.

인형사 고조는 현관에 앉아 기다리고 있었다. 엊그제처럼 온통 검은색 옷차림이었다. 그리고 그 옆에는 인상이 나쁜 남자가 서 있었다. 형사인 듯했다.

"어제 찾아뵐 예정이었으나 폐가 될까 염려되어 오늘 이렇게 찾아왔습니다."

고조는 미즈호를 보자 일어서서 머리를 숙였다.

"네, 어제는 경황이 없었으니까요."

그렇게 말하고서 미즈호는 옆에 있는 형사에게 상황을 설명했다. 형사는 불만스러운 표정이었지만 딱히 따지고 들 거리가 없는 탓인지 포기하고 나갔다.

"인터폰으로 얘기하고 있는데 방금 그 사람이 다짜고짜 심문을 하더군요. 수상한 사람이 아니라고 하는데도 좀처럼 놓아주지 않았습니다. 아무래도 자신들이 보통 사람들보다 우월하다고 여기는 모양이에요."

"자기 일에 열심인 거겠죠."

미즈호는 그를 거실로 안내했다.

"이 집에서 일어난 사건에 대해서는 알고 계시죠?"

고조가 소파에 앉는 것을 보고 미즈호도 따라 앉으며 말했다. 고조는 검은 코트를 벗으면서 고개를 끄덕였다.

"잘 알고 있습니다. 애석하게 됐습니다."

"그래서 말인데요, 이모부가 돌아가셨으니까 그 인형을 고조 씨에게 양도하는 것은 별문제 없을 거예요. 다만, 지금 당장은 곤란할 것 같아요."

"그 말씀은……"

인형사가 미간을 약간 찡그렸다.

"실은 사건이 발생한 곳이 지하에 있는 오디오 룸인데, 피에로 인형이 그 방에 있었어요."

"그러니까,"

고조는 집게손가락을 코에 대고 치켜뜬 눈으로 미즈호를

보았다.

"사건이 발생했을 당시에도 피에로가 그 방에 놓여 있었다
는 말인가요?"

"네."

미즈호는 대답하고서 살짝 고개를 숙였다가 다시 그를 보
았다.

"사건을 알았을 때, 그렇지 않을까 하는 생각이 들었어요."

인형사는 한숨을 쉬고 나서 테이블 위에서 두 손을 깍지 끼
었다.

"아무튼 사정이 그러니 지금 그 인형을 꺼내 오는 건 곤란
해요. 이해하시겠죠?"

"네, 물론입니다. 그 고리타분한 경찰들이 현장 보존을 내
세우고 있는 거겠죠?"

"네, 그래요. 아, 그리고 유리 케이스 말인데요."

미즈호는 경찰 한 명이 실수로 유리 케이스를 깨뜨렸다고
고조에게 전했다. 그는 미간을 찡그리고 고개를 저으며 한숨
을 쉬었다.

"현장을 훼손한 것은 그들 자신이군요."

"죄송합니다."

"미즈호 씨가 사과할 필요는 없죠. 그런데 현재 그 방에는
누가 있습니까?"

"형사 둘이 있는데요."

"마침 잘됐군요."

고조가 자신의 무릎을 탁 치면서 벌떡 일어섰다.

"죄송하지만 저를 그 방으로 안내해 주실 수 있을까요? 제가 형사들과 직접 얘기해 보겠습니다."

"소용없을 거예요."

"그럴지도 모르죠. 하지만 그래도 상관없겠죠? 저 계단입니까?"

고조가 지하실로 내려가는 계단을 가리켰다. 미즈호도 일어섰다. 사실은 그녀도 다시 한 번 현장을 보고 싶었다.

계단을 내려가 오디오 룸 앞에 섰을 때 야마기시가 그들을 막아섰다. 미즈호가 고조를 소개하자 고조는 자신의 목적을 설명했다. 피에로 인형이라는 말을 듣자 형사는 난감해 했다. 자신의 동료가 유리 케이스를 깨뜨렸다는 것을 알고 있기 때문이었다.

"현장에 있던 물건을 꺼내는 일은 당분간 삼갔으면 합니다."

미즈호와 고조의 얼굴을 번갈아 보면서 야마기시가 말했다.

"당분간이라면 어느 정도를 말하는 건가요?"

고조가 물었다.

"기본적으로는 사건이 해결될 때까지입니다."

"그럼 사건은 언제 해결되는지요?"

인형사의 질문에 야마기시는 불끈하는 표정을 지었다.

"그건 알 수 없죠. 오늘 밤에 해결될 수도 있고, 1년 넘게 걸릴 수도 있습니다."

"혹은 미궁에 빠질지도…… 모르겠군요?"

야마기시의 눈썹이 꿈틀했지만 그는 아무 말 하지 않고 고조의 얼굴을 쏘아보기만 했다. 고조는 그런 그를 무시하듯 문 안으로 고개를 쑥 들이밀고 안쪽의 상황을 살폈다.

"자, 이제 아셨으면, 우리는 아직 할 일이 있으니……."

야마기시가 인형사의 어깨를 잡았다. 고조는 천천히 그 손을 밀쳐 내고서 방 안을 가리키며 물었다.

"무네히코 씨가 쓰러져 있었던 곳이 저 부근입니까?"

"그런데요. 그게 어쨌다는 겁니까?"

"아니, 어쨌다는 건 아닙니다."

고조가 고개를 저었다.

"그럼 이만. 저도 바쁜 몸이라서요."

야마기시에게 쫓겨난 미즈호와 고조는 계단을 올라갔다.

"어쩔 수 없군요. 좀 더 기다려 보죠."

현관에서 신발을 신으며 고조가 말했다.

"언제까지 기다리면 되는지는 알 수 없지만 말입니다. 그런데,"

그가 미즈호의 귓가에 입을 대고 작은 소리로 속삭였다.

"이 댁 주인과 함께 살해되었다는 젊은 여자, 미타 씨라고 하던데, 이 댁 가족 중에서 그 여자와 특별히 친하게 지내던 사람이 있었나요? 주인 외에 말이죠."

미즈호는 뜻밖의 질문에 고조의 얼굴을 다시 보았다.

"왜 고조 씨가 그런 걸 묻는 거죠?"

"아, 별다른 의도가 있는 건 아닙니다만…… 어떤가요, 혹시 있습니까?"

"저는 한동안 이 집에 오지 않았기 때문에 그런 건 잘 몰라요."

미즈호는 다소 단호하게 말했다. 그런데도 고조는 동요하는 기색 하나 없이 잠시 생각하더니 고개를 끄덕여 보였다.

"그렇군요. 제가 괜한 말을 했나 봅니다. 그럼 이만 실례하겠습니다."

그리고 인형사는 문을 열고 나갔다.

참 이상한 남자라고 미즈호는 생각했다.

그날 밤, 저녁 식사가 끝날 무렵 마쓰자키가 나타났다. 장례 절차를 의논하기 위해 곤도 부부도 올 것이라고 했다. 그에게 응접실로 가 있으라고 한 후 미즈호는 커피를 들고 갔다.

"뭐, 새로운 소식 없어?"

마쓰자키는 소심하게 눈을 껌벅거리며 미즈호에게 물었다.

글쎄요, 하면서 미즈호는 고개를 갸웃거렸다.

"형사들이 아무것도 알려 주지 않아요. 그렇게 여기저기 뒤지고 있으니 조금은 진전이 있을 것 같은데 말이죠."

그렇게 말하면서 미즈호는 마쓰자키의 표정을 살폈다. 그에게도 무네히코를 살해할 동기가 있다던 아오에의 말이 되살아났다. 벌레 한 마리 죽이는 데도 벌벌 떨 것 같은 이 남자가 과연 살인이라는 엄청난 일을 할 수 있을까?

"여기저기라면 이 저택 안도?"

"아니요, 집 안은 오디오 룸만요. 하지만 집 주변이나 정원은 철저하게 조사하는 것 같았어요."

"흐음."

마쓰자키는 어딘지 모르게 불안정한 표정이었다. 조그만 몸을 웅크린 자세로 응접실 안을 둘러보고 있었다. 중요한 서류라도 들었는지 무릎에 놓인 가방을 소중하게 껴안고 있다.

"저, 경찰이 회사에는 안 왔나요?"

"왔지. 현재의 경영 상태에 대해서 상당히 구체적인 질문을 하더라고. 딱히 문제는 없었을 거라고 생각하지만."

"그렇군요."

마쓰자키가 담배를 꺼내는 틈을 타 미즈호는 실례하겠다고 말하고 응접실에서 나왔다.

그 후 곤도 부부가 오자 가쓰유키와 시즈카가 응접실로 들어갔다. 와카코만 거실로 가서 텔레비전을 보고 있다가 미즈호가 차를 들고 들어가자 텔레비전 스위치를 껐다.

"미즈호."

그녀가 작은 소리로 말을 꺼냈다.

"범인에 대해서 경찰이 무슨 말 없었니?"

마쓰자키와 똑같은 질문을 했다. 아마 미즈호가 그런 질문을 하기에 가장 만만한 사람이기 때문일 것이다.

미즈호는 마쓰자키에게 한 말을 반복했다.

"그렇구나……."

와카코가 감정이 북받치는지 잠시 눈을 내리깔았다가 곧바로 미즈호를 올려다보았다.

"네게도 미안하네. 오랜만에 왔는데 이런 험악한 일을 당해서."

"아니에요, 이모. 난 괜찮아요."

"엄마는 못 온다니?"

와카코가 물었다. 미즈호는 오늘 낮에 엄마와 전화로 얘기를 나눴다. 엄마가 무네히코의 장례식에는 오겠다고 했다. 그 말을 와카코에게 전하자 그녀는 마치 혼잣말하듯 중얼거렸다.

"그래, 아무리 그래도 장례식에는 와야지."

그녀가 한 말의 의미를 미즈호는 어렴풋이 알 것 같았다.

아무리 무네히코가 미워도, 라는 의미일 것이다.

"있지, 미즈호. 가령…… 가령 말인데,"

와카코가 소파 위에서 몸을 움직여 미즈호 쪽으로 다가왔다. 그 목소리가 너무 작아서 미즈호도 얼굴을 가까이 들이대지 않을 수 없었다.

"있잖아, 피가 묻은 장갑이 떨어져 있었다느니, 이모부의 잠옷 단추가 떨어져 있었다느니 하는 얘기가 있잖아. 그 일과 관련해서 경찰이 뭐라고 하지 않던?"

"아니요, 별말 없었어요."

그리고 미즈호는 되물었다.

"왜요, 그 일에 관해서 뭐 아는 거 있으세요?"

그러자 와카코는 당황스러워하며 손을 내저었다.

"그런 게 아니라 그냥 좀 궁금해서. 응접실에 잠깐 다녀올게."

그러고는 일어나서 응접실로 갔다.

이상하네, 하고 미즈호는 생각했다. 혹시 와카코도 무네히코와 미타를 살해한 범인이 이 집 안에 있을지 모른다고 생각하는 것일까?

그날 밤에는 나가시마도 왔다. 일이 어떻게 돌아가는지 신경이 쓰여 도무지 집에 가만히 있을 수 없었다고 한다.

"가오리 씨는 어쩌고 있나요?"

그는 우선 그렇게 물었다. 나가시마로서는 자신을 따르는
휠체어 아가씨가 아무래도 마음에 걸리는 모양이었다.

미즈호는 살짝 어깨만 으쓱해 보였다.

"낮에 형사들이 왔다 가서 그런지 방에만 틀어박혀 있네요."

"형사? 형사가 뭘 어떻게 했기에……."

"전 아무것도 몰라요."

미즈호가 대뜸 거칠게 대답하자 나가시마는 놀란 듯 눈을
동그랗게 떴다. 미즈호는 두 볼에 손을 대고 천천히 고개를
저었다.

"미안해요. 다들 똑같은 질문을 해 대니."

나가시마는 한숨을 쉬면서 고개를 끄덕거렸다.

"미즈호 씨가 힘들겠어요. 장례식이 끝나면 일단 집으로 돌
아가는 게 좋지 않을까 싶습니다."

"그야 그렇죠."

미즈호는 애매하게 대답했다. 그 말은 오늘 엄마에게도 들
었다. 일단 돌아와라, 미즈호의 엄마 고토에는 그렇게 말했
다. 이번 사건의 범인이 내부에 있을지도 모른다는 얘기는
엄마에게 하지 않았다.

"사건이 일단락되면 돌아갈 생각이에요."

엄마에게 했던 것과 똑같은 말을 되풀이했다.

"그 마음 잘 압니다. 어떻게든 빨리 이 상황에서 벗어나고

싶을 거예요."

그렇게 말하고서 그는 계단을 올라갔다. 가오리의 상태를 보기 위해서일 것이다.

'사건이 일단락되면……이라.'

과연 그런 때가 올까, 하고 미즈호는 생각했다. 만약 진범이 체포되면 그 때문에 또 다른 비극이 빚어질 가능성도 있기 때문이었다.

피에로의 눈 ——

담배 냄새 나는 공기가 아래쪽에 고여 있다. 주인 잃은 의자와 전화, 각종 음향 기기들이 따분한 표정으로 어둠 속에 웅크리고 있다.

고요한 시간이다.

방음벽에 둘러싸여 있는 것인지 거의 아무 소리도 들리지 않는다. 고요한 어둠.

내가 가장 편히 쉴 수 있는 시간이다. 아침이 오면 또 그 무심한 남자들이 이 정적을 깨뜨릴 것이다.

나는 여러 가지로 생각해 본다. 내가 지금 여기 있는 이유. 그리고 이 저택의 역사……. 나는 어떤 집에 배어 있는 다양한 냄새로 그 집의 과거를 읽어 낼 수 있다.

이 집의 과거는 한없이 깊고 어두운 슬픔에 싸여 있다. 그런 슬픔을 나는 음악을 듣는 것처럼 몸으로 빨아들이고 마음의 결에 새겨 넣는다.

아…….

기분이 좋아졌다 싶었는데, 또 이렇다. 누가 문 열쇠를 돌리고 있다.

문이 슬로 모션처럼 천천히 열린다. 그리고 사람이 들어온다. 체격으로 보아 남자인 듯하다.

남자는 문을 닫더니 불을 켜는 대신 손에 든 손전등 스위치를 켰다. 그리고 무언가를 찾는 것 같다.

마침내 불빛이 한 곳을 향했다. 이쪽 수납장이다.

내 옆에는 상자가 놓여 있다. 퍼즐 상자. '나폴레옹의 초상'이라는 제목이 적혀 있다.

남자는 수납장 앞까지 오더니 그 퍼즐 상자로 오른손을 뻗었다. 그리고 뚜껑을 절반쯤 열더니 주머니에서 무언가를 꺼낸 후 다시 상자로 팔을 뻗었다. 무언가를 상자에 넣는 소리가 희미하게 들렸다.

나는 남자의 얼굴을 보려고 했다. 그러나 손전등 불빛에 눈이 부셔서 보이지 않는다.

그러고서 남자는 상자의 뚜껑을 닫으려 했다. 너무 힘을 주었는지 제대로 닫히지 않고 뚜껑 끝이 약간 찢어졌다.

남자는 문을 열고 손전등을 끈 후 방에서 나갔다. 문을 닫은 후에는 물론 열쇠로 다시 잠갔다.

그는 대체 무엇을 그 상자에 넣었을까?

나는 도무지 모르겠다.

2

2월 14일, 수요일.

다케미야 산업 본사 강당에서 무네히코의 장례식이 거행되었다. 물론 미즈호도 참석했다. 각오했던 것보다 훨씬 중노동이었다. 조문객들이 분향을 하는 동안 내내 서 있어야 하고, 조문의 말을 건네는 낯선 사람들을 상대하는 것도 심신이 지치는 일이었다.

미즈호는 그나마 나은 편인지도 몰랐다. 시즈카 할머니와 가오리는 잠시도 쉴 틈이 없었을 것이다. 또 곤도와 마쓰자키 역시 회사 관계자들을 상대하느라 무척 피곤해 있을 것이다.

고토에가 온 것은 미즈호가 대기실에서 한숨 돌리고 있을 때였다. 평소에는 우아하게 풀어 놓는 머리를 단정하게 올리고 상복을 입은 모습이었다.

"2, 3년 전에 입사한 사람들은 참 회사장이 많은 곳이라고 하겠네."

"왜 이렇게 늦게 왔어?"

미즈호는 고토에를 힐끗 노려보았다.

"아침 일찍 오겠다고 했잖아."

"미용실에 다녀오느라 그랬지."

고토에는 머리를 만지면서 미즈호 옆에 와서 앉았다. 그리고 가방에서 뭔가를 꺼내더니 "먹을래?" 하면서 미즈호 쪽으로 내밀었다. 사탕 봉지였다. 미즈호는 손을 내밀었다.

"참 웃기는 일이지."

고토에도 사탕을 하나 입에 넣고서 말했다.

"그런 남자를 요리코 언니의 남편이었다는 이유 하나만으로 이렇게 성대하게 장례식을 치러 주다니."

"이런 데서 무슨 소리야."

"어때서, 사실이잖아."

고토에의 말투에서 무네히코에 대한 증오심이 노골적으로 드러났다.

"할머니께 인사는 했어?"

고토에는 하고 왔노라고 대답했다.

"사건에 대해서 얘기도 나눴고?"

"조금."

"어떻게 생각해?"

150

"어떻게 생각하기는…… 끔찍하지. 한밤중에 살인마가 밖에서 불쑥 들어오기도 하나 봐."

"밖에서……, 경찰에서는 반드시 외부 사람의 짓이라고 단정할 수 없다고 하던데."

미즈호가 작은 소리로 그렇게 얘기하자 그녀를 바라보던 고토에는 다른 쪽으로 시선을 돌리며 말했다.

"경찰은 원래 말이 많아. 그런 일로 설왕설래하면 안 돼."

"그건 알아, 아는데……."

"그보다 미즈호, 집에는 언제 올 거니?"

사건 따위는 어떻게 되든 상관없다는 듯 고토에가 다른 얘기를 꺼냈다.

"엊그제도 네가 그랬잖아. 사건이 일단락되면 오겠다고. 네가 있어 봐야 별로 달라질 것도 없어. 오늘 엄마랑 같이 돌아가자."

그녀는 못을 박듯 그렇게 말했다.

"그럴 수 없어. 여기 좀 더 있겠다고 가오리랑 약속했단 말이야."

"가오리는 걱정할 거 없어. 그 아이는 보기보다 야무지다고."

"엄마."

미즈호는 고토에의 얼굴을 빤히 바라보았다.

"내가 여기 있으면 안 될 일이라도 있어?"

그러자 고토에는 난감하다는 얼굴을 하더니 이내 쓴웃음을 지었다.

"무슨 소리야, 그런 말이 아니잖아."

"그럼 조금만 더 있어도 되지?"

미즈호의 말에 고토에는 나지막이 한숨을 쉬었다.

"할 수 없지. 하지만 이거 하나만 약속해 줘. 이번 사건에 지나치게 관여하지 않겠다고."

"그런 말은 왜 하는데? 엄마, 혹시 뭐 아는 거 있어?"

"말도 안 되는 소리 하지 마. 내가 뭘 알 리 있니?"

그러고 일어선 고토에는 딸에게 눈길도 주지 않고 대기실에서 나가 버렸다.

피에로의 눈 ——

문을 거칠게 열고 들어온 사람은 뚱보 형사였다.

"지금쯤 장례식이 한창이겠군."

"조문객 수가 어마어마할 테니 시간이 꽤 걸리겠죠."

키다리가 뒤따라 들어왔다.

"조의금도 엄청나겠지. 하긴 장례식 비용도 만만치 않을 테니 수지를 따져 보면 남는 것도 없겠지만."

그렇게 말하면서 뚱보는 소파 주위를 서성거렸다.

"아, 여기 떨어져 있었군."

그가 주워 든 것은 볼펜이었다.

"어디서 잃어버렸나 했더니 역시 여기였어."

"외제 같은데요."

"얻은 거야."

뚱보 형사가 볼펜을 양복 안주머니에 꽂았다.

"그럼 우리도 장례식에 가 볼까."

두 형사는 다시 방에서 나갔다. 그런데 문을 닫기 직전, 손잡이를 잡고 있던 키다리의 손이 움직임을 멈췄다.

"어?"

"왜?"

키다리가 다시 방 안으로 들어왔다. 그리고 내 앞에 서서 옆에 놓인 상자를 가리켰다.

"이 상자, 좀 이상한데요."

"이상해, 뭐가?"

"상자 모서리 좀 보세요. 찢어져 있어요. 전에는 이렇지 않았는데."

허, 하는 표정을 짓더니 뚱보가 장갑을 꺼내 두 손에 끼었다. 키다리도 장갑을 끼었다.

"내려 보자고. 조심조심."

뚱보의 명령에 키다리가 조심스럽게 상자를 바닥에 내려놓았다. 그리고 천천히 뚜껑을 열었다.

"별 이상은 없는 것 같습니다."

꽉 들어찬 퍼즐 조각을 내려다보면서 키다리가 말했다.

"아니야, 그건 알 수 없지. 누가 이 상자를 만졌다면 어딘가에 분명히 변화가 있을 거야."

"예를 들어 퍼즐 조각을 꺼냈다든지요?"

"그렇지."

뚱보가 고개를 끄덕이면서 퍼즐 조각을 한 움큼 집었다.

"자, 숫자를 세어 보자고."

두 형사는 바닥에 주저앉아 상자 속에 있는 퍼즐 조각을 세기 시작했다. 열 개씩 세어 백 개가 되면 한 무더기로 갈라놓았다. 이런 작업에 익숙한지 손놀림이 제법 빠르다. 백 개짜리 무더기가 점점 늘어났다.

"어이, 노가미."

한창 세던 뚱보가 키다리의 이름을 불렀다.

"이 퍼즐이 전부 2천 조각이라고 했지?"

"그렇습니다."

"그런데 어떻게 된 거야, 차라리 모자라면 모르겠는데 한 개가 남잖아."

뚱보가 자신의 손바닥에 남은 한 조각을 멀뚱멀뚱 바라보면서 말했다.

"누가 한 개를 상자 속에 넣었다는 뜻이군요."

"그렇겠지. 그런데 대체 왜?"

"글쎄요……."

"노가미, 본부에 연락해. 지금부터 이 퍼즐을 맞춰 그림을 완성한다. 그리고 어느 조각이 남는지 확인할 거야."

"알겠습니다."

키다리가 잽싸게 일어나 방구석에 있는 전화로 향했다. 그가 수화기를 드는데 뚱보가 또 소리를 질렀다.

"그리고 감식반도 오라고 해. 지금 당장!"

3

장례식은 저녁 무렵에야 끝났다. 미즈호는 아오에와 함께 가오리의 차에 탔다. 가오리의 차는 휠체어를 탄 채 오를 수 있도록 개조한 승합차다. 늘 무네히코가 운전했던 모양인데 오늘은 나가시마가 운전대를 잡았다.

"제가 운전하는 편이 나을 것 같은데요."

조수석에 올라탄 아오에가 나가시마 쪽을 힐끔거리면서 말했다.

"빨리 익숙해질 필요가 있을 테니까요."

나가시마는 거의 무시하듯이 대꾸가 없다. 대신 뒤에서 가오리가 쏘아붙였다.

"왜 익숙해질 필요가 있다는 거지? 제발 이상한 소리 좀 하지 말아요. 이길로 나가시마 씨 가게에 갈 거니까 나가시마 씨가 운전하는 게 최선이야."

가오리는 기분 전환 삼아 한 달 전쯤 새로 개업한 나가시마의 미용실에 가 보자고 했다. 개업식 때 이미 가 봤지만 미즈호에게도 꼭 보여 주고 싶다는 것이다. 가게 인테리어에 가오리의 의견도 약간 반영됐다고 한다.

"그럼 오늘은 포기하기로 하죠. 하지만 아저씨가 돌아가신 이상 누군가는 가오리 씨 차를 운전해야 하잖아요."

"그 사람이 왜 아오에 씨여야 하는 거죠?"

"저는 안 되나요?"

그 물음에는 대답하지 않고 가오리는 미즈호를 보았다.

"언니, 운전할 줄 알지?"

미즈호가 고개를 끄덕이자 아오에가 뒤를 돌아보며 말했다.

"미즈호 씨는 안 되죠. 계속해서 십자 저택에 머물 수 있는 것도 아니고, 조만간 돌아갈 거 아닙니까."

"그렇긴 하지만……."

미즈호가 머뭇거렸다.

"안 돼, 언니."

가오리가 나섰다.

"부탁이야, 언니. 좀 더 내 곁에 있어 줘. 최소한 이 끔찍한 사건이 해결될 때까지만이라도, 응?"

애원하듯 하는 말에 미즈호는 잠자코 고개를 끄덕였다. 가오리가 굳이 부탁하지 않더라도 미즈호 역시 이 사건의 향방이 궁금했다.

"그래 봐야 일시적인 거잖아요. 언젠가는 돌아갈 텐데."

아오에는 어떻게든 가오리의 운전사로 입후보하고 싶은 모양이었다.

"그렇게 말하는 아오에 씨도 마찬가지 아닌가? 올봄에 졸업이라면서? 그럼 그 집에서도 나가야 할 텐데."

"나가기로 결정한 건 아닙니다. 내가 같은 지붕 아래 살면 안 되나요?"

"그야 내가 알 바 아니지."

"매정하게도 말하는군요."

그리고 아오에는 앞을 향하더니 좌석에 파묻히듯 깊숙이 앉았다.

"하지만 조심해야 할 겁니다. 저를 능가하는 요주의 인물이 한 지붕 아래 있을 수도 있으니까요."

"그 말, 참 거슬리는군."

그때까지 잠자코 운전만 하던 나가시마가 신호 대기에서 사이드 브레이크를 당기면서 아오에의 얼굴을 보았다.

"그러니까…… 이번 사건에 대해서 그렇게 말하는 건가?"

"그렇죠."

아오에는 잠시 틈을 두었다가 말을 이었다.

"그것도 한 가지 예일지도 모르죠."

"우리를 의심하는 것처럼 들리는데, 무슨 근거라도 있는 거야?"

미즈호가 아오에의 뒤통수에 대고 물었다.

"지금은 없죠. 하지만 적어도 경찰은 우리를 의심하고 있어요. 조깅하러 나갔을 때 미행이 따라붙었다는 얘기는 제가 했었죠?"

"경찰이야 모든 가능성을 배제하지 않으니까."

나가시마가 말했다.

"그거 하나로 그렇게 단정할 수는 없어. 그리고 내부 사람의 짓이라면 좀 더 빨리 범인이 밝혀졌어야 해. 이렇게 좁은 범위 안에서 발생한 사건인데."

신호가 빨강에서 초록으로 바뀌었다. 나가시마가 다시 액셀을 밟았다.

"정말 상식적인 의견이군요. 지나치게 상식적인 거 아닌가요?"

"그게 무슨 말이에요?"

가오리가 휠체어에서 몸을 살짝 일으켜 세우며 화난 목소리로 물었다.

"그렇게 무서운 얼굴 하지 말아요. 상식적이라는 건 일반적이라는 의미니까. 그날 밤에는 우리끼리만 모여 있었으니 범인을 감싸고도는 사람이 없으란 법도 없잖아요. 누구도 자기 주위에서 살인범이 나오기를 바라지는 않으니까요."

"우리 모두를 의심하다니, 어처구니가 없네. 아무 근거도 없으면서 말이야."

가오리가 입술을 깨물며 아오에의 옆얼굴을 보았다. 하지만 그는 여전히 태연한 표정이었다.

"그게 그렇게 어처구니없는 일일까요? 그리고 근거가 없는 것도 아니죠. 하나하나 생각해 보면 그런 결론에 도달하게 되어 있는데…… 그래요, 이제 그만하죠. 나도 연인을 슬프게 하고 싶지는 않으니까요."

아오에는 하얀 이를 드러내고 웃으며 자세를 고쳐 앉았다. 한참이나 그를 노려보던 가오리는 뭔가 한마디 해 주기를 바라는 듯 미즈호 쪽으로 시선을 돌렸다.

그러나 미즈호는 아무 말도 할 수 없었다. 왜냐하면 그녀 자신이 십자 저택 내부에 범인이 있다고 생각하기 때문이었다.

그리고 또 하나, 나가시마 씨가 유독 암울한 표정에 아무 말이 없는 것도 마음에 걸렸다.

'임시 휴업'이라는 팻말이 내걸린 나가시마의 가게 유리문을 열고 들어서자 샴푸 향기가 풍겨 왔다. 의자가 네 개뿐인 가게는 그리 넓지는 않지만 안쪽 벽 전체가 거울이라서 그런지 꽤 깊어 보였다.

"이 벽의 시크한 색감은 내 취향이야. 사실은 벽 전체를 이 색으로 하고 싶었는데 아빠가 넓어 보이게 하려면 거울을 사용하는 편이 좋다고 해서."

"큰이모부가?"

"건축업자가 우리 회사에서 하청받아 일하는 사람이었거든. 그래서 아빠도 몇 번 보러 왔었어. 그러고 보니 이런 일에 아빠가 나서는 경우는 흔치 않은 일이었네. 그때는 무슨 바람이 불었던 건지······."

대기석 소파에 미즈호와 아오에가 앉고 가오리는 그 옆에 휠체어를 댔다. 나가시마는 커피를 준비하고 있다. 대기석 옆에 있는 조그만 책꽂이에 만화와 주간지가 꽂혀 있었다.

"종업원은 몇 명이나 되나요?"

실내를 돌아본 후 아오에가 나가시마에게 물었다.

"남녀 각각 한 명씩. 전에 같이 일했던 남자와 견습생 여자."

"견습생이라는 여자는 아직 어리더라. 스무 살도 안 돼 보이던데요?"

벽에 걸린 하얀 앞치마를 보면서 가오리가 물었다.

"어리지요. 고등학교를 나와 아직 전문학교에 다니고 있으니까. 신세 진 분께 부탁을 받아 데리고 있어요."

"그런대로 귀엽더라고요."

가오리가 시답잖다는 듯 말했다.

나가시마가 커피 잔 네 개를 쟁반에 담아 들고 왔다. 꽤 익숙한 손놀림이다. 손님에게 커피를 대접하는 일이 많기 때문일 것이다.

"나가시마 씨 나이에 이만한 가게를 차린다는 것은 쉽지 않은 일 아닌가요?"

아오에는 커피 잔을 집어 들고서 다시 한 번 실내를 둘러보았다.

"글쎄……, 하긴 유산이라도 물려받지 않는 한 어려운 일일지도 모르지."

그리고 나가시마는 컵을 손바닥으로 감싸 쥔 후 덧붙였다.

"다케미야 아저씨께 감사하고 있어."

그가 말하는 다케미야 아저씨가 고이치로라는 것을 모두가 알고 있었다. 고이치로는 살아생전에 유언장을 남겼다. 거기에는 나가시마에게 물려줄 금액도 명기되어 있었다. 이 미용실은 그 유산으로 차린 것이라고 한다.

"그런데 실제로는 나가시마 씨의 몫에 0이 하나 덜 붙었다고 하던데요."

아오에가 속내를 살피는 듯한 눈초리로 나가시마를 보았다.

"낳은 배가 다르다고는 하지만 친아들이니까 좀 더 줘도 좋았을 텐데 말입니다."

"난 충분하다고 생각해. 다케미야 아저씨가 내게 유산을 남겨 주었다는 것 자체를 고맙게 생각하고 있어."

"그런가요."

그리고 아오에는 나가시마의 말을 비웃기라도 하듯 입술을 비죽거렸다.

"그래도 피 한 방울 섞이지 않은 무네히코 씨가 결과적으로 가장 이득을 본 셈이잖아요. 마뜩잖았을 것 같은데."

"아오에 씨, 무례한 소리 그만해요."

가오리가 끼어들었다. 그때까지 온화한 얼굴이던 나가시마도 표정이 약간 굳었다.

"내게 무슨 말이 듣고 싶은 거지?"

"딱히."

아오에는 태연한 표정으로 커피 잔을 입으로 가져갔다.

나가시마와 가오리는 그런 아오에를 말없이 바라보았다. 그 세 사람의 대화를 어색한 기분으로 관찰하던 미즈호도 컵을 들었다.

톡톡, 유리문을 두드리는 소리가 난 것은 바로 그때였다. 미즈호가 돌아다보니 어떤 남자가 가게 유리문을 두드리고 있었다.

"휴업이라는 팻말이 안 보이······."

나가시마의 말이 부자연스럽게 끊긴 것은 문을 두드리는 남자가 본 적 있는 얼굴이기 때문이었다. 남자는 바로 야마기시 형사였다. 그는 만면에 미소를 띤 채 밖에서 손을 흔들고 있었다.

"이런 데까지 찾아오다니. 참, 저 헤비급 형사도 못 말리겠군. 대체 누구를 뒤쫓아 온 걸까요."

아오에가 빈정거렸다.

나가시마가 일어서서 문을 여는 것과 동시에 야마기시의 뚱뚱한 몸이 가게 안으로 밀고 들어왔다.

"다들 여기 모여 있었군요."

야마기시가 히죽거리며 그렇게 말했다. 그를 따라 키가 큰 노가미도 들어왔다. 노가미 쪽은 다소 긴장한 표정이다. 무슨 일이 있나 보군, 미즈호는 그렇게 직감했다.

"무슨 일이죠?"

나가시마가 물었다.

"당신에게 확인할 게 있어서 왔어요."

"제게요. 뭡니까?"

"나가시마 씨, 엊그제 밤에 십자 저택에 갔었죠?"

"갔는데요…… 그게 어쨌다는 겁니까?"

나가시마의 목소리가 약간 높아졌다. 야마기시의 눈이 빛났다.

"그리고 거기서 묵었고 말이죠."

"시간이 늦어서…… 그렇게 하라고 하시기에요. 그게 뭐 잘못된 일입니까?"

"잘못된 일은 아니죠. 그러나 사건 현장에 무단으로 들어가면 안 되죠."

"……."

나가시마가 할 말을 잃은 듯했다. 시선이 분주하게 움직이는 것을 미즈호도 알 수 있었다.

"아, 내가 그걸 어디다 뒀더라."

야마기시가 작위적인 동작으로 바지 주머니를 더듬더니 조그만 비닐 봉투를 꺼냈다. 그리고 그것을 나가시마의 얼굴 앞에 들이대면서 물었다.

"이거, 본 적 있겠죠?"

그리고 그는 히죽거리는 표정으로 나가시마를 뚫어져라 바라봤다.

나가시마는 일어서서 그 비닐 봉투 속에 든 것을 자세히 보왔다. 미즈호도 엉덩이를 약간 들고 비닐 봉투 가까이 다가갔다. 봉투에 든 것은 퍼즐 조각이었다. 그 퍼즐 조각에 무슨 의미가 있는지 미즈호는 알 수 없었지만 그것을 본 나가시마의 태도가 조금 전과는 확연히 달랐다.

나가시마의 입술이 두세 번 실룩거렸다.

"그게 어쨌다는 거죠?"

약간 떨리는 목소리였다.

"어쨌다는 거냐고?"

형사가 사뭇 놀랍다는 듯이 눈을 부라렸다.

"그렇게 말하면 안 되죠."

야마기시 형사는 비닐 봉투를 왼손에 쥔 채 그 속에 든 퍼즐 조각을 오른손으로 가리켰다.

"잘 봐요. 여기 이 끝 부분이 약간 거뭇거뭇하게 보일 거예요. 이걸 조사해 봤더니 말이지, 무네히코 씨의 피가 틀림없다는 결과가 나왔어요."

그리고 형사는 "게다가." 라고 덧붙였다.

"이 표면을 조사해 본 결과 어떤 인물의 지문이 채취되었어요. 나가시마 씨, 당신의 지문이었어."

나가시마는 형사가 가리킨 부분을 들여다보며 눈을 몇 번이나 깜박거리더니 왼손으로 자기 눈을 비볐다. 그리고 미즈호 쪽을 힐끔 보고서 다시 형사에게로 시선을 돌렸다.

"어떻게⋯⋯."

나가시마가 중얼거렸다.

"어떻게 이 조각을 알아냈느냐, 이건가? 그야 당신이 실수를 범했기 때문이지."

"실수?"

"그 실수에 대해서는 나중에 얘기하기로 하고, 그보다 당신이 왜 이 조각을 갖고 있었는지, 그 문제부터 얘기합시다."

형사의 박력에 압도됐는지 나가시마가 두세 걸음 뒤로 물러났다.

"사정이 있습니다."

그렇게 말하는 목소리가 몹시 메말라 있었다.

"그야 물론 사정이 있으시겠지."

야마기시의 목소리가 높아졌다.

"이만한 상황이 벌어지려면 그간 여러 가지 사정이 있었을 겁니다."

"해명하게 해 주십시오."

"좋아요."

야마기시가 비닐 봉투를 다시 주머니에 집어넣었다.

"단, 경찰서에 가서 해요. 아마도 아주 복잡한 사정이 있을 테니까."

그리고 그는 옆에 서 있는 노가미에게 눈짓을 했다. 키가 큰 노가미 형사가 재빨리 나가시마 옆에 서더니 그의 등에 손을 대고 앞으로 밀었다.

나가시마는 마음을 가라앉히려는 듯 두세 번 심호흡을 한 후 미즈호 쪽을 돌아보았다.

"가게 문단속을 부탁합니다. 그리고 차 운전도요. 괜찮겠죠?"

그는 미즈호에게 열쇠 두 개를 건넸다. 가게 열쇠와 자동차 키였다. 미즈호는 고개를 끄덕이고서 그것을 받아 들었다.

"나가시마 씨."

가오리가 참다못한 듯 그의 이름을 불렀다. 나가시마가 그녀를 돌아보면서 천천히 고개를 끄덕였다.

"괜찮아요. 금방 돌아올 겁니다."

그리고 그는 형사들에게 "그럼 갈까요."라고 말했다.

야마기시는 떨떠름한 표정을 짓더니 미즈호 쪽에 가볍게 고개를 숙이고 나서 가게를 나갔다. 그 뒤를 따라 노가미에게 떠밀리듯 나가시마도 나갔다.

"나가시마 씨."

가오리가 다시 한 번 불렀지만 이번에는 나가시마가 돌아보지 않았다.

4

"제 느낌에 아마 나가시마 씨 걱정은 안 해도 될 겁니다."

운전대를 잡고 익숙하게 운전하면서 아오에가 말했다. 나가시마의 가게에서 십자 저택으로 돌아가는 길이었다. 결국 그가 운전을 하게 되었다. 미즈호는 가오리와 함께 뒷좌석에 앉았다.

"무슨 근거로 그런 말을 하죠?"

눈 주위가 약간 붉어진 가오리가 물었다.

"나가시마 씨는 머리가 잘 돌아가는 사람이란 걸 알기 때문이죠. 그가 범인이라면 증거물에 지문을 남기는 따위의 허튼 짓은 하지 않았을 거예요."

"증거물이라면, 그 퍼즐?"

"형사의 말투나 나가시마 씨의 태도로 봐서 그런 것 같아요. 거기에 무네히코 아저씨의 피가 묻어 있었다고 하니까요."

"형사는 그 조각을 어디서 찾아냈을까?"

미즈호가 아오에의 등에 대고 물었다.

"글쎄요, 어디서 찾았을까요. 야마기시라는 형사는 나가시마 씨가 뭔가 실수를 했다고 했는데……."

"나가시마 씨는 왜 그런 걸 갖고 있었던 거지?"

"그분 자신이 말했던 것처럼 무슨 사정이 있었겠죠. 다만, 그 사정에 따라서는 나가시마 씨가 범인이 아니더라도 좋은 결과를 기대할 수 없을지도 모르겠습니다."

"무슨 뜻이지?"

미즈호가 그렇게 묻자 아오에는 생각에 잠긴 듯 잠시 침묵하더니 대답했다.

"나가시마 씨가 그 퍼즐 조각을 어디서 손에 넣었느냐, 그 점이 문제겠죠. 그 장소가 만약 십자 저택 안이라면 그렇다는 겁니다."

미즈호는 등줄기가 서늘해지는 것을 느꼈다. 무네히코의 잠옷 단추가 저택 안에 떨어져 있었다는 사실을 아는 사람은 자신뿐이라고 생각하고 있었다. 그런데 지금 아오에가 한 말이 사실로 밝혀진다면 경찰은 내부 사람의 범행이라고 확신하게 될 것이다.

"어떻게든 우리 중에 범인이 있다고 생각하고 싶은 모양이네."

가오리가 비난하듯이 말했다. 그리고 이마에 오른손을 대고서 다시 중얼거렸다.

"그런 것보다 지금 당장은 나가시마 씨가 문제네. 오해를 풀 수 있을까?"

정말 오해라면 좋겠지만…….

그날 밤 십자 저택에 머물렀던 이상 나가시마도 당연히 범인일 가능성이 있다.

저택 앞에 도착했을 때 미즈호는 일이 심상치 않다는 것을 이내 알아챘다. 못 보던 자동차가 몇 대 서 있었다.

"경찰이군요."

아오에가 말했다.

문 옆에 눈매가 날카로운 남자가 서 있었다. 가오리 일행의 차가 들어가는 것을 찌를 듯한 시선으로 보았지만 별다른 말은 없었다.

미즈호는 아오에와 함께 가오리의 휠체어를 밀면서 저택 안으로 들어갔다. 그들을 본 와카코가 얼른 다가왔다. 와카코는 벌써 상복을 벗고 평상복을 입고 있었다.

"나가시마 씨가 체포되었다던데, 정말이야?"

소곤거리듯이 그녀가 물었다. 형사들이 나가시마를 데리고 갔다는 사실이 이미 전해진 모양이다.

"체포된 건 아니에요."

가오리가 대답했다.

"참고인이나 뭐, 그런 걸로 데려갔겠죠."

"그래……, 그렇구나."

애매하게 고개를 끄덕이는 와카코를 지나 거실로 들어서자 가쓰유키와 마쓰자키가 소파에 앉아 있었다. 두 사람 역시 불안한 표정으로 담배를 뻐끔거리고 있었다.

"나가시마 씨가 체포된 건 아니라네요."

따라 들어온 와카코가 두 사람에게 전했다.

"대체 어떻게 된 일이야?"

가쓰유키가 미즈호 등을 향해 묻자 아오에가 나가시마의 미용실에서 있었던 일을 설명했다. 경찰에서 찾아낸 퍼즐 조각에 피가 묻어 있었다는 얘기를 들은 가쓰유키와 마쓰자키의 얼굴에 순간적으로 긴장감이 어렸다.

"허어, 그렇게 된 거였군."

가쓰유키가 중얼거리는데 계단 위에서 남자 목소리와 발소리가 들렸다.

"경찰인가요?"

미즈호가 묻자 와카코가 침울한 표정으로 턱을 아래로 당겼다.

"조금 전에 왔어. 확인하고 싶은 게 있다면서 각 방마다 들어가게 해 달라고 하더라고. 할머니가 같이 계셔."

"나가시마 군이 묵었던 방을 보고 있는 거 아닌가?"

마쓰자키가 모두에게 의견을 구하듯 물었다.

"그럴지도 모르지."

가쓰유키가 대답했다. 잠시 후 계단을 내려온 형사들은 미즈호 쪽은 눈길도 주지 않은 채 황급하게 현관으로 향했다. 형사 한 명이 수화기를 들고 긴장한 표정으로 어딘가에 전화를 걸었다.

"뭐가 어떻게 되는 건지 모르겠네."

가오리가 미즈호의 손을 잡고서 걱정스럽다는 목소리로 말했지만 미즈호는 뭐라 대답할 말이 없어 잠자코 그녀의 가녀린 손만 꼭 잡아 주었다.

통화를 끝낸 형사가 거실로 들어오더니 모두를 둘러보면서 말했다.

"잠시 후에 중대한 발표가 있을 겁니다. 여러분은 이 자리에서 기다려 주십시오."

그렇게만 말하고 그 젊은 형사는 거실을 나갔다. 거의 동시에 2층에서 시즈카가 내려왔다. 시즈카는 지쳐서 진이 빠진 듯 안색이 좋지 않았다.

"장모님, 괜찮으세요?"

가쓰유키가 벌떡 일어나서 시즈카의 손을 잡았다. 그러는 사이 마쓰자키는 일어나서 거실을 나갔다.

"괜찮아. 걱정할 거 없네."

시즈카는 소파에 앉아 스즈에가 가져온 차를 한 모금 마신 후 숨을 길게 내쉬었다.

"엄마, 경찰이 지금 뭘 하고 있어요?"

와카코가 물었다.

"나도 잘은 모르겠다. 아범의 수집품을 조사하고 있는 것 같더라."

"수집품이라면, 퍼즐이나 모형 범선 같은 거 말입니까?"

가쓰유키의 질문에 시즈카는 고개를 끄덕였다.

"처음에는 아범의 방을 조사했어. 그리고 각 방에 있는 퍼즐과 모형을 살펴보는 것 같더구나. 무슨 목적으로 그런 조사를 하는지는 안 가르쳐 주네."

"할머니, 경찰이 나가시마 씨에 대해서는 아무 말 안 하던가요?"

가오리가 불안한 눈빛으로 할머니의 얼굴을 보면서 물었다.

"나도 몇 번이나 물어봤어. 그런데 그냥 말을 얼버무리기만 하더구나. 나가시마를 데려간 것과 경찰이 갑자기 움직이기 시작한 것이 뭔가 관계가 있지 않나 싶다."

시즈카의 그 말에 모두들 입을 꾹 다물고 말았다. 경찰의 예사롭지 않은 움직임에 저마다 불길한 예감이 밀려든 것 같았다.

"대체 뭘 하자는 건지 원."

답답함을 참기가 어려웠는지 가쓰유키가 내뱉듯이 말했다. 그러자 분위기는 한층 무거워졌다.

한 시간쯤 지나서야 형사들이 돌아왔다. 이번에는 야마기시와 노가미의 모습도 보였다. 미즈호를 비롯한 모두의 눈길이 일제히 그쪽으로 쏠린 것은 그들 뒤에 나가시마가 따라 들어왔기 때문이었다.

"나가시마 씨!"

가오리가 이름을 부르자 그는 고개를 끄덕이더니 괴로운 듯이 입술을 깨물며 머리를 숙였다.

"다들 모여 있군요."

야마기시의 뚱뚱한 몸이 한 걸음 앞으로 나왔다. 그는 두 손을 뒷짐 진 채 모두의 얼굴을 죽 훑어보았다.

"마치 명탐정 같군요."

아오에가 빈정거리는 투로 말했다.

"추리 소설의 클라이맥스를 방불케 하는데요."

그러자 야마기시가 눈가에 흐뭇한 미소를 띠고 아오에의 얼굴을 쳐다보았다.

"실로 적절한 표현이군. 그야말로 클라이맥스야."

5

천천히 고개를 돌리면서 전원의 반응을 확인한 야마기시는 오른손을 입가에 대고 조그맣게 헛기침을 한 번 하더니 다시 손을 뒤로 돌렸다.

"자, 그럼."

그가 말문을 열었다.

"본론으로 들어가기 전에, 잠시 지금까지의 경과를 보고하는 편이 좋겠죠. 그래야 이해가 빠를 테니까."

그렇게 말하고서 그는 지하로 내려가는 계단으로 다가가 아래쪽을 가리켰다.

"이 집의 주인인 다케미야 무네히코 씨와 비서 미타 리에코 씨가 살해된 사건에 임해 우리는 외부 침입자의 범행을 염두에 두고 수사를 시작했습니다. 범인의 것으로 추정되는 장갑이 대문 밖에 버려져 있었고 무네히코 씨의 잠옷 단추도 문 밖에서 발견된 점 등이 그 이유였죠. 그런데 그 후 전력을 다해 조사했음에도 제삼자가 외부에서 들어온 흔적이 전혀 발견되지 않았습니다. 범행에 사용한 장갑을 버릴 만큼 경솔한 범인이 다른 흔적을 전혀 남기지 않았다는 것은 자못 이상한 일이죠."

"장갑을 버리는 건 위험하지 않다고 생각한 거 아닐까요? 사실 그 장갑은 범인을 밝혀내는 데 별 도움이 되지 않을 텐데요."

가쓰유키가 도발적으로 말했다. 하지만 야마기시의 표정에는 별 변화가 없었다.

"범인의 심리를 고려하면 그렇다는 겁니다. 이왕에 버리는 거, 좀 더 멀리 도수한 후에 버리는 편이 안전하지 않았을까요?"

"……."

가쓰유키가 말이 없자 야마기시는 만족한 듯이 고개를 끄덕였다.

"그렇다고 그 즉시 내부 사람이 범인이라고 단정한 것은 아니지만 말이죠. 다만, 여러분의 행동을 어느 정도는 관찰해 봤습니다."

관찰이라, 듣기에는 좋은 말이지, 하고 미즈호는 생각했다.

"그런데 사소한 우연이 사건 해결의 실마리를 제공했습니다."

야마기시는 가슴을 약간 펴고서 양복 주머니에서 볼펜을 꺼냈다.

"볼펜을 현장에 두고 나와서, 실은 오늘 아침에 이걸 가지러 왔습니다. 여러분은 장례식에 가고 스즈에 씨 혼자 남아 있었죠. 그때 우리는 현장에 침입한 자가 있었다는 사실을 알았습니다."

전원의 표정이 굳어졌다. 야마기시는 '나폴레옹의 초상' 상자 뚜껑의 모서리가 찢어져 있었으며 안에 든 퍼즐 조각의 수를 세어 보았더니 한 개가 남았다는 것 등을 설명했다. 그리고 그는 옆에 서 있는 두 젊은 경찰에게 눈으로 신호를 보냈다. 둘은 일단 거실에서 나갔다가 커다란 퍼즐 판을 들고 돌아왔다. 말을 탄 나폴레옹 그림이 그려진 판이었다. 누군가의 입에서 호오, 하는 소리가 흘러나왔다.

"아주 멋진 그림이로군요. 2천 조각이나 되다 보니 맞추느라고 애를 먹었습니다. 젊은 사람 몇 명에게 시켰는데 생각보다 시간이 많이 걸렸어요."

야마기시가 경찰에게 다시 눈짓했다. 두 경찰이 퍼즐 판을 거실 구석으로 옮겨 놓았다.

"그렇게 퍼즐을 완성한 결과, 한 조각이 남더군요. 바로 이겁니다."

그리고 그가 꺼낸 것은 나가시마의 미용실에서 봤던 비닐 봉투였다.

"자, 보시죠."

그는 그것을 가까이에 있는 스즈에에게 건넸다. 잠시 비닐 봉투를 들여다본 스즈에는 그것을 다시 옆 사람에게 돌렸다. 비닐 봉투 안에는 파란색 퍼즐 조각이 들어 있었다.

"그 퍼즐 조각에는 무네히코 씨의 혈흔이 묻어 있었습니다. 동시에 나가시마 씨의 지문도요. 이상의 사실로부터 우리는 나가시마 씨가 지하 오디오 룸에 몰래 숨어들어 그 퍼즐 조각을 상자 속에 넣었을 것이라고 추정했습니다. 그 점에 관해 본인에게 확인한바, 그는 사실을 인정했습니다."

모두의 시선이 나가시마에게 집중되었다. 그는 눈가를 누른 자세로 꼼짝하지 않았다.

"문제는,"

형사의 목소리가 한층 높아졌다.

"나가시마 씨가 왜 그 같은 행동을 했느냐 하는 점입니다. 그는 대체 왜 그런 걸 가지고 있었을까. 여기에 대해 나가시마 씨는 대답하기를 망설였지만, 우리의 설득에 결국은 응해주었습니다. 나가시마 씨는,"

형사는 입을 크게 벌린 채 말을 잠시 멈추고 모두를 돌아본 후 계속했다.

"무네히코 씨와 미타 리에코 씨의 시신이 발견된 직후 그 퍼즐 조각 하나를 저택 안에서 주웠다고 고백했단 말입니다. 아시겠습니까? 이 저택 안에서요. 바로 이 계단 근처에서요."

야마기시는 지하로 내려가는 계단 앞에 섰다.

"우리는 생각해 봤습니다. 왜 무네히코 씨의 혈흔이 묻은 퍼즐 조각이 저택 내부에 떨어져 있었을까. 범인이 외부에서 침입한 자이고 뒷문으로 출입했다면 그런 일은 절대 있을 수 없죠. 그렇다면 결론은 뻔합니다. 나가시마 씨도 같은 결론에 도달했고, 그래서 퍼즐 조각을 상자에 돌려놓으려 했던 것입니다. 즉, 그날 밤 이 집에 있었던 인물, 바로 여러분들

중에 범인이 있다는 얘깁니다."

야마기시의 목소리는 점점 커져서 넓은 거실에 쩌렁쩌렁 울렸다. 미즈호는 지금 이 순간 모두의 표정을 살피고픈 충동을 느꼈다. 야마기시의 발언에 충격을 받을 자가 이 거실 안에 분명히 있다는 것을 미즈호는 알고 있었다.

"돌이키기에는 이미 때가 늦었습니다. 그러니 이 자리에서 범행을 솔직하게 털어놓을 수 없을까요?"

형사는 여선히 뒷심을 지고서 용의자들에게는 눈길을 주지 않은 채 물었다. 그 태도에서 미즈호는 그가 이미 범인을 알아냈을 것이라고 확신했다.

숨 막히는 침묵이 한참이나 계속됐다. 야마기시는 꽤 참을성 있게 기다리다가 끝내 더는 기다리지 못하겠다는 듯이 한숨을 쉬더니 용의자들 쪽으로 시선을 돌렸다.

"어쩔 수 없군요. 얘기를 계속하죠. 문제의 퍼즐 조각 말인데요."

야마기시는 퍼즐 조각이 든 비닐 봉투를 얼굴 앞으로 들어 올렸다.

"이것은, 조금 전에도 말씀드렸지만, 현장에 흐트러져 있던 '나폴레옹의 초상' 퍼즐의 조각이 아닙니다. 그렇다면 어떤 퍼즐의 조각이냐. 아니, 그 전에, 왜 이 조각에 피가 묻어 있었는지를 생각해 봅시다."

그의 말에 미즈호는 헉, 숨을 삼켰다. 현장에 있던 퍼즐의 조각이 아닌데 무네히코의 피가 묻어 있다는 것은 아닌 게 아니라 이상하다.

"우리는 나가시마 씨가 이 퍼즐 조각을 주웠다는 장소에 주목했습니다. 즉 그 부근에 그 밖에도 무네히코 씨의 피가 묻은 증거물이 있지 않을까 생각한 것이죠. 그리고 루미놀 검사를 실시한 결과……."

그가 발치에 놓인 쓰레기통을 손에 들고 앞으로 내밀었다.

"이 쓰레기통 안에서도 혈흔이 검출됐습니다."

모두의 시선이 등나무로 된 쓰레기통에 집중됐다. 그러나 아무도 입을 열지는 않았다. 쓰레기통에서 혈흔이 검출되었다는 사실이 무슨 뜻인지 모르기 때문일 것이다.

야마기시가 다시 말을 이었다.

"이 쓰레기통 안에 혈흔이 있다는 것은 이 안에 피 묻은 무언가가 버려졌기 때문이라고 생각할 수 있겠죠. 그렇다면 피가 묻은 그 무언가는 무엇이었을까? 또, 이 쓰레기통에는 피를 닦아 낸 흔적이 있는데 과연 누가 피를 닦아 낸 것일까요?"

"그러니까 그건……."

가쓰유키가 그렇게 말을 꺼내 놓고서 주위를 한 번 둘러보더니 말을 이었다.

"범인이 그러지 않았겠습니까?"

"아니죠. 범인이 아닙니다. 피를 닦아 낼 정도면 애당초 쓰레기통에 버리지도 않았을 겁니다. 피를 닦아 낸 사람은 내부 사람의 범행을 숨기려 한 인물입니다. 그 인물은 쓰레기통 안을 보자마자 당장 피를 닦아 내야겠다고 생각했겠죠. 물론 그때 그 인물은 이미 지하실에서 벌어진 참극을 알고 있었습니다."

그리고 야마기시는 잠시 거실을 걸어 다녔다. 그러다가 갑자기 걸음을 멈추고 앞으로 몸을 약간 구부리면서 한 사람의 얼굴을 들여다보았다.

"스즈에 씨."

야마기시는 다소 누그러진 목소리로 그 이름을 불렀다. 스즈에는 고개를 숙이고 바닥만 내려다보고 있다.

"쓰레기통의 피를 닦아 낸 사람은 당신이죠? 이런 작업을 할 수 있는 사람은 누구보다 일찍 일어나는 당신밖에 없어요."

스즈에는 대답 없이 고개를 숙인 채 앞치마만 만지작거리고 있었다.

"그런 거야? 솔직하게 말해 봐."

시즈카가 스즈에의 뒤에서 말을 건넸다. 스즈에는 눈을 내리깐 채 뒤를 돌아보았다가 천천히 눈을 감고서 다시 야마기시 쪽으로 몸을 돌렸다.

"네, 말씀하신 그대로예요."

무겁게 가라앉은 목소리였다. 모두가 소리 없이 숨을 삼켰다.

"흠, 쓰레기통에 버려져 있던 것은?"

"장갑이었어요."

몇몇이 나지막이 탄성을 질렀다. 그 장갑이 저택 안에 버려져 있었다니.

"자, 이제 솔직하게 말해 보시죠. 그날 당신이 잠에서 깬 후의 일을 정확하게."

야마기시는 그렇게 말하고서 식당에서 의자를 가져와 거기에 커다란 엉덩이를 털퍼덕 올려놓았다.

스즈에는 처음에는 다소 주저하더니 마침내 앞치마를 비틀고 거기에 손을 비비면서 이야기를 시작했다.

그날 아침 청소를 시작하려던 스즈에는 지하로 내려가는 계단 옆 쓰레기통을 보고 충격을 받았다. 그 안에 피범벅이된 장갑이 버려져 있었던 것이다. 불길한 예감이 든 그녀는 조심스럽게 계단을 내려갔다. 지하 오디오 룸의 문이 열려 있었다. 그 안을 들여다본 그녀는 더욱 끔찍한 광경을 목격했다. 무네히코와 리에코가 죽어 있었다. 스즈에는 엉겁결에 비명을 지를 뻔했지만, 타고난 침착함으로 쓰레기통 안의 장갑과 두 사람의 죽음 간의 관계를 생각해 보았다. 뒷문은 잠겨 있으니까……. 두 사람을 죽인 범인이 저택 내부 사람이라는 결론은 금방 나왔다.

그녀는 쓰레기통을 치우고 장갑을 뒷문 밖으로 버리러 갔다. 그리고 뒷문의 자물쇠를 풀어 두었다. 목적은 물론 범인을 비호하기 위해서였다.

"이렇게 말씀드리기 뭐하지만, 저는 사장님과 그 비서를 원망하고 있었어요. 그 사람들보다 살아 있는 사람들이 더 소중하다고 생각했습니다."

스즈에는 그렇게 말을 매듭지었다.

야마기시는 그녀의 말을 다 들은 후 잠시 생각에 잠기더니 오른 주먹으로 관자놀이를 누르면서 다시 질문을 시작했다.

"쓰레기통 청소는 어떻게 했습니까?"

"화장지로 닦아 냈어요. 화장지는 화장실 변기에 버렸습니다."

"쓰레기통 안에 장갑 이외에 또 무엇이 들어 있었죠?"

"잘 모르겠어요."

"뒷문은 잠겨 있었다고 했죠?"

스즈에가 고개를 끄덕였다.

"뒷문의 지문을 지운 사람도 당신인가요?"

스즈에가 또 고개를 끄덕였다. 흠, 하면서 야마기시가 스즈에의 얼굴을 올려다보았다. 거짓말인지 아닌지를 판단하고

자 하는 시선이었다.

"그 밖에 당신이 위장한 것은 없나요? 쓰레기통을 닦았고, 장갑을 버리러 갔고, 뒷문의 자물쇠를 풀어 놓은 것 외에 말입니다."

"그, 머리카락을……."

"머리카락?"

"네, 저……."

스즈에는 손바닥을 마주 비비면서 천천히 말했다.

"사장님 손가락 사이에 머리카락이 끼여 있었어요. 그 머리카락을 꺼내서 화장지와 함께 변기에 버렸습니다."

"아니, 그런 짓을……."

야마기시는 한숨을 깊이 쉬더니 어이가 없다는 듯 고개를 저었다.

"그 머리카락만 있었어도 사건이 단번에 해결됐을 텐데."

"네, 하지만,"

그녀가 일단 말을 끊었다가 다시 이었다.

"사건 따위는 해결되지 않아도 상관없다고 생각했거든요."

"그랬겠죠. 그래서 그 밖에는 또 어떤 위장을 했죠?"

"그 밖에요? 아니요, 그 밖에는 아무것도……."

거기까지 말하고 난 스즈에는 그제야 생각났다는 듯 덧붙였다.

"단추를 잊고 있었군요."

"단추? 아, 그 단추 말이군요."

"네. 사장님 옆에 잠옷 단추가 떨어져 있기에 범인이 떨어뜨린 것처럼 보이게 하려고 천으로 지문을 닦아 낸 후에 문 밖에 버렸어요."

'큰이모부 옆에 떨어져 있었다고?'

이상하네, 하고 미즈호는 생각했다. 그날 새벽, 그녀는 2층 복도에서 그 단추를 보았다. 그러니까 그 단추가 무네히코의 시신 옆에 있었을 리 없다.

'스즈에 씨가 거짓말을 하고 있는 거야.'

미즈호는 손바닥에 땀이 흥건하게 배는 것을 느꼈다.

"그렇게 된 거로군요. 알겠습니다. 이제야 아귀가 들어맞는군요."

야마기시가 의자에서 벌떡 일어나더니 다시 사람들 앞을 걷기 시작했다. 그렇게 한 차례 돈 후에 아까 그 쓰레기통을 들었다.

"방금 스즈에 씨가 말한 대로 이 안에는 피 묻은 장갑이 버려져 있었습니다. 버린 사람은 아마 범인 자신이겠죠. 그런데 이때 장갑 외에 범인이 버린 것이 한 가지 더 있는 것으로 우리는 추측합니다. 바로 나가시마 씨가 주웠다는 퍼즐 한 조각이죠."

그는 다시 예의 퍼즐 조각을 모두의 눈앞에 들어 보였다.

"범행을 끝낸 범인은 여기다 장갑을 버리기로 했겠죠. 그리고 그때 본의 아니게 퍼즐 한 조각을 가져왔다는 것을 알았습니다. 아마 범인의 옷 어딘가에 걸려 있었겠죠. 범인은 그것을 현장에 있던 퍼즐, 즉 '나폴레옹의 초상'의 일부라고 여기고 장갑과 함께 버리기로 한 겁니다. 이 퍼즐에 묻은 피는 아마 그때 묻은 것이겠죠. 그런데 그때 범인이 쓰레기통에 제대로 넣지 못한 것인지, 아니면 스즈에 씨가 장갑을 꺼낼 때 묻어 나와 떨어진 것인지 알 수 없지만 퍼즐 조각이 쓰레기통 옆에 떨어지고 말았습니다. 그런 것을 시신이 발견된 직후 나가시마 씨가 주운 것이죠."

단숨에 말을 끝낸 야마기시는 사람들의 반응을 살피려는 듯 고개를 쓰윽 돌렸다.

"그런데 그 퍼즐은 나폴레옹의 일부가 아니라면서요?"

그렇게 발언한 사람은 가쓰유키였다. 이 말을 기다렸다는 듯이 야마기시가 고개를 크게 끄덕였다.

"그렇습니다. 그러니까 범인은 어디선가 다른 퍼즐 조각을 몸에 붙이고 왔는데 그것을 나폴레옹의 일부라고 생각한 거죠."

"다른 퍼즐이라면…… 아저씨 방에 있는 컬렉션이거나 응접실에 있던 '머더구스'이겠군요."

아오에가 대뜸 나섰다.

"맞아요. 그래서 조사해 본바, 조각이 없어진 퍼즐은 없었습니다."

아까까지 형사들이 그걸 조사하고 있었던 것이다.

"그건 또 어떻게 된 일이죠?"

시즈카가 물었다.

"간단합니다. 범인이 한 조각이 없어진 퍼즐을 처분하고 새로 사다 놓은 것이죠. 그럼 그런 일련의 일을 할 수 있는 사람은 누구인가, 그 점을 생각하면 범인이 저절로 밝혀집니다."

야마기시가 발소리를 쿵쿵 내면서 한 사람 앞으로 다가갔다. 그리고 굵은 집게손가락으로 그 인물을 가리켰다.

"범인은 당신, 마쓰자키 씨!"

마쓰자키는 고개를 푹 숙인 채 한동안 움직이지 않았다. 마치 자신이 지목된 사실을 모르는 것처럼.

잠시 후 그가 천천히 얼굴을 들었다. 그리고 말했다.

"왜죠?"

중얼거리듯 작은 목소리였다.

"왜라니요?"

얼토당토않은 말을 들었다는 듯 야마기시가 눈을 부라렸다.

"조금만 생각해 봐도 알 수 있는 일 아닙니까. 우선, 이 저택에는 완성이 덜 된 퍼즐이 세 개 있었어요. 하나는 '나폴레옹의 초상', 그리고 나머지는 '머더구스'와 '이삭줍기'. '나폴레옹의 초상'이 아니라는 것은 아니까 문제의 퍼즐은 남은 두 개 중 하나겠죠. 그러나 '이삭줍기'는 무네히코 씨의 방에 있었으니 사건 전에 아무도 접근하지 않았을 테죠."

"그러니 '머더구스'가 될 수밖에 없다는 뜻이군."

가쓰유키가 고통스럽다는 듯 입을 열었다.

"그렇습니다. 그래서 확인차 완성된 그림과 비교해 봤습니다. 틀림없더군요. 이것은 '머더구스'의 한 조각입니다. 더 구체적으로 말하면 거위를 탄 할머니의 옷 부분이죠. 그렇다면 이 퍼즐에 접근한 사람이 누구냐 하는 것이 문제겠죠. 그래서 사건 전날 밤 무네히코 씨가 응접실에서 '머더구스'의 퍼즐을 맞췄다는 사실이 떠오른 겁니다. 그때 동석한 사람이……."

"나와…… 가쓰유키 씨."

"그랬다더군요. 두 사람은 꽤 늦게까지 무네히코 씨와 퍼즐을 했습니다. 그러다가 한 조각이 접힌 바지 밑단에 들어갔는지도 모르죠."

"말도 안 돼."

마쓰자키가 하얗게 질린 얼굴로 외쳤다.

"겨우 그런 이유로 나를 범인으로 모는 건가?"

"물론 그것만이 아니죠."

마쓰자키를 약 올리기라도 할 속셈인지 야마기시는 아주 천천히 말했다.

"자, 다시 생각해 봅시다. 아까도 말했지만 현재 '머더구스'는 한 조각도 빠지지 않았어요. 한 조각이 없어야 하는데 그렇지 않단 말이죠. 왜 그럴까. 범인은 자신이 중대한 실수를 저질렀다는 사실을 알아챈 겁니다. '나폴레옹의 초상'의 한 조각이라 생각하고 버렸던 것이 실은 '머더구스'의 조각이었다는 걸 말이죠. 범인은 그 조각이 어느 퍼즐의 조각인지 밝혀지면 그 단서 하나만으로도 용의자가 상당히 좁혀질 우려가 있다고 생각했겠죠. 그래서 몰래 똑같은 '머더구스' 퍼즐을 입수해서 바꿔치기를 한 것입니다. 그런데 여기서 또 문제가 제기됩니다. 범인은 자신이 버린 조각이 '머더구스'의 일부라는 것을 과연 언제 알았을까."

"그때다."

아오에가 소리를 질렀다.

"사건이 발생한 날 모두들 응접실에서 기다렸잖아요. 그때 마쓰자키 씨가 '머더구스' 퍼즐을 만졌어요."

미즈호 역시 그때 일을 떠올리고 있었다. 가쓰유키와 식구들이 모여 차후 대책을 강구하고 있을 때 마쓰자키만 방구석에서 퍼즐을 만지작거렸던 것이다.

"마쓰자키 씨는 그때 알았겠죠. 퍼즐 한 조각이 없어졌다는 사실을요. 또, 그 조각을 자신이 범행 후에 버렸다는 것도 말이죠. 그리고 생각했겠죠, 이 퍼즐에서 한 조각이 없어졌다는 사실을 다른 사람이 알면 안 된다고. 그래서 일부러 비틀거리는 척하면서 퍼즐을 바닥에 쏟았던 겁니다."

"그럼 그때……."

와카코가 생각났다는 듯이 중얼거렸다. 사건이 있던 날 마쓰자키가 거의 완성된 '머더구스' 퍼즐을 망가뜨렸다는 사실이 떠오른 듯했다.

"아니야, 그건 우연히……."

"우연히 망가뜨렸다는 겁니까?"

야마기시가 마쓰자키의 말을 대신했다.

"그래요……."

마쓰자키가 중얼거리자 야마기시가 눈을 부릅떴다. 그리고 그 굵은 손가락으로 마쓰자키의 가슴께를 가리켰다.

"그럼 한 가지 물어보죠. 기억합니까, 그때 일을? 나도 그 자리에 있었고, 분명히 기억합니다. 그때 당신은 흐트러진 퍼즐을 주우면서 이렇게 말했어요. '지금 막 완성했는데 아깝게 됐네.' 그 시점에 이미 한 조각이 없었을 텐데 어떻게 완성한 거죠?"

마쓰자키가 어금니를 악다무는 것이 보였다. 그의 창백한 관자놀이에서 땀이 한 줄기 흘러내렸다. 무릎 위에서 꽉 쥐고 있는 주먹도 파르르 떨렸다.

"퍼즐은 물론 완성되지 않았을 겁니다. 빈 부분이 한 군데 있었을 거예요. 그런데 왜 완성했다고 했을까요?"

"……"

"뒤집어 말하면, 마지막 한 조각까지 다 맞췄기 때문에 당신은 한 조각이 빈다는 것을 알았을 겁니다. 아닌가요?"

"……"

"체크메이트로군. 이미 빠져나갈 길이 없어요."

야마기시의 목소리가 실내에 울렸다. 그리고 한동안 숨 막히는 침묵이 흘렀다. 잠시 후, 마침내 마쓰자키가 머리를 부여잡은 채 신음하듯이 중얼거렸다.

"그건…… 그건 정당방위였어."

1

따뜻한 겨울이라는데, 오랜만에 눈이 내렸다. 미즈호는 가오리의 방에서 음악을 들으면서 십자 저택과 대각선상에 있는 소나무 숲이 하얗게 물드는 것을 바라보고 있었다.

"미즈호 언니, 역시 집에 가는 거야?"

가오리가 읽고 있던 책에서 눈을 들더니 불쑥 물었다.

"역시……라니?"

"전에 사건이 해결되면 가겠다고 했잖아. 나는 가능하면 좀 더 있어 줬으면 좋겠는데."

"그래, 그랬지……."

내리는 눈을 바라보면서 미즈호는 어떻게 할까 생각했다. 사건은 정말 해결된 것일까. 마쓰자키가 범행을 인정했다고 하는데 그 이상의 자세한 소식은 전해지지 않았다. 그로부터 이틀이나 지났는데도.

'게다가 그 단추도 그렇고.'

미즈호는 아직도 전전긍긍하고 있었다. 그날 자신이 복도에서 본 것은 무네히코의 단추가 아니었던 것일까. 아니, 그럴 리 없다.

"어쩌면 조금 더 있을지도 모르겠어."

미즈호가 그렇게 말하자 가오리는 안심이라는 듯 한숨을
내쉬었다.

"정말? 그래 주면 나야 고맙지. 안 그래도 우울한데 언니마
저 가 버리면 정말 힘들 거야. 그리고 할머니도 언니가 있어
야 기운이 좀 나시지."

시즈카는 그날 이후로 완전히 기운을 잃고 식사 때도 모습
을 보이지 않았다.

미즈호가 창가에서 떨어져 가오리 옆에 앉으려 했을 때 문
두드리는 소리가 들렸다. 들어오세요, 하고 가오리가 말하자
아오에의 단정한 얼굴이 나타났다.

"폐허 같더군요."

그가 대뜸 그렇게 말을 꺼냈다.

"이 저택 말입니다. 오면서 멀리서 봤는데 그렇게 보였어요."

"그런 폐허에 돌아오지 않아도 되는데요."

"가능하면 그러고 싶었죠. 하지만 가오리 씨가 있는 한 그
럴 수는 없죠."

아오에는 쑥스러워하는 기색도 없이 그런 말을 잘도 했다. 참
대단한 사람이라고 미즈호는 감탄했다. 그가 이 휠체어 탄 예
쁜 아가씨에게 집념을 보이는 목적이 과연 재산이 전부일까?

"학교에서 돌아오는 길에 회사에도 들렀는데,"

아오에는 당연하다는 표정으로 가오리 옆에 앉더니 테이블에 놓인 쿠키로 손을 뻗었다.

"회사라니?"

미즈호가 물었다.

"곤도 아저씨를 만나러요. 사건의 전말에 대해서 저는 아직 아무것도 모르잖아요. 연루된 한 사람으로서 당연히 들을 권리가 있는데 말입니다."

"그래서 들었어, 아오에 씨?"

가오리가 진지한 눈빛으로 묻자 쿠키를 우물거리던 아오에가 쓴웃음을 지었다.

"평소에도 그렇게 뜨거운 눈빛으로 봐 주면 얼마나 좋을까. 네, 듣고 왔어요. 이제 나를 방에서 쫓아낼 마음이 사라졌죠?"

가오리가 말이 없자 아오에는 한바탕 웃고 나서 안색을 싹 바꾸어 날선 표정을 지었다.

"난항을 면치 못하고 있는 것 같았어요."

"무슨 문제라도 있는 건가?"

미즈호가 묻자 아오에가 고개를 끄덕거렸다.

"보통 문제가 아니더라고요."

"대체 무슨 일이 있는 건데요? 뜸 들이지 말고 말해 봐요."

가오리는 스테레오의 볼륨을 낮추고 아오에 쪽으로 몸을

돌렸다.

"뜸 들이려는 게 아니라……, 아무튼 순서대로 얘기할게요."

그렇게 전제하고서 그가 한 얘기는 마쓰자키가 범행에 이르기까지의 경위였다. 마쓰자키는 무네히코를 살해할 의도는 전혀 없었다고 한다. 그는 어떤 서류를 몰래 빼내 오기 위해 지하실에 침입했으며, 그 서류는 마쓰자키의 뇌물 수수를 증명하는 자료였다는 것이다.

"마쓰자키 씨가 뇌물을 받았다는 거야?"

미즈호가 놀라서 저도 모르게 목소리를 높였다. 마쓰자키의 온후한 풍모로 봐서는 도무지 상상할 수 없는 일이었다.

"그러니까 사람은 겉만 봐서는 알 수 없다고 하잖아요. 다케미야 산업이 지금 동북쪽에 새 공장 건설을 추진하고 있는데, 거기에 다양한 업자가 관여하고 있나 봐요. 업자 선정을 전부 입찰에 부쳤단 말입니다. 그런데 마쓰자키 씨가 어느 특정한 업자와 결탁해서 입찰을 조작했던 것 같아요. 뭐, 흔히 있는 일이죠."

"그런데 그 증거를 큰이모부가 갖고 있었다는 거야?"

"아닙니다. 실은 그렇지가 않은가 봐요. 이 부분이 참 복잡한데, 사건 전날 밤 마쓰자키 씨가 자기 방에서 자려는데 침대 위에 종이쪽지가 하나 놓여 있더랍니다. 그 쪽지에 이상한 내용이 쓰여 있었다는군요. '돌아가신 다케미야 요리코

전 사장님은 당신의 뇌물 수수 행위를 알고 있었다. 그래서 업자와 비밀리에 만나는 장면을 찍은 사진 등 증거물을 지하실 수납장에 보관해 놓았다. 무네히코 사장은 아직 모르지만 내일 요리코 부인의 유품을 정리하기 위해 지하 수납장을 청소할 것이다. 그러니 오늘 밤 안에 어떻게든 손을 쓰지 않으면 때를 놓치게 될 것이다.' 대충 그런 내용이었다고 합니다."

"흠, 이상한 편지네……."

가오리가 불쾌하다는 듯 눈썹을 찡그렸다.

"누가 그런 편지를 썼는지는 아직 모르는 거야?"

미즈호의 질문에 아오에는 고개를 저었다.

"무기명에다 워드 프로세서로 작성해서 출력한 거래요. 이 얘기는 곤도 아저씨가 해 줬는데 진짜 떨떠름한 표정이더라고요."

"그래서 마쓰자키 아저씨가 밤중에 몰래 지하실에 갔다는 거네?"

미즈호가 물었다.

"그렇죠. 쪽지의 내용을 전적으로 믿은 것은 아니지만, 아무튼 확인할 필요는 있다고 생각했겠죠. 뒤가 구린 몸이니 말입니다. 그리고 모두가 잠들어 조용해지기를 기다렸다가 드디어 결행한 겁니다."

밤중에 자기 방에서 나온 마쓰자키는 거실에 있던 열쇠를 들고 지하실로 내려갔다. 문을 열어 보니 조그만 스탠드 하나만 켜져 있어 실내가 어두웠다. 그런데 불을 켜려던 마쓰자키는 흠칫 놀라고 만다. 오디오 앞 소파에 사람이 누워 코를 골고 있었던 것이다.

큰일 났다, 하고서 마쓰자키는 입술을 깨물었다. 무네히코는 음악을 듣다가 그대로 잠들어 버리는 일이 자주 있었다.

하지만 그대로 돌아갈 수는 없는 노릇이었다. 일단 잠이 들었으니 무네히코는 아침까지 깨지 않을 테고, 아침이 되면 이미 때는 늦고 만다. 수납장을 살펴보는 정도는 그리 큰 소리가 나지 않을 것이다.

마쓰자키는 그렇게 작정하고 수납장으로 다가가 문을 열었다. 쪽지에는 증거물이 수납장에 있다고 쓰여 있었지만 어디에 있는지 알 수 없었다. 그래서 우선 서랍부터 뒤져 보기로 했다.

그런데 두 번째 서랍을 뒤질 때였다. 갑자기 뒤에서 누가 어깨를 잡았다. 소리 지를 틈조차 없었다.

상대가 뒤에서 마쓰자키의 두 팔을 낚아채는데 그때 상대가 오른손에 칼을 쥐고 있는 게 보였다. 아마도 무네히코는 도둑이 들었다고 생각했던 것 같다.

한참을 엎치락뒤치락하다 보니 어느 순간 상대가 움직이지 않았다. 어두워서 처음에는 알 수 없었다. 차츰 눈이 어둠에

익으면서 상대의 옆구리에 칼이 꽂혀 있다는 것을 알았다. 자신도 모르게 뒷걸음질치다가 뒤에 있는 수납장에 부딪쳤다. 그 바람에 위에서 퍼즐이 쏟아졌다.

그다음에는 아무 생각도 할 수가 없었다. 지하실에서 나와 쏜살같이 계단을 뛰어 올라갔다. 도중에 장갑을 벗어 쓰레기통에 버렸다. 그때 뭐가 툭 떨어졌는데, 주워 보니 퍼즐 조각이었다. 그는 그것도 곧바로 버렸다. 물론 이때 그는 그것을 '나폴레옹의 초상'의 한 조각이라고 믿었다.

그러고는 자기 방으로 돌아가 침대에서 그저 몸을 부들부들 떨고만 있었다. 아침까지 한숨도 자지 못했다. 그리고 기분이 좀 진정되자 이미 빠져나갈 구멍이 없다는 생각을 하기에 이르렀다. 이렇게 된 이상 진실을 밝히고 정당방위를 주장하는 수밖에 없다, 그것이 이불 속에서 내린 결론이었다.

"그런데 아침이 되어 놀란 모양이에요. 자수할 생각이었는데, 외부 침입자의 범행으로 위장되어 있었으니까요. 게다가 더 놀란 것은 미타 리에코 씨까지 죽어 있었다는 사실이었죠."

역시, 하고 미즈호는 생각했다. 지금까지 아오에가 한 얘기 중에 마쓰자키가 리에코를 죽였다는 말이 나오지 않길래 의아하게 생각하고 있던 참이었다.

"마쓰자키 아저씨는 미타 씨를 죽이지 않았다고 했겠네!"

"그렇죠. 사실 아까 난항을 면치 못하고 있다는 말은 그 때 문이었습니다."

"하지만 그 여자도 죽어 있었잖아. 그럼 그 여자를 죽인 사람은 누구란 말이야?"

가오리가 그녀답지 않게 신경질적으로 물었다.

"그걸 아직 모르는 거죠. 아무튼 마쓰자키 씨는 부인하고 있습니다. 마쓰자키 씨는 장갑을 문밖에 버리는 등 외부 사람의 범행으로 위장한 모든 것이 미타 리에코 씨를 죽인 범인의 짓일 거라고 생각한답니다."

"그러니까 마쓰자키 아저씨 다음에도 지하실에 잠입한 사람이 있었고, 그 사람이 미타 씨를 죽였다는 거네."

"얘기가 그렇게 되는 거죠."

"흐음……."

마쓰자키가 거짓말을 하고 있는 것일까, 하고 미즈호는 생각했다. 조금이라도 죄를 줄이고 싶은 마음에 말을 꾸며 낸 것일까?

"그런데 퍼즐 건은 어떻게 됐어?"

그것도 마음이 쓰이는 일이었다.

"그쪽은 그 뚱보 형사의 추리가 거의 정확한 것 같습니다. 대단하죠."

"마쓰자키 아저씨가 어느 틈에 퍼즐을 바꿔치기했을까?"

"사건이 있고 이틀 후였다고 합니다. 회사에서 빠져나와 퍼즐을 산 뒤 밤에 저택에 와서 바꿔치기했다는군요."

듣고 보니 그날 밤 마쓰자키가 저택에 왔던 생각이 났다. 검은 가방을 소중하게 들고 있었던 것도 기억났다. 그 안에 퍼즐이 들어 있었단 말인가.

"그런데 결국 그 바꿔치기 때문에 오히려 발목이 잡힌 셈이죠. 차라리 아무 짓도 하지 않았더라면 저렇게 궁지에 몰리지는 않았을 텐데."

범죄자의 심리는 그런 건지도 모르지, 하고 미즈호는 생각했다.

"아무튼 이제 남은 건 미타 리에코 씨 살인 건인데요, 정말 마쓰자키 씨가 죽인 게 아니라면 대체 누굴까요?"

아오에가 사건을 순차적으로 정리하듯이 말했다.

"아오에 씨는 그 사건의 범인도 우리 중에 있었으면 좋겠다고 생각하나 보네요."

가오리가 비아냥거리는 투로 말했다.

"아무래도 나를 상당히 음험한 사람으로 여기는 모양이군요."

그러면서 아오에는 피식 웃었다.

"그런 뜻이 아니에요. 다만, 아오에 씨를 보고 있으면 이런 사건도 재미있어하는 것처럼 느껴지니까요."

"관심이 있는 거죠. 누구나 마찬가지 아닐까요?"

"……모르겠네."

가오리가 고개를 저쪽으로 돌렸다.

"미즈호 씨는 사건에 대해서 어떻게 생각하는데요?"

아오에가 불쑥 묻는 바람에 미즈호는 고개를 갸우뚱 옆으로 기울였다.

"아직 뭐라고도 못하겠네. 하지만 하룻밤 사이에 같은 장소에서 두 건의 살인 사건이 따로 발생했다는 게 아무래도 좀 믿기 어려워."

"저도 같은 생각입니다."

"하지만 마쓰자키 아저씨가 거짓말을 하는 것 같지는 않아."

"그것도 동감이에요. 그렇게 되면 생각할 수 있는 가능성은 두 가지뿐이죠. 한 가지는 미타 리에코 씨가 아저씨의 뒤를 따라 자살한 것."

"절대 자살이 아니야."

가오리가 날카롭게 소리쳤다.

"그 여자는 그럴 사람이 아니라고. 그 여자는 아빠를 좋아하지도 않았어. 그저 자신에게 유리하니까 붙어 있었을 뿐이지."

그 말투에 기가 눌렸는지 아오에와 미즈호가 아무 대꾸를 못하자 그제야 그녀는 퍼뜩 놀란 듯 고개를 숙였다. 그리고 작은 소리로 같은 말을 되풀이했다.

"자살이 아닐 거야."

"저도 그렇게 생각해요."

아오에가 나직이 말했다.

"하지만 가능성이 전혀 없는 것은 아니죠. 또 한 가지 생각할 수 있는 것은 범인이 마쓰자키 씨가 아저씨를 살해하는 현장을 보고 있다가 그에 편승해서 미타 씨를 죽였을 수도 있다는 겁니다. 즉 죄를 마쓰자키 씨에게 덮어씌우려고 한 거죠."

그때 미즈호의 뇌리를 스치는 생각이 있었다.

"마쓰자키 아저씨의 침대에 종이쪽지를 놓아둔 사람이 범인인지도 모르겠네. 마쓰자키 아저씨를 지하실로 끌어들이기 위한 목적으로 말이지."

"그렇게 생각할 수도 있겠는데요. 그런데 문제는, 미타 리에코 씨를 누가 불러들였느냐 하는 겁니다. 그녀를 한밤중에 불러들일 수 있는 사람은 무네히코 아저씨밖에 없지 않을까요?"

"난 모르겠어요, 그 사람 일은."

가오리가 매몰차게 말을 내뱉었다.

"가오리 씨는 미타 씨라는 이름만 나왔다 하면 상당히 감정적이 되는군요."

그리고 씁쓸하게 웃음 짓던 아오에는 곧 진지한 표정으로 되돌아왔다.

"이런 말을 하면 가오리 씨가 또 비난하겠지만 말이죠, 만약 미타 씨를 죽인 범인이 따로 있다면 아마 틀림없이 내부 사람일 겁니다. 기억하죠? 스즈에 씨가 뒷문이 잠겨 있었다고 했던 말. 그렇다면 범인은 빠져나갈 수 없거든요."

그의 말에 가오리는 말문이 막힌 듯 잠자코 입술만 깨물고 있었다. 그런 반응에 아오에는 오히려 만족스러운 표정을 지었다.

"그럼 이제 그만 가 볼까."

그러고는 일어나 문으로 향하던 아오에가 다시 뒤돌아보며 이렇게 말했다.

"그런데 그 책에서 아주 흥미로운 걸 발견했어요."

"그 책이라니?"

"제가 지금 빌려 보고 있는 아저씨의 퍼즐 책 말이에요."

"아아. 그런데 흥미로운 거라니?"

"아니, 아직 흥미로울지 어떨지는 잘 모르지만 그럴 가능성이 아주 높아요. 때가 되면 말씀드리죠. 어쩌면 미즈호 씨와 가오리 씨가 깜짝 놀랄지도 모르겠습니다."

그러고서 아오에는 방을 나갔다.

2

다음 날 낮, 미즈호는 오랜만에 저택 밖으로 나왔다. 장례식 이후로 처음이었다. 사건이 어느 정도 정리되어 다소 기분이 자유로워진 덕분이었다. 형사가 미행하는 기미도 없었다.

어제저녁 신문에 마쓰자키 사건이 실렸다. 아오에에게서 들은 얘기를 요약한 정도였고, '미타 리에코 살해 혐의는 부인'이라고 쓰여 있었다.

일반인들은 그 기사를 읽고서 무슨 생각을 할까. 범인이 한 가지 범행은 인정하면서 다른 범행을 인정하지 않는 것은 흔히 있는 일이다. 깨끗하게 포기할 줄 모르는 범인이로군, 그 정도로 생각할지도 모르겠다.

그러나 미즈호의 마음속에는 여러 가지 석연치 않은 점이 있었다. 마쓰자키의 침대에 그 이상한 쪽지를 갖다 놓은 사람은 누구일까. 정말 마쓰자키가 리에코를 죽이지 않았다면 대체 누구의 짓이란 말인가. 리에코를 불러낸 인물이 범인일까? 만약 그렇다면 왜 그녀는 한밤중의 호출에 응한 것일까?

미즈호의 의문은 끝이 없었다. 게다가 그녀는 잠옷 단추에 대한 스즈에의 증언에도 의문을 품고 있었다.

'단추가 큰이모부 시신 옆에 떨어져 있었다고? 스즈에 씨는 왜 그런 거짓말을 했을까.'

생각하면 생각할수록 머리가 지끈거렸다.

그녀는 기분 전환이나 하자며 저택에서 나왔다. 산책할 때만이라도 사건에 대해 잊고 싶었다.

싸늘한 공기가 시원하게 느껴졌다.

아스팔트에 군데군데 물이 고여 있다. 어제는 그렇게 눈이 내리더니 오늘은 다시 따뜻한 겨울로 돌아왔다. 도로 옆에는 아직 눈덩이가 남아 있지만 흙이 섞여 더러운 색이다.

언덕길을 성큼성큼 내려갔다. 교통량이 적은 도로 양옆으로 울타리에 둘러싸인 저택이 줄줄이 들어서 있다. 도로와 울타리 사이의 도랑에는 눈 녹은 물이 졸졸 흐르고 있다.

10분 정도 내려가자 건널목이 나왔다. 거기서 왼쪽으로 돌면 역 앞 거리가 나온다. 그런데 미즈호는 왼쪽으로 돌지 않고 그대로 건널목을 건넜다. 그러고도 좀 더 내려가서 첫 번째 모퉁이를 오른쪽으로 돌자 하얀 건물이 보였다. 다케미야 고이치로의 후원으로 세운 미술관이다.

평일인 탓인지 사람이 별로 없었다. 주차장에는 차가 두 대서 있었다. 소형 밴과 경트럭인 것으로 보아 손님이 타고 온 차는 아닌 듯했다.

입구 옆 간판에 '현대 유리 공예전'이라고 쓰여 있었다. 미즈호는 따분해 죽겠다는 표정으로 창구를 지키고 있는 직원에게 입장권을 사서 안으로 들어갔다.

관내는 조용했지만 더러 손님이 눈에 띄었다. 주차장에 차가 없는 것으로 미루어 이 동네 사람인 듯하다.

유리 공예라고 해서 아주 얇고 가느다란 유리를 사용한 정교한 공예품을 기대했는데 전시된 작품을 보고서 미즈호는 다소 실망했다. 전시품은 네모지거나 세모진 단순한 모양의 유리 덩어리를 추상적으로 늘어놓거나 조합해 놓은 것뿐이었다. 미술에 관심이 없지 않은 미즈호인데도 휙휙 보고 지나쳤다.

"유리 공예를 좋아하십니까?"

어디선가 목소리가 들렸다. 그 목소리가 자신을 향하고 있다는 것을 미즈호는 금세 알아차리지 못했다. 누군가 다가오는 기척이 느껴졌을 때에야 비로소 고개를 들었다.

"어머."

"우연이군요."

상대는 인형사 고조였다. 여전히 검은색 옷을 입고, 하얀 리본을 넥타이 대신 목에 묶었다.

"미안합니다. 몰랐어요."

"아닙니다. 먼저 인사를 드렸어야 하는 건데 너무 폼을 잡았나 봅니다."

"아니에요. 참, 유리 공예를 좋아하냐고 물으셨죠?"

"네. 좋아하세요?"

"아니요, 딱히 그런 건 아니에요."

미즈호는 전시대 위의 유리블록으로 눈길을 옮겼다.

"뭐든 상관없었어요. 유리 공예든 일본화든. 기분 전환이나 할까 싶어서요."

"그렇군요. 하긴 지금 다들 상당히 우울한 상황에 있겠죠. 어제저녁 신문 읽었습니다."

그리고 그는 목소리를 더욱 낮추어 말했다.

"일이 묘하게 돌아가는 것 같더군요. 젊은 여자를 살해한 건에 대해서는 부인했다고요?"

"네, 뭐……."

미즈호는 전에 이 남자가 몹시 신경 쓰이는 말을 했다는 사실을 떠올렸다. 무네히코 외에 미타 리에코와 친하게 지내는 인물이 있느냐는 질문이었다. 왜 그런 질문을 했을까?

"저, 이렇게 서서 얘기하는 것도 그렇고…… 잠시 쉬지 않으시겠어요? 여쭤 보고 싶은 것도 있고요."

"제게 말입니까? 알겠습니다. 그럼 저쪽으로 가시죠."

인형사가 주위를 돌아보더니 전시실과 이어져 있는 휴게실을 손으로 가리켰다.

휴게실에는 동그란 테이블이 여섯 개 놓여 있었지만 손님은 아무도 없었다. 미즈호는 고조의 권유로 창가 쪽에서 두 번째 테이블에 앉았다. 그는 여기서 보는 경치가 가장 좋고,

혹시 다른 테이블에 담배를 피우는 손님이 있어도 연기가 흘러오지 않는다고 했다. 이렇게 잘 알고 있다는 것은 이 미술관에 자주 온다는 뜻일까. 참 알 수 없는 남자라고 미즈호는 생각했다.

의자에 앉자마자 미즈호는 며칠 전 고조가 했던 질문에 대해 물었다.

"그때 고조 씨는 별다른 의도는 없다고 하셨는데, 정말 그랬던 건가요?"

고조는 테이블 위에 두 손을 올려놓은 채 의자에 기대어 미즈호를 관찰하는 듯한 시선으로 바라보았다.

"왜 지금 와서 그걸 묻는 거죠?"

"그건,"

미즈호는 자신의 손가락 끝을 내려다보면서 대답했다.

"몹시 신경이 쓰여서요."

"무슨 뜻이죠?"

"이번 사건에 대해서 나름대로 많이 생각해 봤어요. 그런데 미타 씨를 불러낸 사람이 어쩌면 이모부가 아닐지도 모른다는 생각이 들더군요. 하지만 한밤중에 불러내는 거니까 아주 친한 사람이 아니면 어려운 일이잖아요. 그런 식으로 생각하다 보니 고조 씨가 전에 했던 질문이 떠올랐어요. 고조 씨는 그때 왜 이모부 외에 미타 씨와 친하게 지내는 사람이 있느냐고 물었을까 하고요."

"그렇군요."

인형사는 등받이에서 몸을 일으켜 양 팔꿈치를 테이블에
댄 채 두 손을 마주 잡았다.

"제가 그런 질문을 한 것은 아주 단순한 이유 때문이었어
요. 우선 저는 처음에 이런 생각을 했습니다. 무네히코 씨가
살해당할 때 미타 씨가 이미 그 자리에 있었을까 아니면 없
었을까. 이 점에 대해서는 상식적으로 생각해서 후자라고 판
단했습니다. 그 자리에 있었다면 비명을 지르거나 도망치거
나 했겠지요."

"해부 결과 두 사람이 살해된 시간이 서로 다르다고 해요."

그렇겠죠, 하면서 그가 고개를 끄덕였다.

"그럼 이렇게 되겠군요. 범인은 오디오 룸에 무네히코 씨의
시신을 방치한 채 미타 씨가 오기를 기다렸다."

"네, 그렇죠."

"그런데 범인이 무작정 기다릴 수는 없었을 겁니다. 왜냐하
면 그 방의 입구에서 시신이 그대로 보이기 때문이죠. 방에
들어서자마자 시신이 눈에 들어오면 미타 씨가 비명을 지를
우려가 있겠죠."

"그럼 일단 시신을 어딘가로 이동했다고요?"

"그렇지는 않았을 겁니다. 시신 위에 수납장에서 떨어진 퍼

즐이 흩어져 있었다고 하니까 말이죠. 시신의 위치를 옮겼다
면 현장의 모습이 그렇지 않았을 겁니다."

"아아……."

"그러니까 범인은 미타 씨가 무네히코 씨의 시신을 알아보
고 소란을 피우기 전에 그녀를 죽이자고 생각했을 거예요.
그러기 위해서는 어떻게 하면 좋을까요?"

미즈호는 오른손으로 머리를 쓸어 올리며 고개를 약간 비
스듬히 기울였다. 생각에 잠길 때면 나오는 버릇이다.

"미타 씨가 방에 들어오기 전에 죽인다……."

"그렇죠."

고조가 싱긋 웃었다.

"저는 미타 씨가 오디오 룸에 들어가기 전에 살해당하지 않
았을까 생각했어요. 즉 범인은 뒷문에서 오디오 룸으로 통하
는 복도에서 그녀를 기다렸을 것이라고 말이죠."

"그럼 살해한 곳도 복도였겠군요……."

"그렇죠. 그녀가 방심한 틈에 찔렸던 겁니다."

"그런 다음에 시신을 실내로 옮겼다는 건가요?"

"아마 그랬을 겁니다."

대담한 추리였다.

그러고 보니 고조를 지하실로 데려갔을 때 그가 실내와 복
도를 꼼꼼히 관찰했던 기억이 났다. 그때 이 남자는 그런 생

각을 하고 있었다는 말인가.

"그렇게 생각하면 범인의 특성이 절로 드러나죠. 즉, 미타리에코 씨가 한밤중에 갑자기 마주쳐도 경계하지 않을 인물입니다. 그러려면 아주 친밀한 인물이어야겠죠."

"복도 어딘가에 숨어 있다가 갑자기 덮쳤을 수도 있지 않을까요?"

미즈호는 그렇게 반론해 보았다. 그 복도에는 창고로 들어가는 문도 있으니 숨으려면 얼마든지 숨을 수 있다.

그런데 고조는 천천히 고개를 저으면서 말했다.

"그럴 경우에는 범인이 뒤에서 덮쳤겠죠. 하지만 미타 씨는 가슴을 찔렸어요."

"아, 그렇군요!"

미즈호는 고개를 살랑살랑 옆으로 저어 감탄스러운 기분을 표현했다.

"그래서 그때 그런 질문을 했던 거군요. 정말 대단하네요."

"단순한 추리입니다."

고조는 어깨를 으쓱해 보였다. 실제로도 그리 대단하게 여기는 투는 아니었다.

"그리고 이 추리가 반드시 적중할 거라고 확신할 수도 없었고 말이죠. 저는 무네히코 씨와 미타 씨를 살해한 범인이 동일 인물일 거라고 믿었을 정도니까요. 진실은 의외로 단순해서, 무네히코 씨가 살해된 충격에 미타 씨가 자살했을 수도 있으니까 말이죠."

"그렇지는 않을……"

미즈호가 말꼬리를 얼버무렸다.

"이런 경험이 많은가요?"

미즈호가 말을 돌려 그렇게 질문하자 그가 웃으면서 대답했다.

"설마요. 저는 탐정이 아닙니다. 다만 그 피에로를 쫓다 보니 간혹 기묘한 사건과 조우하게 되는 거죠. 그 인형은 정말 이상한 힘을 갖고 있어요. 그런데 현재 상황으로 봐서 아직 피에로를 넘겨받을 수는 없겠군요."

"글쎄요, 어떨지……"

미즈호는 또 앞머리를 쓸어 올리며 고개를 옆으로 기울였다. 미타 리에코의 죽음의 진상이 밝혀지지 않는 한 사건이 해결되었다고 할 수는 없다.

"이런 말은 굉장히 실례가 되겠지만,"

인형사가 다시 신중하게 운을 뗐다.

"만약 미타 씨를 살해한 범인이 따로 있다면 그 인물 역시 저택 내부 사람일 가능성이 높지 않을까요?"

"글쎄요…… 잘 모르겠어요. 그렇지 않기를 바랄 뿐이죠."

미즈호가 입술을 깨물었다.

"물론 저도 그렇습니다. 외부 사람의 범행으로 보이도록 여러 가지로 위장한 사람은 가정부였다고 하던데요. 전에 저택으로 찾아갔을 때 언뜻 봤을 뿐이지만 퍽 착실하겠다는 인상을 받았어요."

"스즈에 씨는 착실한 사람이에요. 옛날부터 정말 충실했어요."

"그래 보이더군요. 그렇지 않고서야 살인 사건이라는 사태에 직면해서 내부 사람이 의심을 사지 않도록 위장하겠다는 생각 따위는 도저히 할 수 없죠."

그리고 고조는 섣부르게 강도의 짓으로 위장하지 않은 점은 다행이라고 덧붙였다. 무언가 도난당한 것처럼 위장했다면 그 물건을 어딘가에 반드시 숨겨야 할 필요가 생긴다. 그럴 경우, 경찰이 내부 범행을 입증하려 들 때 그 증거물을 찾아내느라 혈안이 될 것이다. 그들의 인해 전술에 걸리면 그런 물건 하나의 위치쯤은 금방 드러나고 만다.

"하기야 지금 와서는 이러나저러나 상관없는 일이 됐지만요."

고조는 무의미한 해설을 해서 부끄럽다는 듯이 얼굴을 찡그렸다.

그의 얘기를 들으면서 미즈호는 또 그 잠옷 단추를 생각하고 있었다. 왜 스즈에는 거짓말을 했을까.

"왜 그러시죠?"

고조가 물었다. 미즈호가 생각에 골몰한 표정이었기 때문일 것이다.

미즈호는 이 남자에게 의논해 볼까 생각했다. 고조라면 또 다른 견해를 보일 것 같은 기분이 들었다. 게다가 이 인형사는 믿을 수 있다는 느낌도 든다.

"저, 이건 아주 중요한 부분이고 경찰에도 말하지 않은 건데, 의논을 드려도 될까요?"

미즈호의 진지한 시선에 그는 잠깐 허를 찔린 듯한 표정을 지었다.

"저라도 괜찮다면 기꺼이요. 무슨 내용이죠?"

"그 전에 한 가지만 약속해 주세요. 이 이야기는 절대 다른 사람에게 하지 않겠다고요. 고조 씨를 믿고 하는 얘기니까요."

"그 점은 걱정하실 필요 없습니다. 고독한 여행을 계속하고 있는 몸이라 얘기를 하고 싶어도 상대가 없습니다. 인형 정도나 있을까요."

그렇게 말하고서 고조는 오른 손바닥을 좍 펼치더니 손가락을 까딱까딱 움직였다. 손가락 인형을 조작하는 시늉인 듯했다.

미즈호는 표정을 약간 풀고 무네히코의 잠옷 단추에 관한

이야기를 시작했다. 그녀가 얘기하는 동안 인형사는 그녀의 눈을 쳐다보면서 귀담아듣고 있었다.

"……그렇게 된 거예요."

최대한 조리 있게 얘기하려 했는데 제대로 전달이 됐을지 미즈호는 그다지 자신이 없었다. 그런데도 가슴에 맺혔던 것이 내려간 것처럼 조금은 후련했다.

다 듣고 나서도 고조는 아무 말 없이 팔짱을 끼고서 천장만 바라보았다. 잠시 그러고 있다가 몸을 앞으로 기울이면서 말했다.

"매우 흥미롭군요. 정리하자면 이런 얘기죠? 사건 당일 밤 미즈호 씨는 2층 복도의 장식장 위에 그 단추가 놓여 있는 것을 보았는데 가정부는 시신 옆에 떨어져 있는 단추를 주워서 뒷문 밖에 버렸다고 진술했다."

"네, 그래요."

"미즈호 씨가 2층 복도에서 본 단추는 무네히코 씨의 잠옷에 달려 있던 것이 분명하죠?"

"네, 틀림없을 거예요."

"흐음."

고조는 집게손가락을 세워 자신의 미간을 두세 번 가볍게 두드렸다.

"정말 흥미로운 얘기군요. 만약 미즈호 씨가 본 단추와 가정부가 시신 옆에서 주웠다고 주장하는 단추가 같은 것이라면 과연 어떻게 해석해야 좋을까요. 누군가 단추의 자리를 옮긴 것인지, 아니면 가정부가 거짓말을 한 것인지."

"저는 스즈에 씨가 거짓말을 했다고 생각하는데요."

"그럼 순서대로 검토해 보죠."

집게손가락을 미간에 댄 채로 고조가 말했다.

"우선, 무네히코 씨의 잠옷 단추가 왜 복도의 장식장 위에 있었을까요?"

"저는 마쓰자키 아저씨가 거기에 떨어뜨렸을 거라고 생각해요. 오디오 룸에서 엎치락뒤치락할 때 이모부의 잠옷에서 떨어진 단추가 마쓰자키 아저씨의 몸 어딘가에 붙어 있다가 어찌어찌해서 장식장 위에 떨어진 것 아닐까요?"

"장식장이 어느 정도 높이죠?"

"이 정도일 거예요."

미즈호는 테이블보다 10센티미터 정도 아래를 손바닥으로 가늠했다. 고조는 그 위치를 보면서 고개를 끄덕였다.

"장식장은 뭐로 만든 겁니까, 나무가요?"

"네, 나무예요."

왜 그런 질문을 하는 것일까, 미즈호는 의아했다.

"장식장 위에 무언가 깔려 있었습니까? 클로스든 뭐든요."

미즈호는 '소년과 망아지' 인형을 떠올렸다.

"인형이 놓여 있고 아마 그 밑에 천이 깔려 있을 거예요."

"단추가 있었던 곳에는 아무것도 깔려 있지 않았고요?"

"네."

고조는 미간에서 집게손가락을 떼고 진지한 눈길로 미즈호를 바라보았다.

"그 높이의 장식장이라면 뭔가를 떨어뜨렸을 가능성은 별로 없을 것 같은데요. 또, 만일 마쓰자키 씨가 그 장식장에 단추를 떨어뜨렸다면 소리가 나지 않았을까요? 마쓰자키 씨가 그 소리를 들었다면 단추를 그대로 놔두지 않았을 텐데요."

"듣고 보니……."

"마쓰자키 씨가 떨어뜨린 곳은 다른 장소가 아니었을까요? 가령 카펫 위라든지. 그리고 그것을 누군가가 주워서 장식장에 올려놓았다면요."

"그렇게 생각할 수도 있겠네요. 그렇다면 그걸 주웠던 사람도 스즈에 씨가 거짓말을 하고 있다는 걸 알 거예요. 그런데 왜 그 사람은 잠자코 있는 걸까요?"

"그 점은 나중에 생각하기로 하고, 단추의 행방에 대해서 논의를 계속해 보죠. 그 단추는 뒷문 밖에 떨어져 있었다고 했는데, 어떤 경로를 통했다고 생각하시는지요?"

"그러니까…… 스즈에 씨가 발견하여 내다 버리지 않았을까요?"

"문제는 바로 그 점입니다."

고조가 턱을 아래로 쭉 당기고 치켜뜬 눈으로 미즈호를 보았다.

"2층 장식장 위에 놓여 있는 단추를 보고 어떻게 무네히코 씨의 잠옷에서 떨어진 것인지 금방 알았을까요? 미즈호 씨라면 어떻겠어요, 단추를 보고 누구 옷에서 떨어진 건지 금방 알아볼 수 있나요?"

미즈호는 고개를 저었다.

"제 옷에서 떨어진 거라도 잘 모를 거예요."

"그렇습니다. 제가 흥미롭다고 한 것은 바로 그 점 때문입니다. 시신 옆에 떨어져 있었다면 시신이 입고 있는 옷에서 떨어졌다고 판단해도 이상할 게 없죠. 그런데 전혀 다른 장소에 있는 것을 어떻게 시신과 관련지어 생각할 수 있는지 말이죠."

미즈호는 오른손으로 관자놀이를 눌렀다. 가벼운 두통이 밀려왔다.

"스즈에 씨 본인에게 물어볼까요?"

미즈호가 물었다. 그것이 가장 빠른 방법이라고 생각했기 때문이다.

"나쁜 방법은 아니지만, 아마 사실대로 말하지 않겠죠. 사실대로 말할 수 없어서 거짓말을 했을 테니까요."

"그건 그렇지만……."

"니타 씨를 살해한 사람이 성말 마쓰자키 씨인지, 아니면 범인이 따로 있는지, 또는 자살인지, 현재는 아무것도 분명하지 않습니다. 그러나 만약 범인이 따로 있다면 그 단추 건은 사건 해결의 중요한 열쇠가 될 겁니다. 왜냐하면 범인은 미즈호 씨가 이렇게까지 알고 있다는 사실을 전혀 눈치채지 못하고 있을 테니까요. 앞으로 범인의 행동 속에 그 열쇠에 맞는 자물쇠가 반드시 있을 거예요."

그 중요한 자물쇠를 자신이 쥐고 있다는 사실이 미즈호는 상당히 불안했다.

"무슨 일이 있으면 또 의논을 드려도 괜찮을까요?"

"언제든 좋습니다. 저는 이 시간에는 거의 이 자리에 앉아 있으니까요."

역시 매일 이 미술관에 오는 모양이다.

둘은 의자에서 일어나 화살표를 따라 출구로 향했다. 밖으로 나가자 햇살이 어찌나 강렬한지 미즈호는 저도 모르게 눈을 찡그렸다.

"가까이 있는 사람을 의심하라는 뜻은 아닙니다만, 다른 분들의 언동에 주의를 기울이시는 게 좋을 듯싶습니다. 그러다가 무슨 일이 있으면 또 연락하세요. 아주 사소한 일이라 할지라도요. 이건 제 직감에 지나지 않지만, 이번 사건은 생각보다 훨씬 복잡한 구조가 아닐까 하는 기분이 듭니다."

"네, 알겠어요."

미즈호는 오른손을 내밀었다. 인형사는 그 의미를 이해하지 못한 듯 잠시 어리둥절한 얼굴로 미즈호를 바라보다가 아, 하는 표정을 지으며 그녀의 손을 잡았다.

"힘내세요."

그리고 미즈호는 미술관 앞에서 고조와 헤어졌다.

3

미즈호가 저택으로 돌아와 보니 거실에 낯익은 얼굴들이 있었다. 수사 1과의 야마기시와 노가미였다. 표정이 그리 좋지 않은 것으로 보아 수사에 큰 진전은 없는 듯했다.

그녀의 모습을 본 두 형사가 자리에서 일어섰다.

"외출했다 오시나 보군요."

야마기시가 물었다.

"산책도 할 겸 미술관에 다녀왔어요. 몰랐나요?"

미즈호는 바로 얼마 전까지 붙었던 미행을 꼬집어 그렇게 비아냥거렸다.

"몰랐죠. 우리는 조금 전에 왔으니까요."

참 고지식하게도 대답했다. 둔감한 인간에게는 비아냥거림조차 통하지 않는다.

"오늘은 또 무슨 일인데요?"

"사모님께 두세 가지 확인할 게 있어서 말이죠. 지금 옷을 갈아입으시는 중이라고 해서 기다리고 있는 겁니다."

사모님이란 시즈카를 뜻하는 모양이다. 스즈에의 모습이 보이지 않는 것은 시즈카의 방에 있기 때문일 것이다. 스즈에는 수사에 혼란을 초래했다는 이유로 경찰 조사에서 엄중한 주의를 받았지만, 악의가 있어서 그런 것은 아니었으므로 그날로 풀려나 평소 생활로 돌아왔다.

"그래요, 그럼 천천히 일 보세요."

미즈호가 계단을 올라가려는데 야마기시가 다시 그녀를 불러 세웠다.

"미즈호 씨에게도 확인할 게 있는데 잠시 괜찮겠습니까?"

미즈호는 계단에 발을 올려놓은 상태로 돌아보았다.

"뭐죠?"

"단순한 확인입니다."

뚱보 형사가 그렇게 서두를 꺼냈다.

"사건 당일 밤 미즈호 씨는 밤중에 잠을 깼다고 했죠?"

"네, 그랬죠."

그게 무슨 문제냐는 듯 그녀는 형사의 눈을 쏘아보았다.

"그리고 바로 창문을 열었는데 무네히코 씨 방의 창문이 밝아졌다. 그리고 불이 꺼진 후 미즈호 씨도 창문을 닫았다."

야마기시는 도중에 수첩을 들여다본 후 다시 말을 이었다.

"그리고 침대에 들어가서 책을 읽기 시작했지만 도무지 잠이 오지 않아서 캔 맥주를 가지러 부엌에 갔다. 그 후 돌아왔을 때 시간이 3시쯤이었다. 이렇게 진술했는데 틀림없습니까?"

"네, 틀림없어요."

"음."

야마기시는 수첩을 집어넣고 허리에 손을 댄 자세로 천장을 올려다보았다. 조그맣게 웅얼거리는 소리가 입에서 흘러나왔다.

"저, 그게 무슨……."

답답해서 미즈호가 다음 말을 재촉했다. 야마기시가 그녀를 보았다.

"잠이 깬 후 캔 맥주를 가지러 갈 때까지 시간이 어느 정도 지났을까요? 대충 느낌으로 대답해도 괜찮습니다."

이번에는 미즈호가 허리에 손을 댔다. 참 성가신 질문도 다 한다.

"자신은 없지만 아마 30분에서 한 시간 정도일 거예요."

"30분에서 한 시간."

야마기시가 같은 말을 반복하자 옆에서 노가미가 재빨리 메모했다. 그 순간 미즈호는 대답한 것을 후회했다.

"확실하지는 않아요. 지금 제가 한 말을 법정에서 다시 하라고 하면 난 거부할 거니까 그렇게 아세요."

그녀의 말에 두 형사가 얼굴을 마주 보고 피식 웃었다. 비웃는 것 같아 미즈호는 기분이 나빴다.

"그럴 일은 없습니다. 참고 차원에서 물어봤을 뿐이에요."

야마기시는 여전히 웃음기가 남아 있는 얼굴로 말했다.

"그런데 말이죠, 그렇다면 다소 모순되는 점이 있는데요."

그렇게 말했을 때는 이미 진지한 표정으로 돌아와 있었다.

"모순되는 점이라니요?"

"실은 마쓰자키가 다르게 말을 해서 말입니다."

'마쓰자키?'

형사는 그의 성에 씨 자도 붙이지 않고 불렀다.

"무네히코 씨를 찌르고 자기 방으로 돌아갔을 때 얼핏 시계를 봤다고 하는데, 그게 2시경이었다는 겁니다."

"2시경요?"

무네히코의 방에 불이 켜진 시간이 2시에서 2시 반 사이라면 그때까지 무네히코는 살아 있었다는 얘기가 된다. 마쓰자키가 2시 전에 무네히코를 살해할 수는 없다.

"그럴 리가 없다고 생각하시겠죠."

미즈호의 심중을 꿰뚫어 본 것처럼 야마기시가 말했다.

"하기야 마쓰자키도 그다지 자신 있게 한 말은 아닙니다. 어쩌면 착각일지도 모른다고 했어요. 살인을 저지르고 난 후인데 제정신이 아니었겠죠."

"제 기억에 착오가 있는지도 모르죠."

미즈호는 솔직하게 말했다.

"물론 그렇죠. 하지만 두 사람 다 기억에 착오가 없을 가능성도 없지는 않아요. 미즈호 씨는 무네히코 씨 방에 불이 켜지는 것을 목격했을 뿐이지 거기에 있는 무네히코 씨를 본 것은 아니잖습니까."

"그럼 그 방에 있었던 사람이 큰이모부가 아니었다는 얘긴가요?"

"그렇게 생각할 수밖에 없겠죠. 그렇다면 과연 누구였을까요?"

야마기시는 끈적거리는 눈빛을 하고서 한쪽 볼을 실룩거렸다.

"전 모르겠네요."

"그렇겠죠. 물론 우리도 모릅니다."

불쾌감이 또 미즈호의 가슴에서 부글거렸다. 야마기시는 마쓰자키 외에도 이 집 안에 범죄자가 한 사람 더 있다는 점을 암시하고 있는 것이다.

"확인할 게 그뿐인가요?"

일부러 불쾌하게 들리노록 미즈호는 말해 보았다.

"네, 그렇습니다. 시간을 빼앗아 죄송합니다."

"그럼 저도 질문할 게 있는데요."

"뭐죠?"

"그 사건 이후로 지하실 출입이 금지되어 있는데, 아직도 들어갈 수 없는 건가요?"

야마기시는 손가락 끝으로 코 옆을 긁적거리면서 노가미 쪽을 힐끔 보았다. 그리고 다시 미즈호에게 시선을 돌리더니 되물었다.

"평소에 지하실을 잘 사용하지 않는다고 해서 무리하나마 부탁을 드린 건데…… 무슨 일로요?"

"그 방에 있는 어떤 물건을 꺼내고 싶어요. 전에도 한 번 부탁을 드렸잖아요. 피에로 인형이 말이에요."

"아, 그것 말이군요."

야마기시가 노골적으로 귀찮다는 표정을 지었다.

"그걸 돌려받을 사람이 계속 기다리고 있어요. 그 인형을 꺼낸다고 수사에 지장이 생길 것 같지는 않은데요."

야마기시는 짜증스럽다는 표정을 짓더니 생각하기도 귀찮은지 본부에 연락하라고 노가미에게 지시했다.

노가미가 전화를 거는 사이에 2층에서 시즈카와 스즈에가 내려왔다. 요 며칠 동안 별로 얼굴을 마주치지 못했던 시즈카는 몹시 초췌해 보였다.

"사건은 어떻게 되었나요?"

한 걸음 한 걸음 확인하듯이 계단을 내려오면서 시즈카가 야마기시에게 물었다.

"조금씩 진전을 보이고 있습니다, 사모님."

시즈카가 마지막 한 계단을 내려왔을 때 야마기시가 손을 내밀어 시즈카의 손을 잡고서 그녀를 소파까지 이끌었다.

"그래요? 신문 기사에는 아직 밝혀지지 않은 게 많다고 쓰여 있던데요."

"그들은 멋대로 쓰는 게 일입니다. 보통은 분위기를 띄우기 위해서 쓰죠."

"하지만 미타 씨 쪽은 해결되지 않은 게 사실이잖아요?"

"시간문제입니다."

시즈카가 소파에 앉는 것을 보고서 야마기시도 커다란 엉덩이를 소파에 걸쳤다. 스즈에는 차를 준비하려는 듯 부엌으로 사라졌다.

"그건 그렇고, 오늘은 두세 가지 질문 드릴 게 있어서 이렇게 찾아뵈었습니다."

그렇게 말하고서 형사는 두 손을 비비기 시작했다.

"묻고 싶은 게 뭔가요?"

"다케미야 요리코 씨, 두 달 전쯤 돌아가신 사모님의 따님 일입니다."

형사의 말에 시즈카가 순간적으로 긴장하는 듯이 보였다. 그녀는 초점이 흐트러진 눈을 천천히 형사의 얼굴 쪽으로 움직였다.

"요리코에 대해서 뭘 묻겠다는 건지요?"

"요리코 씨는 매우 적극적으로 회사를 경영하셨다고 들었습니다. 그야말로 남성 사회에 대적하는 자세로 말이죠."

"네, 그랬죠. 죽은 제 아비가 일에는 남녀 구별이 없다고 늘 가르쳤으니까요."

시즈카가 가슴을 약간 뒤로 젖히는 듯했다.

"그런 요리코 씨가 일이나 사생활로 의논할 상대가 있었다면 누구일까요? 무네히코 씨 말고 말입니다."

"의논할 상대요? 글쎄요……. 왜 그런 걸 묻는 거죠?"

시즈카는 손바닥을 볼에 대며 고개를 약간 옆으로 기울이고서 그렇게 되물었다.

"아, 그러니까…… 확인하는 겁니다."

형사는 차분한 목소리로 대답했다.

"이미 아시겠지만, 마쓰자키는 뇌물 수수의 증거가 수납장에 숨겨져 있다는 메모를 보고 지하실로 몰래 숨어들었다고 했습니다. 그런데 그 메모가 남아 있질 않아요. 본인은 처분했다고 하는데, 사실 우리는 그 메모 얘기는 마쓰자키의 거짓말이 아닐까 생각합니다. 처음부터 살해할 목적이었는데 정당방위를 주장하기 위해서 그런 얘기를 꾸며 낸 게 아닐까 하고 말이죠. 그 메모에는 요리코 씨가 마쓰자키의 뇌물 수수에 대해 알고 있다고 쓰여 있었다는데, 과연 그게 사실인지 확인하고 싶은 겁니다. 만약 요리코 씨가 그 사실을 몰랐다는 것을 증명할 수 있다면 마쓰자키가 거짓말한 것이 분명해지는 셈이니까요."

"아, 그건…… 왠지 내키지 않는 얘기네요."

시즈카는 또 생각에 잠기는 표정을 지었다.

"사모님은 어떠신가요? 마쓰자키의 뇌물 혐의에 대해서 요리코 씨가 사모님에게 의논한 적이 있습니까?"

"가당치 않은 소리."

시즈카가 손바닥을 내저었다.

"나는 회사 일에 대해서는 아무것도 몰라요."

그렇겠죠, 하듯이 야마기시가 고개를 끄덕거리고는 다시 물었다.

"그렇다면 역시 곤도 씨나 와카코 씨 쪽에 확인해 보는 게 좋겠군요. 요리코 씨가 그 두 사람과는 의논을 했겠죠?"

옆에서 듣고 있던 미즈호는 속을 떠보는 듯한 그의 말투에 퍼뜩 놀랐다.

야마기시는 마쓰자키의 메모가 거짓이라고 생각하지 않는다. 사실은 그 반대로, 메모를 쓴 사람이 누구인지 알아보려는 속셈이다. 야마기시는 내심 그 사람을 미타 리에코의 살해 용의자로 주목하고 있는지도 모른다.

"글쎄, 잘 모르겠네요. 두 사람을 직접 만나 보는 편이 좋지 않을까요."

시즈카가 그렇게 대답할 때에야 겨우 노가미가 돌아왔다. 그가 야마기시의 귓가에 뭐라고 소곤거리자 야마기시는 몇 번인가 고개를 끄덕이고서 미즈호를 보았다.

"본부에 연락했습니다. 인형을 회수해 가도 좋답니다."

"고맙네요."

미즈호가 그렇게 말하자 노가미가 앞서서 계단을 내려갔다. 그녀도 그의 뒤를 따라갔다. 등 뒤에서 시즈카에게 인형 얘기를 하는 야마기시의 목소리가 들렸다.

피에로 인형을 들고 나와 보니 야마기시는 자리에서 일어나 있었다. 돌아갈 모양이었다.

"실례가 많았습니다. 다음에도 잘 부탁드리겠습니다."

그리고 야마기시는 노가미를 데리고 나갔다. 그들의 뒷모습이 사라지자 시즈카가 중얼거렸다.

"이 집에서 어떻게든 범죄자가 나오게 하고 싶은 게지."

피에로를 협탁에 내려놓은 미즈호가 "네?" 하면서 돌아보았다.

"그 피에로가 이 집에 온 후로 정말 신통한 일이 하나도 없구나. 빨리 없애 버려야겠어."

그리고 시즈카는 다시 계단을 올라갔다.

피에로의 눈 ——

한 시간 정도, 나는 아무도 없는 거실을 바라보고 있었다. 노부인은 내 험담을 늘어놓고는 바로 계단을 올라가 버렸고, 미즈호라는 이름의 젊은 여자도 잠시 후 2층으로 사라졌다. 가정부라는 여자는 부엌에 있는 것 같았지만 그녀는 꽤나 부지런한 사람인지 거의 한 시간 동안 부엌에서 한 발짝도 나오지 않았다. 간간이 식사 준비를 하는 소리가 들릴 뿐이었다.

마침내 내 앞에 모습을 보인 사람은 얼굴 생김이 단정한 남자였다. 그는 긴 다리로 성큼성큼 걸어 들어왔다.

"아, 어서 와요."

부엌에서 가정부가 얼굴을 내밀며 말했다.

"요즘은 일찍 들어오네요."

"학교에서 한가하게 시낼 심성이 아니라서요."

그리고 젊은 남자는 내 얼굴을 빤히 바라보면서 다가왔다.

"호오, 이것이군, 비극의 피에로라는 인형이. 그런데 왜 이런 데 있는 거죠?"

"그걸 양도해 줬으면 하는 사람이 있어서 미즈호 아가씨가 형사들에게 허락을 받고 지하실에서 가져왔어요."

가정부가 쟁반에 홍차를 담아 가지고 나왔다. 잔에서 김이 모락모락 피어오르고 있었다. 젊은 남자는 고맙다고 인사하고 잔을 받아 들었다.

"그 돌대가리 형사들이 그걸 허락하다니, 사건이 다 해결되었다고 보는 걸까요?"

"그럴지도 모르겠네요."

가정부는 눈을 아래로 향한 채로 부엌으로 돌아가려 했다.

"아, 잠깐만요."

젊은 남자가 그녀를 불러 세웠다.

"스즈에 씨에게 물어볼 게 있는데요."

스즈에가 가정부의 이름인가 보다.

"끔찍한 일을 또 생각하게 해서 죄송한데, 그때 일을 다시 한 번 여쭤 봐도 될까요?"

말로는 미안하다고 했지만 남자의 말투에는 스스럼이 없었다. 스즈에는 불쾌하다는 듯 눈썹을 찡그렸지만 이내 가면처럼 표정 없는 얼굴로 돌아갔다.

"네, 뭔데요?"

234

"머리카락 말이에요."

"머리카락?"

"네. 그때 그렇게 말씀하셨잖아요. 아저씨가 손에 머리카락을 쥐고 있었는데 그걸 화장실에 버렸다고요."

젊은 남자는 찻잔을 입으로 가져가 차를 마시면서 가정부 스즈에를 보았다.

"네, 그런데 그게 왜요?"

"머리카락을 쥐고 있던 손이 오른손이었다고 하셨죠?"

스즈에의 가면 같던 얼굴에 약간의 변화가 나타났다. 검은 자위가 위아래로 살짝 움직인 것이다.

"네……, 오른손이었죠."

그녀는 아주 낮은 목소리로 대답했다.

"호오. 그럼 역시 마쓰자키 씨가 거짓말을 한 건가."

남자가 혼자 중얼거리듯 말했다. 하지만 가정부에게 들으라고 한 소리가 분명했다.

스즈에가 되물었다.

"무슨 거짓말요?"

"살해할 뜻이 없었다는 거 말입니다. 마쓰자키 씨는 이렇게 말했어요. 아저씨가 손에 칼을 쥐고 덤벼들었기 때문에 그걸 막으려고 엎치락뒤치락하다 보니 칼이 상대의 옆구리에 찔려 있었다. 만약 마쓰자키 씨의 말이 사실이라면 칼을 쥐고 있었던 쪽은 처음부터 끝까지 아저씨였다는 말이 되거든요.
아저씨는 오른손잡이였으니까 칼을 쥐고 있었다면 당연히
오른손이었겠죠. 칼을 쥔 손으로 상대의 머리카락을 움켜쥔
다는 거, 그거 어려운 일 아닐까요?"

스즈에는 고개를 옆으로 약간 기울이더니 헝클어진 머리카
락을 쓸어 올렸다.

"글쎄요, 저는 잘 모르겠는데……."

"전 어려울 거라고 생각해요. 그렇다면 마쓰자키 씨가 거짓
말을 했다는 건데요."

"……."

스즈에는 아무 말 없이 시선을 비스듬히 아래로 향했다.

"그렇지 않나요?"

"……그러네요. 그럴지도 모르겠어요."

스즈에는 스웨터 소매를 접어 올리더니 잊고 있었다는 듯
부엌을 돌아보았다.

"저, 이제 됐나요?"

"아, 네. 이거 잘 마셨습니다."

남자는 자신이 들고 있던 찻잔을 스즈에에게 건넸다. 그녀
는 그것을 받아 들고 부엌으로 사라졌다.

남자는 생각에 잠긴 표정으로 한동안 그 자리에 그렇게 있
었다. 그러다 무슨 속셈인지 입술을 실쭉거리며 가볍게 계단

을 올라갔다.

그다음으로 나타난 사람은 부부였다. 이 두 사람을 대하는 스즈에의 태도는 아까 젊은 남자를 대할 때와는 180도 다르게 밝았다.

"장모님이 상당히 기진하셨다고 해서 말이지. 회사 쪽도 지금 말이 아니지만 얼굴이나 뵐까 하고 왔네."

커다란 종이 꾸러미를 건네면서 남자 쪽이 말했다.

"엄마는 2층에 계세요?"

여자가 물었다. 가정부가 고개를 끄덕이자 "방으로 가요." 하더니 둘이 나란히 계단을 올라갔다.

그들이 사라진 지 얼마 후, 거실 구석에 있는 엘리베이터가 천천히 내려왔다. 그 휠체어의 여자가 타고 있었다. 그녀가 스즈에를 불렀다.

"와카코 이모 부부도 같이 식사할 거야. 그리고 나가시마 씨도 부르기로 했어."

"알겠어요. 그럼 그렇게 알고 준비하겠습니다."

"그래요, 부탁할게. 아, 그리고."

그녀가 부엌으로 가려는 스즈에를 다시 불렀다.

"아까 아오에 씨와 얘기하는 것 같던데, 무슨 얘기였어요? 마쓰자키 아저씨 얘기도 들리던데."

"들렸나 보군요……. 하지만 별거 아니에요."

스즈에가 부자연스러운 미소를 띠고 말했다.

"말해 봐요. 들어야겠이."

여자가 심각하게 다그치자 스즈에도 숨기기 어려웠던 듯, 낮은 목소리로 아까 아오에라는 젊은 남자가 머리카락에 대해 물었다고 얘기했다.

여자는 무슨 생각을 하는지 고개를 옆으로 살짝 기울었다.

"왜 그런 걸 물었을까?"

"글쎄요, 아오에 씨가 무슨 생각을 하는지는 도무지……. 히죽히죽 웃기도 했어요."

"그래요? 아무튼 사람이 원래 그러니 잠시 두고 보죠. 저러다 탐정 놀이도 싫증을 낼 테니까."

그리고 휠체어 탄 여자는 다시 엘리베이터를 타고 올라갔다.

조용한 시간이 30분 정도 흘렀다. 정적을 깬 것은 인터폰 소리였다. 스즈에는 인터폰에 대고 뭐라고 말하더니 현관 쪽으로 종종 걸어갔다.

2, 3분쯤 지나 그녀와 다른 한 사람의 발소리가 들렸다.

"다들 모여 계세요. 가오리 아가씨도 기다리고 있고요."

스즈에가 말했다. 목소리가 들떠 있었다. 그 목소리는 아까 젊은 남자를 대할 때나 부부를 대할 때와는 또 미묘하게 달랐다.

"이렇게 저까지 식사에 불러 줘서 고맙긴 한데, 스즈에 씨에게는 죄송하군요. 일손만 바빠질 텐데요."

또 한 사람인 남자가 말했다. 두 사람의 발소리가 내 등 뒤에 있는 계단 언저리에서 멈췄다. 윗도리나 코트를 벗는 소리가 들린다.

"괜찮아요. 나가시마 씨는 한가족이나 다름없는걸요. 그보다 밖이 굉장히 춥죠? 커피, 아니면 홍차, 어느 쪽이 좋으세요?"

스즈에가 사근사근 물었다. 남자의 이름이 나가시마인가 보다.

"아닙니다. 전 바로 2층으로 올라갈 거니까 괜찮아요. 식사 준비를 계속하십시오."

나가시마라는 남자가 내 등 뒤에서 말했다.

"그래요, 그럼."

스즈에의 모습이 내 시야에 들어왔다. 그녀는 똑바로 부엌으로 향하고, 남자는 계단을 올라가는 것 같았다. 그런데 이 남자의 발소리가 계단 한가운데에서 어중간하게 멈췄다.

"스즈에 씨, 잠시 물어보고 싶은 게 있는데요."

나가시마라는 남자가 위에서 말을 건넸다. 유난히 정중한 목소리다. 부엌에 들어가려던 스즈에가 돌아보았다. 그 표정에 불인한 기색이 어려 있었다.

"뭐죠?"

그녀의 목소리 역시 다소 굳어 있었다.

"사건에 대해서 말인데요."

나가시마가 말했다. 그가 천천히 계단을 내려오는 기척이 느껴졌다.

"스즈에 씨, 혹시 뭔가를 숨기고 계신 거 아닌가요?"

스즈에가 침을 꿀꺽 삼켰다는 것을 그녀의 목 움직임으로 알 수 있었다. 잠시 틈이 있었다.

"숨기는 거요?"

스즈에가 되물었다.

"전에 스즈에 씨가 한 말 중에서 말입니다. 장갑을 버리러 나갔다는 등…… 그런 얘기 중에서요."

나가시마는 잘 들리지 않을 정도로 낮은 소리로 얘기하고 있었다. 잘은 모르겠지만 무네히코 씨가 살해당한 사건에 대해 얘기하고 있는 것만은 확실한 것 같았다. 무네히코를 살해한 범인이 마쓰자키라는 남자라는 것은 형사들의 대화를 들어서 나도 알고 있다.

"딱히 숨기는 건 없어요. 모든 걸 숨김없이 얘기했는데요."

스즈에의 목소리가 약간 언짢다는 투다.

"숨기는 게 없다면 스즈에 씨가 착각하고 있는지도 모르겠군요. 다시 한 번 생각해 보시죠. 장갑의 위치라든지, 단추를 주운 장소……, 잘못 생각하고 있는 게 있지 않나요?"

"그런 건 없어요. 그런데 왜 나가시마 씨가 그런 걸 묻는 거죠?"

"지금은 그 이유를 말할 수 없지만, 분명히 스즈에 씨의 기억에 착오가 있을 겁니다."

"아니, 그렇지 않아요. 저…… 식사 준비를 해야 해서 저는 이만."

머리를 약간 숙인 후 스즈에는 그 자리를 피하듯 부엌으로 사라졌다. 나가시마는 잠시 계단에 그대로 서 있다가 다시 올라갔다.

그런데 얼마 후 부엌에서 스즈에가 나왔다. 나가시마가 사라지기를 기다린 것 같다. 그녀는 안색이 몹시 나빴다. 눈에도 핏발이 서 있다.

그때 나가시마가 올라산 계단과 반대쪽 계단, 그러니까 내가 있는 위치에서 똑바로 보이는 계단으로 누군가 내려왔다. 스즈에가 그 방향으로 시선을 돌리더니 깜짝 놀란 듯이 입을 약간 벌렸다.

"듣고 계셨어요?"

스즈에는 몹시 슬픈 눈빛으로 물었다. 계단 쪽 사람은 아무 대답도 하지 않았다. 그 대신 고개를 끄덕였다.

"나가시마 씨가 그렇게 물을 줄은 몰랐어요. ……하지만 괜찮습니다. 다 제게 맡기세요."

스즈에는 그렇게 말하더니 마치 충성을 맹세하듯 두 손을 배 앞에 공손히 모았다. 그리고 그 직후에 부엌 쪽에서 무슨 소리가 나자 그녀는 목례를 하고 물러갔다.

계단에 서 있던 사람이 두세 계단을 더 내려왔다. 덕분에 내 눈에 얼굴이 확실하게 보였다.

그 사람은 바로 노부인이었다.

4

미즈호가 자기 방에서 엄마에게 편지를 쓰고 있는데 조심스럽게 문 두드리는 소리가 났다. 볼펜을 쥔 채로 대답하자 아오에가 웬일인지 짜증스러운 표정으로 들어왔다.

"식사 준비가 다 됐다는데요."

"그래? 고마워."

미즈호는 스탠드를 끄고 책상에서 일어났다.

"편지인가요? 누구에게 보내는 건데요?"

아오에가 편지지를 보고서 물었다.

"엄마. 걱정할 것 같아서."

"사건에 대해 보고하는 건가요?"

"보고라고 할 것까지는 없고, 엄마가 궁금해할 만한 내용을 썼을 뿐이야. 괜한 걱정을 하지 않을 정도로만."

미즈호가 아오에와 함께 방에서 나왔을 때 마침 엘리베이터를 타는 가오리가 보였다. 같이 있는 사람은 나가시마였다. 가오리는 수줍은 듯 미소를 머금고 있었다. 두 사람 다 이쪽을 보지 못한 듯했다.

아오에가 우뚝 서자 미즈호도 걸음을 내디딜 수 없었다. 가오리와 나가시마의 모습이 엘리베이터 안으로 사라진 후에야 아오에가 겨우 걸음을 뗐다.

"홍역 같은 거죠."

그가 억양 없는 목소리로 말했다.

"미즈호 씨도 그런 경험 있죠? 어떤 여자든 저런 연배의 남자를 동경하는 시절이 있는 법이니까요."

미즈호는 약간 뜻밖이라는 생각에 아오에의 옆얼굴을 보았다. 그가 진심으로 질투하고 있는 게 느껴졌기 때문이다.

식당에 들어가니 가쓰유키와 와카코 부부는 이미 자리에 앉아 있고 시즈카도 건너편에 자리해 있었다. 미즈호와 아오에보다 약간 일찍 내려왔을 가오리와 나가시마는 시즈카 옆에 나란히 있었다. 미즈호와 아오에는 그들 앞에 앉았다.

음식을 나르는 스즈에를 미즈호와 와카코가 거들고, 잠시후 저녁 식사가 시작됐다.

이날은 모두들 말이 많았다. 특히 가쓰유키가 그랬다. 가부

키와 연극 애기를 시즈카에게 열심히 들려주었다. 시즈카 쪽
도 관심이 크다는 듯 맞장구를 친다.

모두들 애서 사건 애기를 피하고 있었다. 그리고 어떻게든
밝은 화제를 찾아 웃음을 끌어내려 했다. 아직 결혼하지 않은
미즈호가 와카코 부부의 좋은 표적이 되었다. 이제 슬슬 상대
를 찾아야 하지 않겠니, 어떤 남자가 좋으냐, 오스트레일리아
에서 결혼하는 것만은 참아 달라……, 이런 물음과 애기에
미즈호는 최대한 그들이 기대하는 대답을 했다. 기대하는 대
답이란 그 자리의 분위기를 띄울 수 있는 말을 뜻한다.

딱 한 사람, 미즈호 옆에 앉은 아오에가 오늘따라 말수가
적었다. 그저 묵묵히 수프를 뜨고 샐러드를 먹고 스테이크를
잘랐다. 그리고 간혹 포크와 나이프를 부자연스럽게 내려놓
곤 했다. 아무래도 무슨 생각을 골똘히 하고 있다가 그 생각
에 변화가 생길 때 그의 손이 동작을 멈추는 듯했다.

"평소의 아오에 씨답지 않네."

미즈호가 슬쩍 말을 건네자 그는 퍼뜩 정신을 차린 표정을
하고서 천천히 쓴웃음을 지었다.

"생각할 일이 너무 많아서 말할 틈이 없군요."

"뭘 그렇게 생각하는 거야?"

"여러 가지죠."

그리고 아오에는 와인을 마셨다.

"탐정님께서 많이 바쁜가 보네."

건너편에서 그렇게 말한 사람은 가오리였다. 아오에를 매서운 눈초리로 쳐다보고 있다.

"전에 나와 미즈호 언니를 깜짝 놀라게 해 주겠다고 했잖아요. 그건 어떻게 됐어요?"

"그 건에 대해서는 약속을 지킵니다, 반드시."

아오에는 똑바로 그녀를 쳐다보면서 미소를 보냈다.

"그 건이라니, 뭔데?"

나가시마가 대화에 끼어들었다.

"이번 사건에 관계된 일이야?"

"아, 그냥 퍼즐 얘깁니다."

아오에는 여전히 미소를 지우지 않고서 말했다.

"그런데 제 추리가 맞는다면 이번 사건과도 관계가 있겠죠. 그러면 가오리 씨와 미즈호 씨를 놀라게 할 수 있다, 뭐, 그런 겁니다."

"무슨 말인지 통 모르겠군."

"저 사람은 도대체 속을 알 수가 있어야지."

가오리도 그렇게 빈정거렸다.

"빌려 간 퍼즐 책을 보고 뭔가 발견한 것 같은데, 분명하게 말해 주면 좋잖아."

"아직 말할 단계가 아니라서요. 뒷받침할 만한 단서와 증거, 뭐 그런 게 필요하거든요. 경찰 수사도 그렇잖아요. 알리바이, 지문, 목격자……. 사소한 자료 하나하나가 마지막에는 큰 힘을 발휘하는 겁니다."

의미를 알 수 없는 대화에 그만 끼어들어야겠다고 생각했는지 나가시마가 고개를 두세 번 젓더니 더는 묻지 않았다. 가오리도 아오에를 무시한 탓에 그 화제는 거기서 끝나고 말았다.

디저트를 먹고 있는데 거실 전화가 울렸다. 스즈에가 전화를 받으러 갔다. 식당에서는 한창 나가시마의 새 미용실 얘기를 하는 중이었다.

잠시 후 스즈에가 돌아와서 가쓰유키의 귀에 대고 무언가 속삭였다. 가쓰유키가 뭐라고 대답하자 스즈에가 고개를 끄덕였다. 가쓰유키의 얼굴이 상당히 험악해져 있었다.

미즈호가 고개를 들어 보니 모두들 그를 주목하고 있었다. 지금까지의 웃는 얼굴 따위는 어디론가 사라지고 없었다.

"그래, 알겠어."

가쓰유키가 아랫입술을 깨물며 일어나 식당에서 나갔다. 모두가 멜론을 먹던 손을 내려놓았다. 숨 막히는 침묵이 식당 전체를 짓눌렀다.

가쓰유키의 목소리가 희미하게 들려왔다. 무슨 말을 하는지는 알 수 없지만 간간이 그의 목소리가 들려올 때마다 모두의 불안은 색이 점점 짙어 갔다.

5분쯤 지나 그가 돌아왔다. 이마가 벌게진 그는 볼마저 실룩거렸다.

"어디서 온 전화지?"

시즈카가 물었다.

"부하 직원입니다."

가쓰유키가 앉으면서 대답했다.

"경찰과의 연락을 담당하고 있는 사람입니다. 마쓰자키 씨가 봤다는 메모를 쓴 사람이 밝혀졌다고 하는군요."

"그게 누군데?"

와카코가 대뜸 물었다.

가쓰유키가 침을 삼키고서 대답했다.

"미타 리에코인 모양이야."

몇 초 동안 아무도 말을 꺼내지 않았다. 맨 먼저 입을 연 사람은 역시 가쓰유키였다.

"아직 확인할 게 많아서 단정할 수는 없지만, 미타 씨 방에 있는 워드 프로세서로 작성한 게 거의 틀림없나 봐. 그 여자의 워드 프로세서는 어떤 글자를 인쇄했는지 잉크 리본을 보면 알 수 있는 기종이라는군. 마쓰자키 씨가 설명했던 내용을 인쇄한 리본이 그녀의 책상 서랍에서 발견되었다는 거야."

"대체 무슨 뜻일까, 그건?"

시즈카가 모두에게 의견을 구하는 것처럼 사람들을 죽 둘러보았다.

"그 사람이 왜 요시노리에게 그런 쪽지를 보냈을까?"

"모르죠. 지금 한 가지 분명한 것은 마쓰자키 씨가 그 점에 관해서는 거짓말을 하지 않았다는 것뿐입니다."

그렇게 말하는 가쓰유키는 여전히 표정이 험악했지만 그 목소리에서 어딘가 모르게 여유가 느껴졌다. 뭐가 어찌 되었든 쪽지를 보낸 사람이 이 중에 없다는 사실에 안심한 눈치다.

"그럼 미타 씨는 요시노리 오빠가 뇌물을 받았다는 걸 알고 있었다는 얘기야?"

와카코가 자신의 남편에게 물었다.

"충분히 그럴 수 있지. 미타 씨는 과거에 요리코 사장 밑에 있었던 사람이잖아."

"미타 씨가 알고 있다면 무네히코 사장님도 알지 않았을까요?"

나가시마가 주춤거리며 끼어들었다. 몇 사람이 고개를 끄덕여 동의를 표했다.

"실은 경찰도 그렇게 생각하는 모양이야."

가쓰유키가 조금 무겁게 입을 움직였다.

"그리고 미타 씨가 마쓰자키 씨에게 그런 쪽지를 보냈다는 것도 사장님은 알고 있지 않았을까 하는 눈치야. 그러니까 마쓰자키 씨가 그 쪽지를 보고 지하실로 몰래 숨어들도록 계획한 사람이 사장님 본인이 아닐까 싶다는군."

"아범이 어째서 그런 짓을 했다는 거지?"

비난하는 듯한 말투로 시즈카가 물었다. 가쓰유키도 자신이 비난을 당한 것처럼 느끼는지 미간을 찡그렸다.

"아직 아무런 증거도 없긴 하지만, 함정이 아니었을까 하는 설이 유력하다고 합니다."

"함정이라니?"

"마쓰자키 씨를 빠뜨리기 위한 함정이죠. 사장님은 그가 뇌물을 받았다는 사실을 눈치채고는 있었지만 결정적인 증거를 확보하지 못해서 그런 쪽지를 보내 그의 반응을 보려 한 것이라고 주정하는 거죠. 그가 지하실에 몰래 숨어든다면 그 자체가 뇌물 수수를 인정하는 셈이 되니까 말입니다. 이런 표현은 하고 싶지 않지만, 사장님은 마쓰자키 씨를 거추장스러워했어요. 그러니 그 점을 이용해서 그를 회사에서 매장시키려 한 거 아닐까요?"

"그럼 미타 씨가 한밤중에 이 집에 온 것도 예정된 행동이었을까?"

와카코가 물었다.

"그렇다고 봐야겠지. 설치한 함정이 완벽한지 확인하러 온

거 아니겠어. 그런데 지하실에서 그녀를 기다리고 있었던 것은 칼에 찔린 사장님의 시신이었지."

그렇게 말해 놓고서 가쓰유키는 헛기침을 했다. 상투적인 표현을 썼다고 부끄러워하는 것 같았다.

그는 다시 나지막한 소리로 말을 이었다.

"충격을 받은 나머지 그녀가 시신에서 칼을 빼 자살한 것이 아닌가, 경찰은 그렇게 보고 있는 것 같아."

"그 여자가 자살했다고?"

말도 안 된다는 듯 와카코가 자지러지는 소리를 냈다.

"있을 수 없는 일이야."

가오리도 그렇게 말했다.

"그 여자는 아빠를 진심으로 좋아하지 않았어요."

"아무튼 현재까지는 그 추론이 가장 유력하다고 하잖아."

가오리를 달래듯 가쓰유키가 말했다.

"게다가 나는 개인적으로 그게 맞았으면 싶군. 그래야 마쓰자키 씨가 거짓말을 하지 않은 셈이 되고, 더 나아가 미타 씨의 죽음이 자살이 아니라면 또다시 우울한 나날을 보내야 할 테니 말이야."

"덧붙여 동기도 문제가 되겠죠."

멜론의 마지막 한 조각을 음미하면서 아오에가 말했다. 마지막까지 스푼을 놓지 않은 사람은 아오에뿐이었다.

"미타 씨를 살해할 동기 말입니다. 그녀가 죽어서 득을 볼 사람이 없잖아요."

"증오했어요, 난."

그를 똑바로 쳐다보면서 가오리가 딱 부러지게 말했다.

"죽이고 싶을 정도로. 엄마가 돌아가신 것도 다 그 사람 때문이라고요."

그리고 그녀는 섣불리 그런 말을 하고 만 것이 수치스러운 듯 고개를 숙였다.

아오에가 한숨을 쉬더니 눈을 반쯤 뜨고 희미하게 웃었다.

"가오리 씨에게는 정말 못 당하겠다니까. 내가 우리 중에 범인이 있는 것 같다고 했을 때는 매서운 눈으로 비난하더니 말이야."

"난 마쓰자키 아저씨가 한 말이 사건의 전부는 아니라고 생각해요."

"마쓰자키 씨는 거짓말을 하지 않았어요. 나는 그렇게 생각합니다."

"자, 이제 이런 언쟁은 그만하자고. 근거 없는 얘기를 해 봐야 아무 소용 없으니."

가쓰유키가 그 자리를 마무리하듯 끼어들었다.

"아무튼 지금은 경찰이 어떻게 결론을 내릴지 기다려 보는 수밖에 없어. 그게 가장 확실하지 않겠어?"

"그래. 우리가 옥신각신해 봐야 의미 없는 일이야."

시즈카가 의사에서 일어나며 말했다. 그 목소리에서 왠지 작위적인 긴장감이 느껴졌다. 의식적으로 목소리에 힘을 주고 있는 것이 분명했다.

"와카코, 이따가 내 방으로 좀 오렴. 네 남편이랑 같이. 할 얘기가 있다."

"알겠습니다."

가쓰유키가 대답했다.

그녀가 자리에서 일어서자 다른 사람들도 하나둘 일어서기 시작했다. 나가시마도 일어나 가오리의 휠체어를 밀면서 거실로 향했다.

그때 아오에가 불쑥 말했다.

"마쓰자키 씨는 거짓말하지 않았어요."

그 말이 떨어지는 순간 모두가 움직임을 멈췄다. 그의 목소리가 평소보다 무겁게 울린 탓인지도 모른다.

"아오에 씨, 참 집요하네."

그렇게 나무라면서 미즈호는 그답지 않다고 생각했다. 평소의 그와는 태도가 좀 다르게 느껴졌다.

"이런 역할을 하는 사람도 필요하죠."

아오에는 미즈호를 보면서 싱긋 웃었다. 연극적인 웃음이었다.

"마쓰자키 씨는 거짓말을 하지 않았어요."

그는 똑같은 말을 되풀이했다.

"다만 이럴 가능성은 있습니다. 마쓰자키 씨가 자신도 모르게 무의식적으로 거짓말을 했을 가능성이요."

모두들 조금 전 자세 그대로 한참을 움직이지 않았다. 그러다 먼저 움직이기 시작한 사람은 시즈카였다. 아오에의 말을 묵살하듯이 쩍 하품을 한 것이다.

"와카코."

그녀가 딸의 이름을 불렀다.

"방에 가서 기다리고 있으마."

자연스러운 말투였다. 그에 비하면 "네." 하고 대답하는 와카코의 목소리가 오히려 좀 딱딱했다.

시즈카가 식당에서 나가자 뒤이어 나가시마가 가오리의 휠체어를 밀면서 나갔다. 그다음은 가쓰유키와 와카코. 마치 아오에가 한 말 따위는 듣지 못했다는 듯이 다들 흩어져 버렸다. 스즈에도 평소와 다름없는 태도로 뒷정리를 시작했다. 눈에 핏줄이 선 아오에만 태엽 풀린 인형처럼 그 자리에 멀거니 서 있었다.

그런 그를 남겨 놓고 미즈호도 식당을 나갔다.

그날 밤에는 사건이 발생했던 날처럼 가쓰유키와 와카코는 물론 나가시마까지 십자 저택에 묵게 되었다. 그래서 밤늦게까지 와인을 마시면서 남소하고 가오리의 바이올린 연주도 들었다. 미즈호도 그리 잘 치지는 못하지만 피아노 솜씨를 발휘했다. 거실 구석에 놓여 있는 그랜드 피아노는 옛날에 요리코가 치던 것이다. 그 장면이 떠오르는지 도중에 가오리가 눈물을 글썽거렸다.

가쓰유키와 와카코는 시즈카의 방에서 한 시간 남짓 이 저택에 대한 얘기를 나눈 것 같다. 시즈카는 요리코에 이어 무네히코마저 없는 지금, 그 부부에게 뒷일을 맡기고 싶어 하는 것 같다. 그런 시즈카의 희망에 가쓰유키는 생각할 시간을 달라고 대답했다고 한다.

그동안 아오에는 내내 자기 방에 있었다. 미즈호는 가오리와 나가시마를 상대하면서도 그에게 신경이 가 있었다. 식당에서 그가 한 말이 계속 귓가에서 맴돌았다. 그는 대체 무슨 의미로 그런 말을 한 것일까.

자신과 달리 다른 사람들이 아오에에게 전혀 신경을 쓰지 않는 점도 미즈호는 불만이었다. 마치 일부러 무시하는 것처럼 느껴지기까지 했다.

어딘가 모르게 뒤틀린 분위기에서 십자 저택의 밤이 깊어 갔다.

아오에가 거실에 모습을 보인 것은 시즈카와 가쓰유키 부부가 각자의 방으로 들어간 후였다. 스즈에도 자기 방으로 들어가고, 남아 있는 사람은 미즈호와 가오리, 나가시마뿐이었다. 그리고 나가시마도 가오리를 데리고 2층으로 올라가려던 참이었다.

"아직 안 잤습니까?"

계단 위에서 들리는 소리에 미즈호는 위스키 잔을 든 채로 올려다보았다. 아오에가 천천히 내려오고 있었다.

"여태 뭐하고 있었어요?"

가오리가 물었다.

"뭐, 딱히. 잠시 쉬고 있었어요. 미즈호 씨, 저도 위스키 한 잔 주시죠."

미즈호는 새 잔에 얼음을 넣고 스카치위스키를 따랐다. 잔을 받아 든 아오에는 피에로 인형 앞에 섰다.

"비극의 피에로……. 언제 처분할 겁니까, 이 인형은?"

"이르면 내일이라도."

"호오, 기분 나쁜 인형이니 빨리 처분하는 편이 좋기야 하겠지만……."

"정말 싫어, 이 인형."

가오리가 쏘아붙이듯이 말했다.

"진짜로 비극을 불러들였지 뭐야. 생긴 것도 불길하고. 그러니까 엄마도 내던졌을 거야."

"내던졌다고?"

잔을 입으로 가져가려다 말고 미즈호가 물었다.

"이 인형을 내던졌어?"

"응. 계단을 뛰어 올라온 엄마가 발코니에서 뛰어내리기 전에 이 인형을 집어서 바닥에 내던졌어. 그래서 한동안 그 피에로 인형이 바닥에 그대로 나뒹굴었어."

"흠, 그랬어……."

요리코가 왜 그랬을까 하고 미즈호는 생각해 보았다. 불길하게 생긴 인형이기는 하지만 그래도 요리코 본인이 마음에 들어서 산 것이다.

"그런데 그 인형을 없애자니 왠지 서운하기도 해."

가오리가 애잔한 투로 말했다.

"엄마가 마지막으로 만진 물건이잖아. 그래서 기념으로 남겨 두고 싶지만……."

그녀의 말에 나머지 세 사람은 동시에 할 말을 잃었다. 엄마를 잃은 슬픔이 그녀의 마음에서 완전히 사라진 게 아니었다. 아빠와 리에코가 살해당하는 사건이 있었는데도 마음속을 차지하는 비중은 여전히 그쪽이 훨씬 크다는 뜻일까.

"내가 괜한 말을 했나 보네."

가오리가 어깨를 으쓱했다.

"술을 마셔서 그런가 봐. 나가시마 씨, 그만 가요."

나가시마는 말없이 고개를 끄덕이고는 그녀의 휠체어를 밀어 엘리베이터로 들어갔다. 그리고 미즈호 쪽으로 몸을 돌려 "그럼 먼저 실례합니다." 라고 말했다.

"안녕히 주무세요."

미즈호도 그렇게 답했다.

두 사람이 사라지자 아오에는 미즈호 옆에 앉았다. 미즈호에게는 그가 몹시 피곤해 보였다.

"식사 후에 안 보이더니, 계속해서 생각을 한 모양이네."

"뭐, 사소한 겁니다."

그는 다리를 꼬고서 잔을 흔들었다. 얼음 부딪치는 소리가 카랑카랑 울렸다.

"식사 때 좀 아리송한 말을 하던데."

"아리송한 말요?"

"마쓰자키 씨는 거짓말을 하지 않았지만 무의식적으로 거짓말을 했을 가능성이 있다고 했잖아."

아오에는 미즈호의 얼굴을 보더니 뒷덜미를 긁적거리고는 위스키 잔을 잔 받침에 내려놓았다.

"다들 제 말은 무시하는 줄 알았는데 용케 기억하시네요.

아니면 그 말이 특별히 거슬리는 이유라도 있나요?"

"우리, 농담은 하지 말자고."

미즈호가 나지막이 타일렀다.

"말해 봐, 왜 그런 말을 했는지. 뭔가 생각이 있는 거지?"

미즈호의 눈에서 진지함을 감지했는지 아오에의 표정도 순식간에 긴장감을 띠었다. 하지만 그는 그걸 숨기려는 듯 위스키를 마셨다.

"미즈호 씨, 미즈호 씨는 이번 사건을 어떻게 생각하시죠?"

"어떻게 생각하냐니?"

미즈호가 되물었다.

"전 말이죠, 마쓰자키 씨가 체포되었을 때부터 지금까지 계속 마음에 걸리는 게 있었어요. 그건 말이죠, 과연 마쓰자키 씨가 무네히코 아저씨를 죽일 수 있을까 하는 겁니다."

"죽일 수 있냐니…… 심리적으로?"

"심리적으로도 그렇지만, 전 오히려 체력을 문제 삼고 싶은데요. 무네히코 아저씨도 물론 건강한 편은 아니지만, 몸집도 작고 뚱뚱한 마쓰자키 씨의 둔함은 그 아래란 말입니다. 어쩌다 보니 그렇게 되었다고는 하지만, 칼을 들고 공격한 아저씨 쪽이 도리어 찔렸다니 이해가 안 갑니다."

"쥐도 궁지에 몰리면 고양이를 무는 법이라잖아."

미즈호의 그 말에 아오에는 아하하, 하고 웃었다.

"하긴 마쓰자키 씨의 심장은 생쥐급일지도 모르겠군요. 하지만 말이죠, 그렇게 보여도 쥐는 의외로 성질이 고약한 면이 있다고요. 그런데 마쓰자키 씨는 그야말로 소심하기 짝이 없는 사람이잖아요."

"하지만 마쓰자키 아저씨가 큰이모부를 찌른 것은 사실이야. 본인도 인정했고."

"본인이 그렇게 말했을 뿐이죠."

"말했을 뿐이라고?"

미즈호는 눈썹을 찡그리고서 "아아." 하면서 입을 연 채 두세 번 고개를 끄덕였다.

"아오에 씨가 아까 한 말의 의미가 바로 그거였네. 그러니까 마쓰자키 아저씨는 이모부를 죽이지도 않았는데 죽였다고 거짓말을 하고 있다는 말이지? 어이가 없네. 왜 그런 거짓말을 하겠어?"

"그러니까 내가 말했잖아요."

그가 아주 천천히 말했다. 아마 의식적으로 그랬을 것이다.

"마쓰자키 씨는 거짓말을 할 의사가 없어요. 무의식적으로 거짓말을 했을 뿐이라고요."

"그럼……."

미즈호가 아오에를 보았다. 그는 한 손에 잔을 들고서 몇 번이나 고개를 크게 위아래로 흔들었다. 그의 그런 동작에 맞추어 잔 속의 액체도 흔들렸다.

"마쓰자키 씨는 자신이 무네히코 아저씨를 죽였다고 하는데 그건 본인이 그렇게 믿고 있을 뿐이지 않을까, 저는 그렇게 생각합니다."

"그럼 큰이모부가 그때까지 죽지 않았다는 거야?"

"그렇죠."

"그런데 마쓰자키 아저씨 얘기로는……."

"죽은 척하고 있었던 게 아닐까요?"

아오에는 마치 일상적인 대화를 하듯 아무렇지 않게 말했다. 미즈호는 뭐라 대답할 말이 없었다. 그 반응이 만족스러운지 그는 고개를 끄덕이고 나서 다시 말했다.

"마쓰자키 씨는 맥박을 짚어 보거나 호흡을 확인하는 일은 전혀 안 했다고 했어요. 상대가 쓰러지자 그저 정신없이 도망쳤다고요. 그렇다면 찔린 척했을 가능성도 있죠. 방이 캄캄했으니까요."

"잠깐. 마쓰자키 아저씨가 본 쪽지는 미타 레이코 씨가 작성한 것일 가능성이 있다고 했어. 그렇다면 어떻게 되는 거지? 큰이모부가 마쓰자키 아저씨를 일부러 지하실로 불러들여서 몸싸움을 벌이다 못해 칼에 찔린 척까지 했다는 거야? 큰이모부가 그렇게까지 할 이유가 뭐가 있지?"

미즈호가 묻자 아오에는 눈길을 옆으로 쓱 돌리더니 위스키를 홀짝 마셨다.

"문제는 바로 그겁니다. 이번 사건은 우리가 상상하는 이상으로 복잡하게 얽혀 있을지도 몰라요. 지금 미즈호 씨가 한 말을 무대의 1막이라고 치면 앞으로 2막, 3막이 있을 겁니다. 어쩌면 우리가 본 것의 대부분은 교묘하게 조작된 연극인지도 모르죠."

"그럼 아오에 씨는 그 2막 이후에 대해서도 대충 감을 잡았다는 얘기네?"

표정의 변화를 읽으려고 미즈호는 그의 옆얼굴을 응시했다. 그가 순간적으로 숨을 삼키는 것을 알 수 있었다.

아오에는 머리카락 속에 손을 쑤셔 넣고 북북 긁었다. 그리고 깊은 한숨을 쉬면서 다리를 바꿔 꼬았다.

"아직 완벽하지 않아요. 하지만 전체 윤곽은 대충 파악했습니다. 아무래도 우리가 상상도 못한 배우가 뜻밖의 배역을 맡지 않았나 싶어요."

"만약 큰이모부 살인 사건의 범인이 마쓰자키 아저씨가 아니라면 진짜 범인이 따로 있다는 거야? 그리고 그 범인이 미타 씨도 살해했고? 그 범인이 누군지 아오에 씨는 안다는 거야?"

"안다고 할 정도는 아닙니다. 전부 상상일 뿐이죠. 물증이라고 할 수 있는 게 하나라도 있으면 본인과 직접 담판을 지어 볼 텐데……."

"그 범인이 누군지는 내게 말할 수 없다?"

"네, 그건 그렇죠."

아오에가 피식 웃으면서 말했다.

"미즈호 씨를 믿어도 괜찮다는 보장이 전혀 없잖아요. 미즈호 씨가 저를 완전히 믿지 않는 것처럼."

"하긴."

미즈호는 손에 든 잔을 잠시 바라보다가 조금 남은 엷은 위스키를 홀짝 들이켰다. 긴장해서 목이 마른 탓인지 그 차가움이 자극적으로 느껴지기까지 했다.

"그런데 아까 가오리 씨가 흥미로운 말을 하던데요."

아오에가 잔을 쥔 손으로 협탁 위에 놓인 피에로를 가리켰다.

"죽기 전에 아주머니가 이 인형을 내던졌다고 했죠?"

"응, 그랬나 봐."

그러자 아오에는 후, 한숨을 내쉬었다.

"아주머니는 일에 관해서는 엄격한 사람이었지만 집에 있을 때는 온화한 분이었어요. 저를 탐탁지 않게 여기는 눈치였지만 그럼에도 친절하게 대해 주셨고요."

그가 착잡한 표정을 지어서 미즈호는 의아한 기분이 들었다. 그도 나름 요리코의 죽음을 슬퍼한다는 뜻인가.

"그런 분이 그런 식으로 죽다니, 도무지 믿기지 않습니다."

그가 그런 말을 툭 뱉었다.

미즈호는 그 일에 대해서는 뭐라 할 말이 없었고 더는 아오에가 자신의 생각을 말해 줄 것 같지도 않아 말없이 일어섰다.

"난 이제 그만 쉬어야겠어."

그녀가 계단으로 걸어갈 때까지도 아오에는 아무런 반응이 없었다. 그런데 미즈호가 계단에 발을 올려놓는 순간 그가 불쑥 이런 말을 꺼냈다.

"이 인형이 유리 케이스 안에 들어 있었다던데, 그때는 아니었죠?"

미즈호가 동작을 멈추고 돌아보았다.

"그래. 2층에 있었을 때는 케이스에 들어 있지 않았던 것 같아. 그런데 그건 왜?"

아오에가 손에 잔을 든 채로 인형에 다가갔다.

"재미있군. 마지막으로 손을 댄 물건이라……."

"뭐라고?"

미즈호가 물었지만 아오에는 대답할 마음이 없는 듯 아무 말도 하지 않았다. 미즈호는 어깨를 한 번 으쓱하고 나서 다시 계단을 올라가기 시작했다.

그러다 문득 걸음을 멈추고 위를 올려다보았다. 2층 난간 너머에서 얼핏 사람이 움직인 것 같았기 때문이다.

그녀는 발소리가 나지 않게 조심조심 계단을 올라갔다. 하지만 이미 거기에는 아무도 없었다.

'이상하네.'

미즈호가 고개를 갸웃거렸다.

1층에서는 아오에가 여전히 안형을 바라보고 있었다.

피에로의 눈 ──

"재미있군."

그렇게 중얼거리더니 아오에라는 젊은 남자가 내게 다가왔
다. 눈이 묘하게 빛났다. 미즈호라는 여자가 그에게 말을 건
넸지만 안 들리는 듯했다.

아오에는 술을 한 모금 마시더니 잔을 옆에 내려놓고 내 발
치의 받침대를 조심스럽게 들어 올렸다. 술 냄새가 내 얼굴
에 훅 끼쳤다.

그는 나를 테이블 위에 내려놓고 다시 술이 든 잔을 들었
다. 그리고 나를 머리끝에서 발끝까지, 말 그대로 핥듯이 관
찰했다. 그가 나의 무엇에 그렇게 관심이 있는지는 전혀 알
수 없었다.

다만, 그때 뛰어내린 여자가 나를 내던졌다는 사실과 관계
가 있는 것만은 확실한 것 같았다. 나 자신은 그 사실을 몰랐
지만, 갑작스러운 충격과 함께 바닥에 떨어졌다는 것만은 기

억하고 있었다. 그렇구나, 내던져졌단 말이지.

잠시 후, 그의 시선이 내 몸통 언저리에서 멈췄다. 그가 얼굴이 거의 맞닿을 정도로 눈을 가까이 갖다 대고 내 몸을 응시했다. 그것은 그야말로 응시였다. 그의 시선이 닿는 부분이 뜨거워지는 듯한 착각을 느꼈을 정도다.

얼굴을 뗀 아오에는 매우 만족스럽다는 듯이 몇 번이나 고개를 끄덕거렸다. 눈이 아까보다 한층 빛나는 듯했다.

마침내 그가 입술을 일그러뜨리면서 몸 전체를 불규칙적으로 흔들기 시작했다. 무슨 일일까, 생각하는데 그의 입에서 크크크쿡 하는 소리가 새어 나왔다. 끓어오르는 웃음을 참고 있는 것이다.

그가 왜 그렇게 웃는지, 나는 물론 알 수 없었다.

그건 그렇고.

나도 참 바보 같았다. 그렇게 단순한 트릭을 눈치채지 못하다니.

이 아오에라는 남자의 말이 옳다. 무네히코는 마쓰자키라는 남자에게 살해당한 게 아니다. 내가 그 살해 장면을 목격했을 때 무네히코는 아직 죽지 않은 상태였다.

속았던 것이다, 나마저도.

나는 그렇다는 것을 오늘 밤 비로소 알았다.

1

다음 날 오전, 미즈호는 휠체어를 밀면서 가오리와 함께 저택 주변을 산책했다. 저택 뒤쪽은 야트막한 언덕이고 거기에 깨끗이 포장된 산책로가 여러 갈래 나 있다. 그 길을 거치면 옆 동네로 갈 수 있다. 시내로 가는 전철을 탈 때 그 길로 가면 역 하나만큼 가깝기 때문에 아오에는 자주 이용하는 듯했다.

"어젯밤에 나가시마 씨를 살짝 골려 줬어."

작은 새의 모습을 눈으로 좇으면서 가오리가 키득거렸다.

"골려 줬다고?"

"응. 떼를 좀 부렸거든. 내게는 미래 같은 거 없다고 하면서."

"왜 그랬는데?"

"나가시마 씨가 이상한 말을 하잖아. 앞으로 뭘 하고 싶으냐고."

"그게 이상한 말이야?"

"이상하지 않다는 건 알아. 나를 특별하게 여기지 않는다는 걸 표시하기 위해서 그런 질문을 한 거겠지. 난 그런 질문을 받으면 보통 때는 제법 우등생 같은 대답을 해. 그림책 작가가 되고 싶다느니, 번역 일을 하고 싶다느니. 그러면 다들 안심하는 표정을 짓거든. 그런데 어제는 그럴 기분이 아니었어. 그래서 이렇게 말했지. 내가 이런 몸으로 뭘 할 수 있겠느냐고. 그런데 그러다 보니까 진짜로 슬퍼지더라고. 그래서 훌쩍훌쩍 울었어."

난감해하는 나가시마의 표정이 눈앞에 떠오르는 듯했다.

가오리는 장난꾸러기가 장난하다 들켰을 때처럼 겸연쩍게 웃었다.

"그런데 나, 사실 그 정도로 슬프지는 않았어. 나는 마음만 먹으면 뭐든 할 수 있거든. 할 수 있다는 걸 알고 있거든. 그래서 속으로 물어봤지. 왜 그렇게 우느냐고. 나가시마 씨에게 어리광을 피운 거야. 그게 답."

"있지, 가오리."

미즈호가 휠체어 뒤에서 말했다.

"너, 아오에 씨를 어떻게 생각하니? 그 사람이 너를 좋아한다는 말은 진심인 것 같더라."

하지만 가오리는 그 말을 못 들은 사람처럼 콧노래를 흥얼거리면서 머리카락을 만지작거리고, 길가에 돋은 풀로 손을 뻗기도 했다. 대답할 마음이 없는 건가, 하고 미즈호는 생각했다.

"미즈호 언니."

한참 있다가 가오리가 입을 열었다.

"어떻게 그런 일이 있을 수 있겠어. 어떤 남자가 나를 사랑하겠느냐고. 그런 일은 있을 수 없어. 어떤 남자든 나뭇가지처럼 가느다란 다리에 움직이지도 못하는 여자보다 토끼처럼 깡충깡충 뛸 수 있는 여자를 좋아하기 마련이야. 그런 정도는 나도 오래전부터 알고 있었어."

"그건 그렇지 않아."

"아니, 그래."

가오리는 세차게 고개를 저었다.

"됐어. 그런 얘기 그만하자, 언니. 나 피곤해. 돌아가자."

무슨 말을 해도 소용이 없을 것 같아 미즈호는 잠자코 휠체어의 방향을 돌렸다.

점심을 먹은 후 미즈호는 혼자 저택에서 나와 미술관에 갔다. 미술관에서는 유리 공예전을 계속하고 있었다. 그리고 손님은 지난번보다 없었다.

고조는 예의 휴게실에서 그가 늘 앉는다는 자리에 앉아 창밖을 바라보고 있었다. 아니, 그냥 바라보는 것이 아니다. 테이블 위에 스케치북이 펼쳐져 있는 것으로 보아 무언가를 그리는 듯했다.

그는 미즈호가 다가갔는데도 알아차리지 못한 채 연필만

놀리고 있었다.

"안녕하세요."

그녀가 인사하자 겨우 고조의 시선이 그녀 쪽으로 움직였다.

"아, 이거 미안합니다."

그는 반갑게 말했지만 어딘가 모르게 생각이 다른 데 가 있는 듯한 느낌이었다. 그 증거로 그는 다시 밖으로 눈을 향하고 잠시 멍하니 있었다. 그가 스케치북을 접기 시작한 것은 그로부터 몇 초가 지나서였다.

"뭘 스케치하고 계셨어요?"

미즈호도 옆에 앉아 창문 밖을 바라보았다. 그곳에서 보이는 것은 소나무 숲과 그 앞에 있는 들판뿐이었다. 들판에는 녹슨 자전거 한 대가 버려져 있다.

"이겁니다."

고조가 미즈호 앞에다 스케치북을 펼쳤다. 거기에 그려진 그림은 머리를 두 갈래로 땋은 소녀 인형이었다. 커다란 눈망울에는 스케치라 여겨지지 않을 정도의 깊이가 있었다.

"경치를 보면서 인형 그림을?"

뜻밖이라는 생각에 그렇게 묻자 별것 아니라는 듯 고조는 싱긋 웃었다.

"이 정경에 어울리는 소녀 인형을 그리고 싶어서요. 그런데 쉽지가 않군요."

그가 스케치북을 앞으로 넘겼다. 소녀 모습이 몇 장이나 됐다. 미즈호는 감탄사를 연발했다.

"그런데 오늘은 무슨 일이죠?"

그가 스케치북을 덮고서 물었다.

미즈호는 피에로 인형을 가져가도 된다는 말을 전했다. 고조는 반가움과 안도감이 섞인 표정을 지었다.

"그럼 언제 찾아뵈면 될까요?"

"괜찮으시면 지금 바로 가셔도 돼요. 할머니께도 그렇게 말씀드렸으니까요."

"그럼 그렇게 하죠. 이 일은 1초라도 빠른 편이 좋습니다."

둘은 곧바로 미술관에서 나왔다.

"경찰이 사건 해결의 가닥을 잡았나 보군요."

십자 저택을 향하는 도중에 고조가 물었다.

"글쎄요, 그건……."

미즈호는 잠시 망설이다가 어제 가쓰유키에게 들은 얘기를 고조에게도 들려주기로 했다. 그도 깜짝 놀라는 표정이었다.

"쪽지를 쓴 사람이 미타 씨라고요? 그것참, 뜻밖이군요."

"그걸 알고 있는 큰이모부가 마쓰자키 아저씨를 함정에 빠뜨리려 했다고 하네요, 경찰에서는."

"호오, 그 함정에 도리어 무네히코 씨 자신이 걸려들었다는 얘기군요."

"네."

그녀는 미타 리에코의 자살설에 내해서도 설명했다.

"흠."

고조는 그렇게 웅얼거릴 뿐이었다.

저택에 도착하자 미즈호는 고조를 거실로 안내했다. 그리고 스즈에게 시즈카를 불러 달라고 부탁했다. 고조는 흥미롭다는 듯이 실내 장식을 죽 둘러보았다.

"피에로 인형은 아직 지하실에 있습니까?"

그가 물었다.

"아니요, 저기에……."

협탁 위를 가리키려던 미즈호의 손이 그대로 멈추고 말았다. 오늘 아침까지 거기 있던 피에로가 없었다.

"이상하네. 어떻게 된 거지?"

사방을 빙 돌아보면서 미즈호가 중얼거렸다. 마침 그때 스즈에가 내려오길래 미즈호는 인형이 어디 있는지 아느냐고 물었다.

"그 인형은 조금 전에 아오에 씨가 들고 나갔는데요."

"아오에 씨가요? 왜요?"

"글쎄요……."

스즈에가 고개를 갸웃했다.

"가방에 넣고 있기에 저도 물어봤어요. 그랬더니 학교에 가져간다고 하더군요. 오늘 중에 돌려놓을 거라면서요."

"언제쯤 나갔어요?"

"조금 전에요."

스즈에가 벽에 걸린 앤티크 시계를 보았다. 시곗바늘이 2시 25분을 가리키고 있었다.

"5분 정도밖에 지나지 않았어요."

"들어오면서 못 봤는데요."

옆에서 고조가 말했다.

"아오에 씨는 뒤쪽의 산책로를 지나 다음 역에서 전철을 타요. 지금 바로 쫓아가면 만날 수 있을 것 같은데."

"쫓아가 보죠."

고조가 다급한 목소리로 말했다.

"그 사람이 왜 인형을 들고 나갔는지 몹시 궁금합니다."

"알겠어요."

미즈호는 코트를 집어 들고 스즈에 쪽을 돌아보았다.

"아오에 씨가 다른 말은 하지 않았어요?"

"아, 그러고 보니…… 일이 재미있게 됐다, 그런 것 같네요. 그 전에 어디론가 전화를 거는 것 같았고요."

스즈에가 볼에 손을 대며 고개를 옆으로 기울였다.

"전화……, 일이 재미있게 됐다……고요."

"갑시다."

고조의 재촉에 미즈호는 서둘러 현관으로 향했다.

피에로의 눈 ———

"일이 재미있게 됐군."

말은 그렇게 했지만 아오에는 절대 재미있어하는 표정이 아니었다. 오히려 긴장으로 딱딱하게 굳어 있다고 하는 편이 옳을 듯했다. 긴장한 얼굴 그대로 그는 나를 협탁에서 내려 놓더니 목욕 타월 같은 것으로 조심스럽게 싸기 시작했다. 덕분에 내 시야는 완전히 차단되고 말았다.

그가 타월에 감싸인 나를 이번에는 아주 좁은 곳에 밀어 넣었다. 지퍼 소리가 난 것으로 보아 스포츠 가방 같은 곳에 넣은 듯했다.

잠시 후, 몸이 붕 뜨는 느낌이 들었다. 그리고 전후좌우로 흔들리기 시작했다. 아무래도 아오에는 나를 가방에 넣고 어디론가 가는 듯하다.

"밤까지는 돌아올 겁니다."

그가 누군가에게 그렇게 말하는 소리가 들렸다. 아마 가정부에게 한 말일 것이다.

신발을 신는 기척에 이어 문을 여닫는 소리가 났다. 아오에가 저택을 나선 것이다.

그 후 몇 분 동안 그는 나를 담은 가방을 들고서 계속 걸었다. 가끔씩 가방을 다른 손에 바꿔 들 때 외에는 리듬이 흐트러지지 않는 안정적인 걸음이었다. 그가 걷고 있는 길에는 오가는 사람이 많지 않은지 거의 아무 소리도 들리지 않았다. 대신, 때로 새 지저귀는 소리가 들려서 나는 의아한 기분이 들었다.

시간이 어느 정도 흘렀을까. 아오에가 갑자기 걸음을 멈췄다. 전혀 예기치 못한 일이어서 가방 속의 나는 머리를 쿵 부딪치고 말았다.

흔들리던 가방도 잠잠해졌다. 아무래도 그가 멈춰 선 모양이다. 마침내 가방이 지면에 놓이는 기척이 있었다.

그 직후.

눈탁하지만 아주 커다란 소리가 났다. 울림이 적은 불길한 소리였다. 동시에 짐승이 웩웩거리는 듯한 소리가 짧게 들렸다.

불길한 소리는 그 후에도 두세 번 반복되었다. 그 소리 사이로 헉헉거리는 숨소리가 들렸다. 조용해진 후에도 거친 숨소리는 잠시 계속되었다.

지퍼가 거칠게 열린 것은 그 직후였다.

2

아오에의 시신은 산책로 입구에서 4백 미터 정도 들어간 곳에 있었다. 만세를 부르는 것처럼 두 팔을 올리고 엎드린 자세였다.

시신을 발견한 사람은 미즈호와 고조였다. 저택에서 나온 그들은 아오에를 뒤쫓아 산책로로 들어섰지만 그들 앞에는 참극의 흔적만 기다리고 있었다.

정신력에는 자신이 있는 미즈호도 아오에의 시신을 보는 순간 무언가가 위를 밀어 올리는 듯한 불쾌감을 느꼈다. 깨진 뒷머리가 입을 쩍 벌리고 있었다. 그리고 거기에서 검붉은 피가 흘러나와 그의 구불구불한 머리카락을 푹 적시고 있었다. 상처 주위의 두피는 오래 사용해서 너덜너덜해진 걸레 같았다.

저택으로 돌아가서 연락을 취하는 역할은 미즈호가 맡았다. 혼자서는 도무지 그곳에서 기다릴 수 없을 것 같아서였다.

미즈호가 저택으로 돌아왔을 때 거실에는 스즈에밖에 없었다. 미즈호가 숨을 몰아쉬며 사태를 전하자 스즈에는 몹시 놀라며 계단을 뛰어 올라갔다. 그녀가 시즈카와 가오리에게 이야기를 전하는 동안 미즈호는 경찰에 사건을 신고했다.

야마기시를 비롯한 형사들이 도착한 것은 그로부터 약 10

분 후였다.

미즈호와 고조는 경찰차를 타고 경찰서로 가서 담배 연기와 열기로 자욱한 방 한구석에서 참고인 조사를 받았다. 미즈호와 마주한 사람은 몇 번 보아 낯이 익은 야마기시 형사였다.

"뭐라고 할까……."

야마기시는 볼펜 끝으로 귀 뒤를 갉작갉작 긁으면서 말했다.

"참 표현하기가 힘들군요, 이런 심경을. 분한 것과도 다르고 한심한 것과도 다르고."

"범인에게 당했다는 건가요?"

"당했다……."

야마기시는 한쪽 눈썹을 올리고 아랫입술을 쑥 내밀었다.

"당한 셈이 되겠군요. 달리 뭐라고 해야 할지 모르겠습니다."

"진범의 짓이라고 생각하시나요?"

마쓰자키 이외의 진범이라는 의미가 담긴 말이었다. 물론 그 의미는 야마기시에게도 통했다.

"큰소리칠 입장이 못 되지만 말이죠."

그는 투실투실한 등을 구부리고 미즈호 쪽으로 몸을 내밀었다.

"경찰 내부에서는 다케미야가의 사건과 이번 사건을 분리해서 생각하고 있습니다. 그렇게 생각하고 싶은 거겠죠. 실은 이전 사건이 거의 마무리 단계였거든요."

"쪽지를 쓴 사람이 미타 씨였기 때문에요?"

"잘 아시는군요. 그렇습니다. 그래서 미타 씨는 자살한 게 아닐까 하는 추론이 급부상하게 되었죠. 마쓰자키를 함정에 빠뜨리려는 계획을 원래는 그녀가 제안하지 않았을까 하고 추측했거든요. 그 계획 때문에 오히려 무네히코 씨가 살해되는 결과를 빚었고, 충격을 받은 나머지 자살하지 않았을까 하고 말입니다."

"얘기가 좀 이상하네요."

"그렇죠, 좀 이상합니다."

야마기시는 인정했다.

"그런데 현 단계에서는 달리 앞뒤가 맞는 설명을 할 수 없어요. 마쓰자키 씨도 체포했으니 본부에서는 이 선에서 사건을 매듭짓자는 분위기입니다. 저를 포함한 몇몇은 반대하고 있지만요. 그런데 반론을 펼치려 해도 뭘 어떻게 해야 할지 모르겠어요."

"그런 마당에 아오에 씨가 살해당했으니 야마기시 씨가 반론할 재료가 생겼다는 말씀이군요."

미즈호는 다소 비아냥거리는 투로 말했다.

"선입견을 가져서는 안 되는 건 알지만 말이죠."

야마기시가 수첩을 펼쳐 놓고 볼펜으로 톡톡 두드렸다.

"자, 그럼 질문에 들어가 볼까요."

형사는 미즈호에게 시신을 발견하기까지의 경위를 자세하게 설명해 달라고 했다. 필연적으로 고조에 대해서도 얘기해야 했지만 미즈호는 사건에 대해 여러 가지로 그와 의논했다는 사실은 덮어 두었다. 그런 것까지 시시콜콜 말해 봐야 얘기가 복잡해질 뿐이라고 생각했기 때문이다.

"알 수 없는 점이 몇 가지 있습니다."

야마기시는 난해한 표정을 짓고서 말했다.

"그중에서도 가장 알 수 없는 점은 그 인형입니다. 왜 아오에 씨가 그 인형을 들고 나갔을까요?"

미즈호는 어깨를 으쓱하면서 고개를 저었다.

"모르겠는데요."

"아오에 씨에게 그 인형에 대해 얘기한 적이 있나요?"

"별 얘기는……."

그렇게 말을 꺼내다가 미즈호의 뇌리에 어떤 장면이 떠올랐다. 어젯밤 그와 거실에서 얘기했을 때 있었던 일이다.

"왜요?"

야마기시가 그녀의 표정에 생긴 변화를 재빨리 포착하고 물었다.

순간, 어떻게 할까 망설였다. 결국 미즈호는 어젯밤 아오에와 사건에 대해 얘기를 나눴다고 털어놓았다.

"호오, 사건에 관해서 말인가요. 그래 어떤 얘기를 나눴죠?"

"아오에 씨는 경찰과는 견해가 달랐어요."

미즈호는 어젯밤 들은 아오에의 가설을 설명했다. 무네히코는 마쓰자키에게 살해당한 것이 아니라 어쩌면 죽은 척했을 뿐인지도 모른다는 내용이었다.

관심이 가는지 야마기시의 눈빛이 달라졌다.

"아주 재미있는 가설이군요."

그는 자못 흥미롭다는 듯 말했다.

"그런데 아오에 씨는 왜 그런 생각을 했을까요?"

"모르죠. 그 이상은 얘기해 주지 않았어요. 그리고 마치 문득 생각났다는 듯, 큰이모가 돌아가셨을 때 얘기도 했어요. 이모가 자살하기 직전에 피에로 인형을 내던진 사실에 무척 신경을 쓰는 듯했죠."

"요리코 부인의 자살에 대해서 말인가요?"

야마기시의 얼굴이 엉뚱한 소리를 들었다는 듯 일그러졌다. 그의 머리가 아오에의 가설까지는 이해했지만 이 건에 대해서는 미즈호나 다름없이 그 진의를 전혀 파악하지 못하는 듯했다.

야마기시가 잠시 말이 없더니 생각을 전환하려는 듯 또 물었다.

"그때 두 사람이 나눈 대화를 혹시 다른 사람이 듣고 있지는 않았습니까?"

"그 자리에는 우리 둘밖에 없었어요."

그렇게 말하고서 미즈호는 계단 위에서 사람 그림자가 언뜻 스쳤던 기억을 떠올렸다. 그때 누가 엿듣고 있었던 것일까.

"아오에 씨의 의도를 모르겠군요."

야마기시가 쓸쓸하게 말했다.

"어제 우리가 서택으로 찾아뵈었을 때 그 인형을 처음 거실로 들고 나오셨죠?"

"네, 그래요."

"인형에 대해서 관심 가는 얘기는 안 나왔나요?"

"아니요, 별로."

그렇군요, 하고 형사는 실망한 듯 눈썹을 늘어뜨렸다.

"그래도 아오에 씨가 그런 주리를 전개했다는 점은 큰 수확이군요. 저도 그 가능성을 다시 생각해 보겠습니다."

야마기시는 스스로 힘을 북돋우듯이 말했다.

참고인 조사가 한 차례 끝났다. 이번에는 미즈호 쪽에서 질문을 던졌다. 우선 아오에의 사인을 캐물었다.

"여깁니다."

야마기시가 자신의 뒤통수를 손바닥으로 쳤다.

"후두부를 몇 번이나 맞았더군요. 흉기는 금속 방망이였고요."

"방망이?"

"시신에서 10미터 정도 떨어진 곳에 버려져 있었습니다. 근처의 쓰레기장에서 주웠는지 몹시 더러운 데다 균열도 있었습니다. 출처를 조사하고는 있지만 아마 별 소득이 없을 겁니다."

"뒤에서 습격당했나요?"

"그렇겠죠. 걸어가고 있는데 갑자기 쳤을 겁니다."

"아오에 씨가 전혀 몰랐을까요?"

아오에가 그렇게 멍청한 남자가 아니라는 것을 미즈호는 알고 있다.

"생각에 골몰하고 있었을지도 모르죠."

야마기시는 아오에가 어떤 상태였는지에는 별 관심이 없는 듯했다.

"없어진 것은?"

"지갑에 든 현금이 사라졌더군요."

"돈이요?"

"네. 현금만 빼내고 지갑은 금속 방망이 옆에 버려져 있었습니다."

"그래요……."

돈을 노린 강도의 짓으로 위장한 거겠지, 하고 미즈호는 추리했다.

"문제의 인형은 어떻게 됐죠? 어디 이상한 점은 없었나요?"

"딱히 없었습니다. 누가 만졌던 흔적도 없고요. 지금 상태로는 그 인형이 사건과 관계가 있을지 없을지조차 불분명합니다."

형사는 개운치 않은 표정으로 말했다.

잠시 후 미즈호는 다른 방에서 참고인 조사를 받고 나온 고소와 함께 경찰서를 나왔다. 고조는 주로 인형에 관한 질문을 받았다고 한다.

"그래서 그 인형의 징크스에 대해 아주 자세하게 설명했죠. 그런데 그 내용을 꼼꼼히 기록하는 것 같지는 않았어요. 하품을 억지로 참고 있는 얼굴이었죠."

그랬겠지, 하고 미즈호는 생각했다. 형사들이란 현실주의자다.

"그들이 듣고 싶은 얘기가 그런 게 아니었나 봅니다. 왜 그 인형이 다케미야가에 있는지, 아오에 씨는 왜 그 인형에 관심을 보였는지, 그런 얘기가 듣고 싶었나 봐요."

"그 점에 대해서는 뭐라고 대답하셨는데요?"

"모른다고 했어요. 실제로 아는 것도 없고요. 그랬더니 따분하다는 듯이 수염을 비벼 대질 않나 코털을 뽑질 않나, 태도가 몹시 불쾌했습니다. 모르는 것이 내 잘못이라도 되는 것처럼 말이죠."

불쾌하다는 말과는 달리 고조는 형사들의 그런 태도를 꽤
나 재미있어하는 것 같았다. 미즈호는 정말 묘한 남자라고
생각했다.

"미즈호 씨에게는 뭘 묻던가요?"

고조가 자기 얘기를 다 하고 나자 미즈호에게 물었다. 미즈
호는 야마기시와 나눈 대화를 최대한 정확하게 전했다. 고조
는 그녀의 한 마디 한 마디를 음미하듯이 귀 기울여 들었다.
특히 그가 관심을 보인 대목은 어젯밤 아오에가 피력한 추리
였다.

"아주 멋진 견해로군요."

인형사는 눈을 반짝이며 말했다.

"그때 무네히코 씨는 아직 죽지 않았다……, 실로 대담한
가설입니다. 게다가 충분히 가능성이 있어요."

"그다음 일에 대해서도 뭔가 생각이 있는 것 같던데, 다 얘
기해 주지는 않았어요."

"그다음 일요?"

고조는 걸으면서 팔짱을 낀 채 한쪽 손을 턱에 받쳤다.

"그다음을 알려다가 살해당했는지도 모르겠군요. 그런데
아오에 씨가 피에로 인형에 대해서는 별다른 말을 하지 않았
나요?"

"그게 말인데요……."

미즈호는 어젯밤 아오에가 중얼거린 말을 고조에게 전했다. 요리코가 그렇게 죽다니 믿기지 않는다고 했던 말을. 그리고 요리코가 뛰어내리기 전에 인형을 내던졌다고 한 가오리의 얘기에 관심을 보였다는 것도.

"오호, 가오리 씨가 그런 얘기를 했단 말이죠."

인형사가 고개를 갸웃거렸다.

차라도 마시고 가시죠, 하면서 미즈호는 고조를 저택으로 데리고 들어갔다.

"그럼 그럴까요. 마침 묻고 싶은 것도 있고요."

"묻고 싶은 것요?"

미즈호가 되묻자 고노는 여러 가지라고만 대답했다.

저택에는 가쓰유키 부부와 나가시마가 있었다. 그리고 형사 몇 명이 왔다 갔다 했다. 아오에의 방을 조사하는 모양이었다.

미즈호는 우선 고조를 모두에게 소개했다. 시즈카와 가오리는 이미 알고 있어서 괜찮았지만 가쓰유키 부부는 대체 뭐 하는 사람이냐는 식으로 그를 힐끔거렸다.

가쓰유키 부부와 나가시마는 경찰에게 연락을 받고 허둥지둥 달려왔다고 했다.

"형사들이 사건을 알려 주려고 우리를 부른 게 아니야."

더없이 씁쓸한 표정으로 연달아 담배를 뻑뻑거리면서 가쓰유키가 말했다.

"알리바이를 확인하더군. 오후 2시에서 3시 사이. 하필이면 그때 난 이 집에 들렀었어. 회사에서 여기로 와서 이모를 데리고 집으로 갔지. 회사에서 나온 시간이 1시쯤이었고 집에 도착한 시간은 3시쯤이었어."

어젯밤에 가쓰유키 부부는 이 저택에 묵었다. 사실 오늘 가쓰유키는 회사를 쉬는 날인데, 볼일이 생겨 아침 일찍 출근했었다. 지금 들은 얘기로 보아 그는 회사에서 집으로 돌아가는 길에 이 저택에 들러 와카코를 데리고 간 듯하다.

"그래서 경찰에는 뭐라고 했나?"

시즈카가 물었다.

"알리바이가 있다는 건 증명이 됐습니다. 집에 들어가다가 이웃집 부인과 인사를 했거든요. 그 부인이 시간을 정확하게 기억하고 있었어요. 이 저택에서 출발한 시간이 2시 20분쯤이었으니까 도중에 어디에 들를 틈은 없었을 거라고요."

가쓰유키가 담배를 깊이 빨아들였다가 얼굴을 찡그리며 연기를 토했다.

"그래도 무례하잖습니까? 아무리 그런 사건이 있었다 한들, 지나가는 강도가 한 짓까지 우리에게 혐의를 두다니요."

"지나가는 강도?"

시즈카가 되물었다.

"사람 협박해서 돈 뜯어내는 강도 말입니다."

그가 설명을 덧붙였다.

"그 부근이 위험하다는 소리를 들은 적이 있습니다. 이상한 사람이 출몰한다는 소문을 들었어요."

그의 얘기를 들으면서 미즈호는 '이 사건이 강도의 짓이라면 얼마나 마음이 편할까.' 하고 생각했다. 그리고 자신의 알리바이를 떠올렸다. 시신을 발견할 때까지 미즈호는 줄곧 고조와 함께였다. 그 사실을 알기 때문에 야마기시가 굳이 알리바이를 캐묻지 않았을 것이다.

"그런데 아오에 군은 일가친척이 하나도 없나요?"

와카코가 시즈카 쪽을 보면서 물었다.

"없어. 고아였지. 할아버지가 거둬들인 아이였어."

"천애 고아라는 말씀이군요. 그렇다면 우리가 장례식을 치르는 수밖에 없겠습니다."

가쓰유키가 그렇게 말하자 시즈카가 대답했다.

"그래, 그래야겠지."

장례식 얘기가 나와서인지 구름이 해를 쓱 가리듯 그 자리의 분위기가 어두워졌다. 아오에의 죽음이 이제야 현실감을 띠고 모두의 의식에 다가왔는지도 모르겠다.

"좀 별난 구석이 있는 청년이기는 했지만 안타깝게 됐어."

담배꽁초를 재떨이에 짓뭉개고서 어딘가 모르게 작위적인 느낌으로 가쓰유키가 말했다. 그 말에 대해서는 아무도 대꾸하지 않았다.

형사들이 내려와 아오에의 방에 있는 물건을 몇 가지 가져가고 싶다고 말했다. 아무도 대답하지 않자 그 깡마른 형사는 다소 어색한 표정을 지었다.

"네, 그래요. 마음대로 가져가세요."

시즈카가 모두를 대표해서 말했다.

"그런데 어떤 걸 가져가나요?"

"아직 현상하지 않은 필름과 연구 자료 등입니다."

그런 물건이 이번 사건과 관련이 있으리라고는 도무지 생각되지 않았다. 그런데도 가져간다는 건 아오에의 방에서 이렇다 할 단서가 나오지 않았다는 뜻일 것이다.

그런데 미즈호는 문득 생각나는 게 있었다. 아오에가 흥미로운 발견이 있었다고 한 무네히코의 퍼즐 책이다.

'그것도 경찰이 가져갔을까?'

미즈호는 가능하면 자기 손으로 직접 조사해 보고 싶은 생각이 들었다.

형사가 가고 나자 가쓰유키 부부도 자리에서 일어났다. 가쓰유키는 내일 다시 올 테니 장례식 얘기는 그때 하자고 시즈카에게 말했다.

"나도 좀 피곤하구나. 그만 올라가마."

그리고 시즈카는 스즈에게 식사는 필요 없다고 하고서 그대로 2층으로 올라갔다.

미즈호와 가오리, 그리고 나가시마와 고조가 그 자리에 남았다.

"제게도."

가오리가 불쑥 입을 열었다. 모두의 시선이 그녀에게 집중되었다.

"제게도 알리바이를 확인했어요. 경찰이 대체 무슨 생각을 하는지 모르겠네."

그녀가 한 손으로 얼굴을 감싸면서 살래살래 고개를 저었다.

"아니죠. 그건 가오리 씨를 의심해서가 아니라 사람들의 위치 관계를 파악하려는 속셈 때문이었을 겁니다."

냉철한 말투로 그렇게 말한 사람은 고조였다.

"가오리는 오늘 종일 방에 있었니?"

별 의미 없는 척하면서 미즈호가 물었다.

"2시 반까지는 혼자서 FM 음악을 듣고 있었어. 그다음에는 나가시마 씨가 머리를 손질해 주었고. 나가시마 씨는 그 전에 할머니 방에 있었죠?"

"네. 하지만 중간에 잠시 자리를 비우기도 했어요."

가오리의 물음에 나가시마는 그렇게 애매하게 대답하면서 자리에서 일어났다.

"당연히 제게도 그 시간대의 알리바이를 물었지만, 사모님 방에 있다가 그다음 가오리 씨의 방에 간 건 분명한데 정확한 시간까지는 기억에 없어서 말이죠. 아주 정확한 숫자를 요구하는 통에 퍽 난감했습니다."

"대개 그렇잖아."

가오리가 동의를 구하는 눈빛으로 미즈호를 바라보았다.

"몇 시 몇 분에 밥을 먹고 몇 시 몇 분에 화장실에 갔는지, 보통은 잘 기억하지 못하잖아."

"경찰이 그렇게 이해해 주면 좋을 텐데 말이죠."

나가시마가 지친 표정으로 희미하게 미소를 머금었다.

"그럼 저도 이만 실례하겠습니다."

가오리가 배웅하러 나가려 하자 나가시마는 그럴 필요 없다면서 손으로 제지했다.

"그런데 좀 궁금한 게 있는데요."

나가시마가 나간 후 고조가 가오리 옆으로 다가가 물었다.

"뭔데요?"

"가오리 씨 어머니가 돌아가실 때의 일 말입니다."

그러자 가오리는 진이 빠졌다는 듯 지그시 눈을 감고서 천천히 고개를 저었다.

"오늘은 도저히 그런 얘기를 할 기분이 아니에요."

"물론 그렇겠죠."

인형사는 몇 번 눈을 깜박거리더니 고개를 끄덕였다.

"하지만 꼭 듣고 싶습니다. 어쩌면 일련의 사건과 관계가 있을지도 모르는 일이라서요."

가오리는 당황한 표정을 지으며 미즈호를 보았다. 사건과도, 이 저택과도 아무 관계 없는 인형사가 갑자기 형사 같은 말투로 얘기하니 당황하는 것도 무리는 아니었다.

"뭐라 설명하기가 어려운데……."

미즈호가 손바닥을 마주 비비면서 가오리의 눈을 쳐다보았다.

"사실 난 이번 일로 이분과 대화를 많이 나눴어. 그리고 여러 가지로 지적해 주신 덕분에 우리 당사자들은 알 수 없는 것들을 알게 되었지. 믿을 수 있는 분이야. 그러니 질문에 대답해 주면 안 될까?"

가오리는 고개를 살짝 숙이고 잠시 말없이 있다가 고조를 향해 얼굴을 들었다.

"엄마의 죽음에 대해 뭘 알고 싶은데요?"

"우선은 그때 상황입니다. 가능하면 자세하게요."

가오리는 또 미즈호 쪽을 힐금 쳐다보고는 숨을 크게 쉬었다.

"그날 이 저택에는 저와 부모님밖에 없었어요. 스즈에 씨는 할머니랑 공연을 보러 외출했고 아오에 씨는 학교에 갔거든요."

그녀는 담담하게 그날의 사건을 풀어 놓기 시작했다. 무네히코와 함께 방에 있는데 절규하는 소리가 들렸다는 것. 그리고 무네히코에게 안겨서 복도로 나갔더니 요리코가 계단을 뛰어 올라와 피에로 인형을 내던지고는 발코니에서 뛰어내렸다는 것이다. 가오리는 방으로 돌아가 휠체어를 타고 엄마의 시신을 보기 위해 발코니로 갔다고 했다.

"잘 알겠습니다."

긴장한 표정으로 듣고 있던 고조가 가오리에게 고개를 끄덕여 보였다.

"현장을 한 번 보고 싶은데 괜찮을는지요?"

"네, 괜찮아요. 누구에게 피해를 주는 것도 아니니까요."

"나중에 제가 안내할게요."

미즈호가 옆에서 말했다.

"네, 그럼 부탁합니다. 그리고 인형 말인데요, 그 후에 곧바로 치워 버렸다고 하던데요."

고조가 가오리에게 물었다.

"네. 할머니가 상자에 담아서 당신 방에 보관하고 계셨대요. 그리고 지난번에 고조 씨가 왔을 때 처음 꺼낸 거예요."

"그 후로는 쭉 지하실에 있었고요?"

"네, 그럴 거예요."

가오리가 확인하듯이 미즈호를 보았다. 미즈호도 틀림없이 지하실에 있었다고 말했다.

"흠, 그렇군요. 이제 조금 알겠습니다."

고조는 만족스러운 표정이었다.

그 후 미즈호는 가오리와 함께 고조를 2층으로 안내했다. 안내라고 해야 십자형으로 난 복도와 요리코가 뛰어내린 발코니, 그리고 피에로 인형이 놓여 있었던 장식장을 보여 준 정도였다.

"훌륭하군요."

복도를 죽 걸어 보고 나서 고조가 감탄스럽다는 듯이 말했다.

"십자 저택이라는 이름의 유래를 알겠습니다. 이 건물을 누가 지었습니까?"

"할아버지예요."

가오리가 대답했다.

"멋진 건물입니다."

그는 다시 한 번 복도를 둘러보고서 말했다.

"정말 훌륭한 건물이에요."

그리고 고조는 발코니로 나가 꽤 오래도록 뒷마당을 내려다보았다. 그동안 미즈호는 복도에서 기다렸다.

"참 묘한 사람이네."

가오리가 그렇게 속삭이자 미즈호도 "그래, 참 묘한 사람이지."라고 똑같은 말을 반복했다.

그녀들의 목소리가 들렸는지 가까이에서 방문이 열리면서 시즈카가 얼굴을 내밀었다.

"이런 데서 뭘 하고 있는 게냐?"

시즈카가 의아하다는 표정으로 물었다.

그때 고조가 그녀들 쪽으로 다가와 "죄송합니다."라고 사과했다.

"건물에 관심이 있어서 잠시 안내를 받고 있는 중이었습니다."

"그래요."

시즈카는 딱히 의심하는 기색 없이 고개를 끄덕이더니 미즈호와 가오리 쪽을 향해 "차나 마실까 싶어 물을 끓이고 있는데 너희들도 마시련?" 하고 물었다. 미즈호는 가오리와 얼굴을 마주 보고는 "네." 하며 고개를 끄덕였다.

"좋은 차가 있어. 그쪽도 오세요."

시즈카의 말에 고조는 몸 둘 바를 모르겠다는 표정으로 방에 들어갔다.

녹차의 맛은 과연 더할 나위 없이 좋았지만 그 자리의 분위기는 무겁고 답답했다. 시즈카가 일본차와 기모노에 대해 얘기를 하고 가오리와 미즈호가 적당히 대꾸하는 정도였다. 아오에에 관한 얘기는 아무도 입에 올리지 않았다.

고조는 그녀들의 대화에는 별 관심이 없는지 오래도록 거대한 초상화만 바라보고 있었다. 그리고 그녀들의 대화가 잠시 끊긴 틈을 타 이건 누구의 초상화냐고 물었다. 시즈카가 자신의 남편이며 유언에 따라 제작한 것이라고 대답했다.

"당신의 초상화를 이렇게 방에 걸어 두라는 유언을 남기셨나요?"

"아니, 그런 건 아니지만……."

시즈카는 이 그림이 어떤 경로로 이곳에 걸리게 되었는지 인형사에게 설명했다.

"호오, 그렇군요."

고조는 몇 번이나 고개를 끄덕이더니 다시 그림으로 시선을 돌렸다.

"크기가 참 엄청나군요. 유언에 이런 크기로 하라는 지시도 있었습니까?"

"그렇지는 않아요. 유언에는 최대한 크게 하라는 내용밖에……. 나머지는 전부 무네히코 사장이 알아서 한 거예요."

"그렇군요. 야, 정말 대단합니다."

고조는 몇 번이나 감탄사를 내뱉었다.

화장실에 가는 척하면서 시즈카의 방에서 나온 미즈호는 몰래 아오에의 방에 들어갔다. 예의 퍼즐 책을 찾기 위해서였다. 남자 방치고는 깨끗하게 정리되어 있었다. 그리고 책꽂이에는 책이 몇백 권이나 꽂혀 있었다.

퍼즐 책은 책상 위 조그만 책꽂이에서 발견했다. '세계 퍼즐 입문'이라는 제목이었다. 미즈호는 그 책을 스웨터 속에 숨겼다.

3

아오에 살인 사건이 있은 지 나흘이 지났다. 형사들이 현장 주변을 샅샅이 조사하고 있는데, 아직 이렇다 할 단서는 찾지 못한 것 같았다. 잡목림 속에 있는 산책로라 근처에 집도 없고 목격자는 물론 수상한 소리를 들었다는 증언조차 없는 듯했다.

야마기시 형사는 하루가 멀다 하고 십자 저택을 찾아왔다. 그는 여전히 무네히코와 미타 리에코 살인 사건과 이번 사건을 관련지어 다루고 있는 듯했다. '아오에는 다케미야가에서 벌어진 살인 사건에 대해 뭔가를 알아냈고, 그것을 눈치챈 범인에게 살해당한 것 같다'는 것이 야마기시의 추리였다.

"대체 아오에 씨는 무엇을 알았고 어떻게 알 수 있었을까요? 그 사람에게 자신이 알고 있는 것을 뒷받침해 줄 증거가 있었을까요? 만약 그것이 물적 증거였다면, 지금은 어디에 있는 걸까요?"

미즈호와 가오리를 마주하고 소파에 앉은 야마기시는 주먹을 휘두르면서 의문 사항을 늘어놓았다. 관자놀이에서 핏줄이 붉끈거렸다.

"현재 그런 점들을 중심으로 수사를 진행하고 있습니다."

목소리에 힘을 빼고서 그가 그렇게 매듭지었다.

"그런데 아직 아무것도 안 나왔다는 말이죠?"

가오리가 다소 냉담하게 말했다.

"앞으로가 문제죠, 앞으로가."

야마기시는 침착하게 대답했다.

"형사님은 우리 중에서 범인이 나왔으면 하시나 봐요."

"여러분을 의심하고 있다는 건 부정할 수 없군요. 안타깝지만."

"돈을 훔쳐 갔다면서요. 그렇다면 강도의 짓 아니겠어요?"

"그럴 가능성이 있다는 것도 부정할 수 없죠. 그래서 그 방향으로도 조사를 하고 있습니다."

"괴에로 인형 건은 어떻게 됐어요? 뭐, 알아낸 게 있나요?"

미즈호가 그렇게 묻자 야마기시는 얼굴을 찡그렸다.

"여러 가지로 조사를 해 봤는데, 관계가 드러나질 않아요. 사건과의 관계라고 해야 무네히코 씨 살해 현장에 그 인형이 있었다는 것 정도죠. 그 고조라는 인형사에게도 물어봤는데, 뚱딴지같은 소리밖에 안 하더군요."

고조의 오컬트적인 얘기에 당황하는 현실주의자의 모습이 미즈호의 눈앞에 어른거렸다.

"그 사람은 대체 뭐하는 사람일까요?"

가오리의 이 질문은 미즈호를 향한 것이었지만 대답은 야마기시가 했다.

"우리가 조사해 본 바로는 그래도 이름 있는 인형사더군요. 가게도 있는데, 사촌 형과 같이 하고 있는 모양입니다. 그렇게 보여도 일류 대학 이학부에 다녔던 엘리트예요."

"이학부?"

미즈호는 깜짝 놀랐다.

"단, 3년을 다니다 중퇴했습니다. 소위 괴짜예요, 괴짜. 인형의 징크스가 어쩌고저쩌고하는데, 순전히 엉터리는 아닌 것 같아요. 이런 사건에 몇 번이나 연루되었다고 합니다. 어쩌면 그 자신이 재앙을 부르는 것인지도 모르죠."

그리고 야마기시는 입을 쩍 벌리고 웃었다.

미즈호는 다음 고조와 만날 날을 기대하고 있었다. 예의 퍼즐 책을 그에게 건네주었기 때문이다. 아오에가 그 책의 어

디에 관심을 가졌고 무엇을 발견했는지 그에게 알아보도록
한 셈이다.

"그 사람도 용의자인가요?"

가오리가 물었다.

"다소 의심이 가는 존재이기는 하지만 우리가 조사한 바로
는 아오에 씨와 아무런 관련성이 없으니 무관한 인물이라 여
겨도 별문제 없지 않을까 싶습니다. 게다가 그는 미즈호 씨
와 줄곧 같이 있었고 말이죠."

그리고 야마기시는 피에로 인형을 비롯한 아오에의 물건을
오늘 중으로 반환하겠다고 말했다.

"그 사람이 무관하다면 미즈호 언니도 무관하다는 얘기네
요. 그렇죠, 형사님?"

가오리의 말투가 약간 열기를 띠고 있었다.

"뭐, 그런 셈이죠. 알리바이도 있으니까."

"그리고 저도 용의선상에서 제외되겠죠? 이런 몸으로 사람
을 죽이지는 못할 테니까요."

가오리가 똑바로 쳐다보자 야마기시는 대답하기 난감하다
는 표정으로 헛기침을 했다.

"아마 그렇겠죠. 하지만 단언할 수는 없습니다. 가오리 씨
같은 사람이 나름 교묘한 술수를 쓸 수도 있으니까요."

야마기시가 그렇게 말하자 가오리가 환한 표정으로 미즈호

쪽을 보았다.

"들었어, 언니? 이 형사님, 의외로 친절하네. 지금까지 만난 사람들은 대부분 내가 아무 일도 못할 거라고 단정하고 나를 대했는데, 이분은 나의 가능성을 인정해 줬어."

"그렇게 칭찬해 주니 영광입니다. 심경은 다소 복잡하지만."

야마기시는 뒷머리를 긁적거렸다.

"맞아요. 우리에게는 우리 나름의 방법이 있어요. 두 다리가 멀쩡한 사람보다 훨씬 교묘한 방법이지요. 하지만 아쉽게도 저는 범인이 아니에요. 제게도 알리바이가 있으니까요. 2시 반에는 나가시마 씨와 같이 있었어요. 아오에 씨를 죽이고 2시 반까지 이 방으로 돌아오는 건 불가능하잖아요."

"그렇죠, 어렵겠죠. 아오에 씨가 살해당한 시간은 저택에서 나간 2시 20분에서 시신이 발견된 2시 30분 사이라고 추정되니까 말입니다."

"휠체어에 엔진이라도 달려 있다면 얘기는 달라지겠지만요."

그렇게 말하고서 가오리가 방긋 웃었다. 그 묘한 밝음이 미즈호는 신경에 거슬렸다.

야마기시가 돌아가고 나서 미즈호는 가오리를 방에다 데려다 준 후 시즈카의 방을 찾았다. 시즈카는 요즘 줄곧 건강 상태가 좋지 않았다. 식욕도 별로 없고 그 결과를 보여 주듯 턱

언저리의 살도 쭉 빠져 있었다. 미즈호가 방에 들어갔을 때 마침 식사한 것을 치우러 스즈에가 와 있었다.

"형사는 돌아갔나 보구나."

기운 없는 목소리로 시즈카가 말했다.

"네. 특별한 용건이 있는 건 아니었나 봐요."

"아오에 군 사건에 대해서는 뭔가 알아낸 게 있다던?"

"글쎄요, 있는지는 모르겠지만 저희에게는 말해 주지 않던 걸요."

"그래도 꽤 오래 얘기하는 것 같던데요."

그릇을 다 치운 스즈에가 잠시 손을 멈추고 끼어들었다. 미즈호와 가오리가 야마기시와 얘기하는 모습을 부엌 쪽에서 보고 있었던 모양이다.

"별다른 얘기는 없었어요. 형사들이 어떤 걸 조사하고 있나, 그런 얘기뿐이었죠."

의식적으로 가볍게 미즈호는 대답했다.

"그 형사는 여전히 아오에 군을 살해한 범인이 이 집 안에 있다고 생각하는지도 모르겠구나."

시즈카가 침울하게 중얼거렸다.

"글쎄요, 그것도……."

미즈호가 말끝을 흐리자 스즈에가 갑자기 강경한 말투로 얘기했다.

"말이 안 돼요. 그날은 제가 줄곧 1층에 있었기 때문에 잘 압니다. 아무도 그런 의심을 받아야 할 이유가 없어요."

"그래요?"

미즈호가 놀라며 물었다.

스즈에가 힘주어 고개를 끄덕였다.

"와카코 아가씨가 나가기 직전까지 아오에 씨는 거실에 있었어요. 아오에 씨가 나간 후에는 와카코 아가씨 외에 아무도 이 저택에서 나가지 않았고요. 미즈호 아가씨가 아오에 씨를 뒤쫓아 갔을 뿐이에요."

"그럼 경찰은 누군가가 나갔는데 스즈에 씨가 미처 못 봤다고 생각하는 거네요."

"하지만 다들 이 집에 분명히 있었어요."

스즈에가 그렇게 단언하자 미즈호도 더는 할 말이 없어졌다.

"이제 그만해요, 스즈에. 그보다 와카코에게 좀 오라고 전해 줘요."

"와카코 아가씨를요? 네, 알겠습니다."

시즈카의 지시에 스즈에는 전화를 걸러 내려갔다.

"와카코 이모에게 무슨 볼일이라도 있으세요?"

미즈호가 물었다.

"딱히 볼일이랄 것은 없다만……."

왠지 석연치 않은 말투였다.

잠시 후 젊은 형사가 아오에의 유품 일부와 피에로 인형을 들고 왔다. 단서가 되지 못한 모양이다.

　　불길한 인형이라는 시즈카의 말에 곧바로 고조에게 가져가라고 하기로 했다. 미즈호가 고조가 묵고 있는 호텔에 전화를 걸어 시즈카의 뜻을 전했다. 그는 지금 바로 오겠노라고 대답했다.

　　"난항을 겪고 있는 것 같군요."

　　현관에 들어서자 고조가 그렇게 운을 뗐다. 경찰 수사에 대한 이야기인 듯했다.

　　"관계자 전원의 알리바이가 철벽같다고 들었습니다."

　　"어떻게, 잘 아시네요."

　　"인형에 대해 조사하고 있는 담당 형사와 친해져서 말이죠. 얘기 도중에 슬쩍 가르쳐 주더군요."

　　"어떤 얘기였는지 저도 듣고 싶은데요."

　　주위를 살피면서 미즈호가 소리 죽여 말했다.

　　"다른 사람들의 구체적인 알리바이가 어떻게 되는지 잘 모르겠어요. 그렇다고 꼬치꼬치 캐물을 수도 없고요."

　　"그렇겠죠. 어디 조용히 얘기할 만한 장소가 있을까요?"

　　"제 방으로 가시죠."

　　고조를 자신의 방으로 데리고 간 미즈호는 바깥 상황을 살핀 후 문을 닫았다. 왠지 가오리를 배신하기라도 하는 것처럼 꺼림칙한 기분이 들었다. 가오리의 방에서 클래식 음악 소리가 들렸다. 아마 또 FM 라디오를 듣고 있는 모양이었다.

"전에 빌려 드린 퍼즐 책에서는 뭘 좀 알아내셨나요?"

의자를 권하면서 미즈호는 그 말부터 꺼냈다.

"아, 그 책 말인가요?"

고조가 의자에 앉았다.

"아니, 딱히 뭘 알았다고 할 정도는 아닙니다만, 그 책을 가오리 씨가 갖고 있었다고 했죠? 그런데 미즈호 씨에게 빌려주려던 걸 그 자리에 있던 아오에 씨가 먼저 빌리게 되었다고요."

"네, 그래요. 그게 왜요?"

"아닙니다. 그냥 확인하고 싶었어요. 그럼 알리바이부터 시작할까요?"

고조가 조그만 노트를 꺼냈다. 미즈호가 무슨 노트냐고 묻자 간단한 스케치를 하기 위해 늘 갖고 다니는 것이라고 했다. 그리고 거기에 사건 관계자들의 알리바이가 기록되어 있다고 했다.

"우선 사모님인데요."

시즈카의 알리바이부터 이야기하기 시작했다.

"오후에는 줄곧 방에 계셨던 것 같습니다. 그리고 1시 반부터 나가시마 씨가 머리를 잘라 드렸다고 하고요. 그사이에 가정부가 방에 한 번 왔었습니다."

"머리는 몇 시부터 잘랐는데요?"

"사모님의 진술로는 2시 25분경에 끝났다고 합니다. 나가시마 씨가 나갔을 때 시계를 보셨다네요. 그 후 사건이 발생하고 소동이 벌어질 때까지 쭉 방에 혼자 계셨답니다."

"나가시마 씨는 뭐라고 했대요?"

"아, 그게 말이죠."

고조가 노트를 보았다.

"사모님 방에 있긴 했는데 시각이 분명하지 않다고 했답니다. 그 후에 화장실에 갔다가 가오리 씨의 방에 갔다고 해요."

"그 시각은?"

"2시 30분요."

고조가 즉시 대답했다.

"다만, 이 이야기는 나가시마 씨의 진술이 아니라 가오리 씨에게 들은 내용인가 봐요. 나가시마 씨는 정확하게 기억하지 못한다고 했답니다. 며칠 전에도 그렇게 말했던 것 같은데."

미즈호는 그때 상황을 떠올렸다. 누구든 정확한 시간까지 신경 쓰면서 생활하지 않는다, 가오리는 그렇게 나가시마를 두둔했다.

"그런데 가오리는 정확하게 기억하고 있었나 보죠. 어떻게 그럴 수 있었을까요?"

"FM 라디오를 듣고 있는데 나가시마 씨가 들어왔고, 그때 마침 디스크자키가 시간을 말했다네요. 그 직후에 틀어 준 곡의 제목도 기억하고 있었는데, 경찰이 확인해 본 결과 틀림없었답니다."

"그러면 가오리는 그 이후로 내내 나가시마 씨와 같이 있었겠네요?"

그렇습니다, 하고 고조가 고개를 끄덕였다.

"이모 부부는 어때요? 대충은 들었지만."

"곤도 가쓰유키 씨는 오전에 회사에 갔다가 오후 1시에 나왔습니다. 이 집에 도착한 시간이 2시 15분경이고, 20분에 와카코 씨를 데리고 출발했어요. 자택에 도착한 시간은 오후 3시. 이 시간은 이웃 주부의 증언이 있었으니 확실합니다."

"그럼 이모는요?"

"가쓰유키 씨가 데리러 올 때까지 방에 있었어요. 옷을 갈아입고 화장을 했답니다."

이모 부부에 대한 알리바이는 미즈호가 이미 알고 있는 것과 별 차이가 없었다.

"이제 스즈에 씨만 남았네요."

"네. 스즈에 씨의 진술을 정리하면 이렇습니다. 스즈에 씨는 줄곧 1층에 있었다고 진술했어요. 단, 2시 조금 전에 일이 있어서 잠시 사모님 방에 갔답니다. 이 부분은 사모님과 나가시마 씨의 진술과 일치합니다. 2시 조금 지나서 아오에 씨가 내려와 학교에 갈 준비를 시작했다고 하는군요. 그리고 아오에 씨가 어디론가 전화를 건 후 피에로 인형을 가방에 넣는 것을 목격했고요. 2시 15분쯤 가쓰유키 씨가 왔고, 가쓰유키 씨는 집 앞 주차장에 차를 세우고 차 안에서 부인을 기다렸다고 합니다."

"그럼 이모부는 집 안에는 들어오지 않은 건가요?"

"그런 것 같습니다. 인터폰으로 스즈에 씨에게 자신이 왔다는 것을 알렸다고 합니다. 그래서 스즈에 씨는 와카코 부인의 방에 전하러 갔고요. 부인은 부엌에서 물을 한 잔 마시고 밖으로 나갔는데, 부인이 나가기 조금 전에 아오에 씨가 나갔다는군요. 차 안에 있던 가쓰유키 씨가 산책로 쪽으로 가는 아오에 씨를 목격했어요. 그 후에 부인을 태우고 집에 돌아갔습니다."

"그 시간이 2시 20분쯤이란 말이죠?"

"그렇죠. 그다음으로 우리가 들어온 것도 스즈에 씨는 진술했어요. 2시 25~26분쯤이겠죠."

"그러고 나서는 사건이 터지고 집 안이 시끄러워질 때까지 아무와도 얼굴을 마주치지 않았나요?"

"아, 그렇지는 않아요. 우리가 나간 직후에 화장실에서 나온 나가시마 씨와 몇 마디 얘기를 나눴다고 합니다. 그리고 나가시마 씨는 가오리 씨의 방에 갔고요."

"네에……."

과연 전원의 알리바이가 성립한다는 것을 미즈호는 확인했다. 아오에가 살해된 현장까지의 거리를 생각하면 범행 추정 시간을 포함해서 최소 20분은 저택에 없었어야 한다. 그런데 거기에 해당하는 사람이 전혀 없다.

"그렇다면 역시 아오에 씨는 지나가는 강도에게 습격을 당한 걸까요?"

부푸는 기대감을 억누르면서 미즈호는 말했다. 가까운 사람들을 의심하고 싶지 않은 게 솔직한 심정이었다.

"글쎄요, 알리바이를 깨뜨리지 않는 한 그런 결론을 내릴 수밖에 없겠지요."

"알리바이를 깨뜨려요?"

그 말투가 미즈호의 신경을 건드렸다. 고조는 노트를 덮고서 손가락으로 테이블을 톡톡 두드렸다.

"실은 굉장히 마음에 걸리는 점이 있습니다."

그는 결심한 듯 말을 꺼냈다.

"방금도 말씀드렸지만, 다들 알리바이는 성립합니다. 그런데 타이밍이 아주 절묘하단 말이죠. 질서 정연하게 짜인 거미집처럼 말이에요. 각자의 진술에는 지극히 세세한 숫자가 등장하는데, 그중 어느 하나라도 애매하면 거미집은 뒤죽박죽 무너지고 맙니다."

"요컨대,"

미즈호가 입술을 핥았다.

"모두가 거짓말을 하고 있다는 건가요?"

"모두……라고는 할 수 없죠."

고조가 고개를 저었다.

"범인과, 그리고 또 한 사람이 거짓말을 하고 있는지도 모르겠습니다."

"또 한 사람이라니…… 공범인가요?"

"그건 모르겠습니다. 뭔가 이유가 있어서 범인을 비호하는지도 모르죠. 가까운 사람이 범인이라면 비호할 이유는 충분하니까요."

미즈호는 말문이 막혔다. 반론할 거리가 떠오르지 않았다.

"야마기시 형사는 피에로에 대해 뭐라고 하던가요?"

고조가 말투를 바꿔 밝게 물었다.

"아무런 단서가 되지 못했나 봐요."

미즈호는 그렇게 대답했다.

"그렇군요. 자, 그럼 이 인형은 제가 가져가도록 하겠습니다."

시즈카는 금액은 얼마가 되든 상관없으니 이서 가져가라고 했지만 고조는 요리코가 구입했던 당시의 가격을 정확하게 조사해 거기에 약간의 금액을 얹은 봉투를 준비해 왔다.

"이런 일은 정확하게 처리하는 것이 좋습니다."

인형을 손에 든 고조는 우선 앞면을 살펴보고 나서 세세한 부분을 점검하듯이 보았다. 그리고 마지막으로 다시 한 번 앞에서 바라보고는 이제 됐다는 듯 고개를 끄덕였다.

"이제야 안심이 되네요."

"네, 정말 다행입니다. 이제 징크스 때문에 고민할 일도 없겠죠."

"전 미신 같은 건 절대 안 믿는 사람이지만 이 인형의 징크스는 무섭네요. 요리코 이모에서 아오에 씨까지 잇달아 불행한 죽음을 맞았으니까요."

"불길한 인형입니다."

그렇게 말하고서 고조는 또 피에로 인형의 그 음울한 얼굴을 내려다보았다.

"이모부가 왜 그날따라 이 피에로 인형을 거기에 놓아두었는지 아직도 모르겠어요. 그 전까지는 지금처럼 '소년과 망아지' 인형이 놓여 있었던 것 같은데."

미즈호가 그렇게 말하자 고조는 먼 곳을 바라보듯 잠시 시선을 위로 향했다가 다시 미즈호의 얼굴을 보았다.

"잘은 모르겠지만, 그 장소에 '소년과 망아지'보다 이 피에로 인형이 어울린다고 생각했겠죠."

"하긴 그럴지도 모르겠네요. 취향이 워낙 별난 분이었으니까요. 할아버지 초상화를 복도 모퉁이에 걸라고 한 사람도 그 이모부래요."

"호오……"

고조의 시선이 허공의 어중간한 위치에 멈추었다.

"왜 그러시죠?"

미즈호가 물었지만 고조는 아무 반응이 없었다. 몇 초가 지나서야 그는 다시 피에로를 내려다보았다. 그리고 갑자기 눈을 부릅떴다.

"왜요?"

그녀가 재차 물었다. 이번에는 고조가 얼굴을 들었다.

"사모님, 댁에 계시죠?"

매우 침착하고 가라앉은 목소리였다.

"네, 방에……"

"그럼 인사를 하고 오겠습니다. 이대로 말없이 인형만 가지고 가는 것은 실례가 될 테니까요."

고조가 인형을 들고 일어섰다. 미즈호도 자리에서 일어서려는데 그가 손을 들어 제지했다.

"괜찮습니다, 잠시 인사만 드리고 올 거니까요."

"그래요······."

그리고 그는 곧바로 계단을 올라갔다.

피에로의 눈 ——

나를 한 손에 들고 계단을 올라간 고조는 장식장의 '소년과 망아지' 옆에 나를 내려놓았다. 그리고 조심스러운 걸음으로 남쪽 발코니까지 걸어가 거기서 내 쪽을 보았다.

잠시 그렇게 있다가 그는 복도의 중앙, 그러니까 두 복도가 교차하는 부분까지 돌아가 그곳에 쭈그리고 앉았다. 그가 뭘 하는 건지 도무지 알 수 없었다.

그리고는 일어선 그가 알 수 없는 표정을 지었다. 그리고 나를 거기에 놓아둔 채 노부인의 방문을 노크했다. 안에서 대답이 있자 그는 문을 열고 들어갔다.

고조는 대체 무슨 생각을 한 것일까. 하얀 네글리제를 입은 여자가 자살한 사건에 무슨 비밀이라도 있는 것일까? 그리고 그는 미즈호라는 젊은 여자가 한 말의 무엇에 그렇게 충격을 받았을까.

무엇보다, 고조는 왜 나를 이런 곳에 놓아두었을까. 이런 곳에 놓아둔다고 무슨 의미가 있는 것도 아닐 텐데.

아니면, 내가 모르는 어떤 의미가 있다는 것인가?

잘 모르겠다.

그러나 이상한 저택이고 이상한 일족이다. 그들의 행동 무엇 하나도 나는 이해할 수 없다. 나뿐이 아니라 그 누구라도 아마 이해하지 못할 것이다.

애당초 그들은 왜 이곳에 모였을까. 그들은 무엇을 바라고, 무엇을 하려 했던 것일까.

고조가 방에서 나왔다. 그의 이마가 조금 전보다 약간 붉어진 것 같았다. 그가 뭔가 강렬한 생각에 사로잡힐 때 이마가 붉어진다는 것을 나는 알고 있다.

고조가 걸음을 멈추고 나를 본 후, 몇 걸음 더 걸어가 복도 한가운데 섰다. 그리고 다시 내 앞으로 돌아왔다.

"그런 거였군."

그가 마치 깊은 한숨을 쉬듯이 중얼거렸다.

그런 거였군? 뭐가 그런 거였다는 것일까. 나를 이런 장식장에 올려놓고 고조는 뭘 그렇게 만족하고 있는 것일까.

하지만 그에게는 내 목소리가 들리지 않는다. 그는 천천히 고개를 끄덕이더니 나를 집어 들었다.

그의 손이 무척 뜨거웠다.

6장

초상화

1

그날 밤 미즈호는 침대에 들어가서도 좀처럼 잠을 이루지 못했다. 고조의 얘기를 들은 후부터 흥분을 가라앉힐 수 없었다. 거미집처럼 질서 정연한 알리바이 얘기를 들은 탓이다.

그리고 돌아갈 때 그의 모습.

시즈카에게 인사하고 왔다는 고조의 모습은 2층으로 올라가기 전과는 확연하게 달랐다. 그가 그토록 험악한 표정을 짓는 것을 미즈호는 지금까지 본 적이 없었다. 그는 대체 2층에서, 시즈카의 방에서 뭘 했던 것일까?

"아오에 씨의 전화 말인데요."

현관에서 고조를 배웅하는데 그가 구두를 신으면서 말했다.

"전화요? 아아……."

아오에가 나가기 전에 걸었다는 전화 얘기라는 것을 겨우 알아차렸다.

"대체 어디로 걸었을까요? 경찰에서는 아직 밝혀내지 못했다고 하는데."

"글쎄요……. 그런데 그 전화가 왜요?"

"전화를 어디다 걸었는지 굉장히 신경이 쓰이는군요."

그렇게 말하면서 고조는 그답지 않게 몹시 우울한 표정을 지었다.

고조가 돌아간 후 미즈호는 시즈카의 방으로 갔다. 그리고 인형사와 무슨 얘기를 나눴는지 넌지시 물어보았다.

"별 얘기 없었다. 그 사람, 아주 예의가 바르더구나."

"사건에 대해선 아무 말 안 했어요?"

"그래, 아무 말 없었어. 아무리 징크스가 있다 해도 그렇지, 이번 사건을 그 사람이나 그 인형 탓으로 돌릴 수는 없다. 그 사람은 이 방의 장식품에 관심이 있나 보더구나. 꽤나 열심히 관찰하더라."

"장식품……."

미즈호는 사방을 둘러보았다. 돌아가신 할아버지 고이치로가 수집한 골동품이 가지런히 놓여 있었다. 북유럽에서 입수했다는 활, 에도 시대 것이라는 회중시계 등. 그리고 벽 쪽에는 고이치로의 거대한 초상화가 걸려 있다.

고조는 이 방에서 뭘 알아낸 것일까. 그리고 그것은 아오에가 도달한 결론과 일치하는 것이었을까.

'그렇다.'

미즈호는 이불을 부여잡았다. 아오에는 진상에 가까운 부분까지 다가섰던 것이다. 틀림없다. 그리고 그 점을 두려워한

진범이 그의 추리를 중단시키기 위해 그를 습격한 것이다.

미즈호는 아오에와 마지막 나눈 대화를 떠올렸다. 그때 그는 이렇게 말했다. 무네히코는 마쓰자키에게 살해당한 것이 아니라 살해당한 척했을 뿐이라고. 그런데 그게 다가 아니라는 말도 했다. 거기까지를 1막이라고 한다면 2막, 3막이 있을 거라고.

아오에는 그 가슴에 대체 어떤 비밀을 묻고 간 것일까. 미즈호는 잠이 싹 달아난 머리로 생각해 보았다. 몸이 유난히 뜨겁게 느껴지는 것은 난방 탓만은 아닌 듯했다.

2막, 3막…… 그러고 보니 아오에가 연극에 비유해서 무슨 말인가 한 것 같은데……. 그래, '우리가 본 것은 대부분 교묘하게 조작된 연극이었다', 그러고서 또 무슨 말인가 했었다.

미즈호는 몇 번이나 몸을 뒤척였다. 머릿속 어딘가에 그 말이 있기는 한데 잘 떠오르지 않았다.

연극을 연상해 본다. 무대, 시나리오, 대사, 연기, 배역, 배우…….

'배우?'

맞아, 하고 그녀는 침대 속에서 고개를 끄덕거렸다. 그는 '상상치도 못한 배우가 뜻밖의 배역을 맡은 것 같아요.'라고 말했다.

그는 왜 그런 말을 했을까? 단순히 사건의 복잡함을 강조하기 위해서 그런 비유를 사용한 것인가, 아니면…….

'아니면?'

미즈호가 침대에서 몸을 일으켰다. 방 안은 캄캄하다. 그녀가 어둠 속의 무언가를 응시했다.

그녀는 이불 속에서 나와 가운을 걸치고 불을 켰다. 빛에 익지 않은 눈을 손바닥으로 가리며 가방에서 노트를 꺼냈다. 거기에는 아오에가 살해당한 시간에 해당하는 사람들의 알리바이가 적혀 있었다.

미즈호는 고조가 거미집이라고 표현한 각자의 알리바이를 하나하나 짚어 보았다. 몸이 뜨거워지고 맥박이 빨라지는 것을 스스로도 느낄 수 있었다.

이번 사건에 대해 미즈호는 높은 벽이 존재한다고 느끼고 있었다. 그 벽을 넘지 않고는 진상에 도달할 수 없다.

출구가 없다고 여겼던 벽에 희미하게 균열이 있다는 것이 느껴졌다. 그 균열이 조금씩 벌어져 틈새가 커지면 그 너머로 갈 수 있을 것이다.

하기야 그 너머로 가는 것이 좋은 일인지 나쁜 일인지는 알 수 없다.

벽 너머에 더욱 깊은 슬픔이 존재할 것을 미즈호는 예감했다.

2

이튿날 아침.

노크 소리가 들려 대답하자 문이 열리면서 휠체어를 탄 가오리가 들어왔다. 그녀는 침대 위에 놓인 여행 가방이 열려 있는 것을 보고 인상을 쓰며 다그치듯이 물었다.

"언니, 집에 가는 거야?"

"응. 언제까지고 이렇게 신세를 질 수는 없잖아."

태연한 척하려 했지만 목소리가 자신의 귀에도 부자연스럽게 들렸다. 그래서 일부러 가오리 쪽을 외면하고 여행 가방에 옷을 담는 일에 몰두했다.

집에 가자고 결심한 것은 새벽이 다 되어서였다. 어젯밤 미즈호는 마침내 사건의 핵심을 밝혀내는 데 성공했다. 하지만 그 대가로 잠 못 드는 밤을 지내야만 했다. 머리는 몽롱한데 날카롭게 깨어 있는 의식이 몸을 잠들지 못하게 한 것이다.

집에 가자. 몽롱한 머리로 그녀는 결심했다. 진상을 파악한 이상 이대로 여기 있기는 불가능하다.

그리고 아침에 눈을 뜨자마자 준비를 시작했다. 그런 때에 가오리가 들어온 것이다.

"좀 더 있겠다고 약속했잖아. 최소한 경찰이 드나들지 않을 때까지는."

가오리의 날선 시선이 옆얼굴에 쏟아지는 것을 느꼈다. 쉬지 않고 옷을 정리하면서 그녀는 말했다.

"이제 얼마 안 남았어."

"얼마 안 남았다고?"

"그래. 조금 있으면 그렇게 될 거야, 분명히. 경찰도 오지 않고, 사람들도 사건을 잊게 되겠지."

"그걸 어떻게 알아?"

가오리의 목소리가 낮게 가라앉은 것처럼 들렸다.

"그냥."

미즈호는 대답했다. 그리고 가오리가 또 무언가 물으면 이번에는 대답하지 말고 잠자코 있자고 다짐했다.

하지만 그 다짐은 소용없는 것이 되고 말았다. 잠시 말이 없던 가오리가 그대로 방을 나가 버린 것이다. 끼익 끼익, 휠체어 타이어가 굴러가는 소리만 언제까지나 방 안에 남아 있었다.

대충 정리가 끝나자 미즈호는 1층으로 내려갔다. 스즈에가 평소대로 아침 식사를 준비하고 있었다. 자신보다 그녀 쪽이 이 집에 훨씬 자연스럽게 녹아 있다, 수프의 맛을 보는 그녀를 보면서 미즈호는 그렇게 생각했다. 스즈에는 마치 이 부엌의 일부 같다. 동화되어 있는 것이다.

음식 만들기에 열중하고 있었기 때문인지 바로 옆에 서 있는 미즈호를 알아보고서 스즈에가 깜짝 놀란 표정을 지었다.

"잘 잤어요? 어젯밤에는 푹 잤는지 모르겠네요."

웃는 얼굴로 스즈에가 그렇게 물었다. 미즈호는 "네, 푹 잤어요."라고 대답했다.

스즈에는 빙그레 웃고는 자신의 일로 돌아갔다. 하지만 미즈호는 그 자리에 선 채로 그녀의 움직임을 눈으로 좇고 있었다. 마침내 그녀의 시선을 느낀 스즈에가 일을 하다 말고 의아하다는 표정을 지었다.

"왜요, 무슨 일 있어요?"

그녀가 불안한 목소리로 물었다.

"단추 말이에요, 이모부의 잠옷 단추요. 그게 어디에 떨어져 있었어요?"

처음부터 미즈호는 그렇게 말을 꺼내기로 작심하고 있었다. 좀 더 빨리 그 점에 대해서 추궁했어야 했다. 지금은 이미 늦었다. 하지만 이대로 잠자코 있을 수는 없다.

"단추?"

웃고 있던 스즈에의 얼굴이 살짝 일그러진 듯했다. 그것을 보고서 미즈호는 자신이 도달한 결론이 틀림없다는 것을 확신했다.

"그래요, 단추."

그녀가 다시 한 번 말했다.

"이모부의 시신 옆에 떨어져 있었다는 말은 듣고 싶지 않아요. 제가 봤거든요. 그날 밤 2층 장식장 위에 그 단추가 있는 것을. 단추가 발이 있어서 움직였을 리는 없죠."

스즈에의 가슴이 크게 오르내렸다. 뭐라고 해명하면 좋을지 궁리하는 듯했다. 그 여지를 없애기 위해 미즈호는 다시 말했다.

"스즈에 씨가 2층 장식장에서 그 단추를 보고 뒷마당에다 버린 건 아니죠? 스즈에 씨 외에 또 한 사람, 외부 사람의 범행으로 보이기 위한 위장에 참여한 사람이 있었을 텐데요."

"아니에요. 그건 저 혼자서……."

"괜찮아요."

미즈호는 나직하게 말했다.

"이미 다 알고 있으니까요. 그 사람이 장식장 위에 있는 단추를 뒷마당에 버렸을 거예요. 그런데 이상한 점이 있어요. 그 사람은 그게 이모부의 잠옷 단추라는 걸 어떻게 알았을까요?"

스즈에의 입술이 파르르 떨렸다.

"스즈에 씨는 우리 중에 범인이 있다는 걸 감추기 위해서 여러 가지 위장을 했어요. 그렇죠?"

천천히 단어를 골라 가며 미즈호는 말했다. 스즈에가 등을 약간 폈다.

"그런데 사실은 범인이 내부에 있다는 것뿐만 아니라 마쓰자키 아저씨가 범인이라는 것도 알고 있지 않았나요?"

스즈에가 눈을 내리깔았다. 그녀의 옆에 있는 냄비 하나에서 김이 오르기 시작했다. 그녀가 팔을 쭉 뻗어 불을 줄였다.

"동시에,"

미즈호는 입술을 핥았다. 입안이 바짝 말라 있었다.

"마쓰자키 아저씨가 범인이 아니라는 것도 알고 있지 않았나요?"

스즈에의 표정에는 변화가 없었다. 앞치마에 두 손을 모으고 비스듬히 아래를 내려다보고 있을 뿐이었다. 호흡도 전혀 흐트러져 보이지 않았다.

"무슨 말이 하고 싶은 거죠?"

그녀가 물었다. 낮고 태연한 목소리였지만 거기에는 상대방이 움찔할 정도의 무언가가 담겨 있었다.

"마쓰자키 아저씨는 큰이모부를 죽이지 않았어요. 스즈에 씨와 또 한 사람은 처음부터 그걸 알고 있었고요. 그뿐이 아니죠. 진범이 누구인지도 알았을 거예요. 누가 큰이모부를 살해하고 마쓰자키 아저씨를 함정에 빠뜨리려 했는지."

"아가씨."

이번에는 낮지만 상당히 날카로운 말투였다. 미즈호는 그녀의 다음 말을 기다렸다.

하지만 그녀는 말을 잇지 않았다. 고개를 떨어뜨린 채 가로 저을 뿐이었다. 그리고 조리대로 몸을 돌리더니 다시 묵묵히 식사 준비를 시작했다. 단호한 거절을 온몸으로 표현하는 듯했다.

"알겠어요."

미즈호는 한숨을 쉬고서 오른쪽으로 돌았다. 등 뒤로 들리는 스즈에의 칼질 소리는 조금도 흐트러짐이 없었다.

암울한 기분으로 미즈호는 계단을 올라갔다. 아무 대답도 하지 않았지만 스즈에의 그 결연한 태도가 모든 것을 말해주고 있었다.

"안녕히……."

자신도 모르게 그 말이 입에서 흘러나왔다.

피에로의 눈 ─

나는 호텔의 좁은 방에 있다. 말이 호텔이지 낡고 너저분한 곳이다. 창밖으로는 회색 공장과 어느 주택의 기와지붕, 그집 빨랫줄에서 흔들리는 빨래가 보일 뿐이다.

나는 이 방에 온 후로 줄곧 고조의 옆얼굴을 바라보고 있었다.

고조는 간이 책상 앞에 앉아 노트를 펼쳐 놓고 끝없이 생각에 골몰해 있다. 노트에는 연필로 도형이 그려져 있었다. 그 도형은 아무래도 십자 저택의 평면도인 듯했다. 십자 모양으로 만나는 복도와 방 배치 등이 표시되어 있다.

건물 그림뿐이 아니다. 어느 틈에 조사했는지 정원과 주차장의 위치 관계도 기입되어 있었다. 그림 옆에는 자잘한 글자로 뭐라고 쓰여 있다. 지금 고조는 각 항목별로 그런 글자를 쓰는 작업에 열중하고 있다.

책상 위에는 노트 외에 검은 표지의 낡은 책도 놓여 있었다. 그 책의 여백에도 그림이 그려져 있다. 그 그림 역시 십자 저택 모양과 흡사하다.

나는 그것들을 보면서 그날 밤 어떤 일이 벌어졌는지 완전히 이해할 수 있었다. 그날 밤이란 그 여자가 뛰어내려 자살했던 밤을 말한다. 그날 밤에도 나는 감쪽같이 속았던 것이다.

몇 시간 전까지 고조는 무네히코가 살해될 당시의 상황을 추리하고 있었다. 그가 펼쳐 놓은 노트의 바로 앞 페이지에는 그 오디오 룸의 평면도가 그려져 있고 그 옆에도 추리한 내용이 빼곡하게 적혀 있었다.

고조는 사건의 진상을 완벽하게 파악했다. 그렇게 단언해도 무방할 것이다. 내가 지금까지 이해할 수 없었던 일들, 각자의 말과 행동, 이 모든 것을 그의 추리로 설명할 수 있다.

이제 곧 끝난다. 모든 것이.

3

무거운 분위기에서 아침 식사가 끝났다. 미즈호는 가오리와 테이블에 마주 앉아 수프와 샐러드, 오믈렛과 프렌치토스트를 먹고 커피를 마셨다. 그동안 어느 쪽도 말이 없었다. 음식을 나르는 스즈에까지 아무 말이 없어 귀에 거슬리는 그릇 소리만 식당 안에 울렸다.

도중에 스즈에가 식사를 쟁반에 담아 시즈카의 방으로 올라갔다. 식사만 갖다 주는 것치고는 시간이 꽤 걸렸다. 하지만 미즈호는 그녀가 시즈카에게 무슨 보고를 했을지 충분히 상상이 갔다.

"다들 없어지네."

아침을 다 먹고 미즈호가 일어서려는데 가오리가 불쑥 중얼거렸다. 미즈호가 그녀의 얼굴을 내려다보았지만 가오리는 똑바로 앞만 본 채 말을 계속했다.

"두 달 전에는 다 있었어. 엄마도 아빠도. 할머니도 식사를 같이했고. 그런데 지금은 나 혼자야. 어쩌다 이렇게 되고 말았을까."

미즈호는 무슨 말이든 해 주고 싶었지만 적절한 말이 떠오르지 않았다. 어쩌다 이렇게 되었을까. 그 이유는 다들 알고 있을 것이다.

미즈호는 아무 말 없이 자리에서 일어섰다. 가오리도 더는
말이 없었다.

계단을 올라가 방으로 들어가려는데 찰칵, 문 열리는 소리
가 났다. 여느 때보다 더욱 하얀 시즈카의 얼굴이 나타났다.

"지금 잠깐 괜찮을까?"

그녀가 물었다. 미즈호는 그쪽으로 시선을 돌리고 미소 지
으며 고개를 끄덕였다.

"그럼 할미 방으로 좀 올래?"

"네."

미즈호는 곧장 시즈카의 방으로 갔다. 갑자기 가슴이 조여
드는 느낌이 들었다.

"집에 간다면서?"

미즈호가 문을 닫자 시즈카는 온화한 목소리로 말을 꺼냈
다. 딱히 나무라는 느낌도, 붙잡으려는 기색도 없었다.

"너무 오래 있었어요."

미즈호는 그렇게 대답해 보았다. 솔직한 기분이기도 했다.
시즈카는 충분히 이해한다는 듯이 몇 번이나 고개를 위아래
로 움직였다. 그리고 찻잔 두 개에 고루 찻잎을 덜고 포트에
담긴 뜨거운 물을 찻주전자에 따랐다.

"스즈에게 다 들었다."

그러나 시즈카는 그 내용에 대해서는 말하지 않았다.

"네가 여러 가지로 생각이 많다는 것은 알고 있었지만 할미가 생각하는 것보다 훨씬 깊게 파헤친 모양이더구나. 아마 몹시 괴로웠을 게야."

"네, 할머니."

미즈호는 감정이 밖으로 드러나지 않도록 애써 억누르며 대답했다.

"좀 힘들었어요. 그래서 처음에는 그 생각을 내내 회피하고 있었어요. 하지만 이제 그럴 수도 없게 되었어요."

시즈카는 두 손으로 찻잔을 쥐고서 입을 오므려 차를 마셨다. 그녀의 눈빛은 여전히 푸근했지만 어딘가 모르게 적막함이 감돌았다. 그녀의 얼굴에 새겨진 주름 하나하나도 그 눈빛과 같은 표정을 띠고 있었다.

"어떻게 할까 생각했단다."

시즈카가 말했다.

"이대로 미즈호 너를 보내도 상관은 없다만 여러 가지 오해를 풀지 못하고 있는 것도 좋지 않은 일이고……. 너 역시 훌훌 털어 버리고 싶겠지?"

"털어 버리고 싶다느니 그런 문제가 아니에요."

미즈호는 두 볼이 약간 뜨거워지는 것을 느꼈다.

"어떻게 말씀드려야 좋을지 저도 잘 모르겠어요. 하지만 이런 형태로 막을 내리는 것은 좋지 않다고 생각해요. 정말 부자연스럽고, 많은 것이 왜곡된 채로 남을 거예요. 하지만 그건 혹시 저의 곡해가 아닐까 하는 생각도 들어요. 제가 다케미야 가에서 소외된 듯한 느낌도 들고……, 잘 모르겠어요."

애기하는 도중에 미즈호는 머리카락을 만지작거리기도 하고 고개를 젓기도 했다. 사소한 혼란이 그녀를 흔들고 있었다.

"그래, 이제 됐다. 네가 괴로워할 일이 아니야."

보다 못한 시즈카가 말했다. 그리고 그녀는 미소 지었다.

"우리, 툭 털어놓고 다 애기하자. 네가 생각한 것, 그리고 이 할미가 생각한 것."

미즈호는 할머니의 얼굴을 똑바로 보았다. 시즈카는 천천히 시간을 들여 눈을 감으면서 고개를 끄덕거렸다.

"아오에 군과 애기를 나눴다지?"

그녀가 미즈호에게 물었다.

"아오에 씨 쪽이 먼저 사건의 진상을 파악했어요. 그는 그것을 가슴에 묻은 채, 아마 증거를 잡은 후에 애기하려 했겠지만, 그러지 못하고 그런 꼴을 당한 거예요."

시즈카가 또 차를 한 모금 마셨다.

"아오에 씨와 마지막으로 애기를 나눴던 날 밤에 그가 이런 말을 했어요. 마쓰자키 씨는 큰이모부를 살해하지 않았다고요. 본인은 살해한 줄 알고 있지만, 사실은 상대가 죽은 척했을 뿐이라고요."

시즈카는 놀라는 기색이 없었다. 이미 다 알고 있는 얘기를 들었기 때문일 것이다.

"그리고 또 이런 말도 했어요. 연극으로 치면 여기까지는 1막에 지나지 않는다고요. 사건의 진상에는 2막과 3막이 있고, 상상치도 못한 배우가 뜻하지 않은 배역을 맡았는지도 모르겠다고 했어요. 전 그가 한 말을 수도 없이 되뇌어 봤어요. 그가 하고 싶었던 말이 무언지를 말이에요. 그러다가 겨우 한 가지 결론에 도달할 수 있었죠."

미즈호는 거기까지 말하고서 심호흡을 한 번 한 뒤 시즈카를 보았다. 할머니의 표정에는 여전히 이렇다 할 변화가 없었다. 전에 미즈호는 음악과 그림에 대한 자신의 의견을 할머니에게 말한 적이 있는데, 그때의 표정과 조금도 다르지 않았다.

시즈카를 보면서 미즈호는 용기를 내어 다음 말을 꺼냈다.

"저는 마쓰자키 아저씨가 큰이모부를 살해했다고 생각했어요. 그런데 상대는 죽은 척했을 뿐이더군요. 그리고 그때의 속임수에는 한 가지 위장이 있었어요. 그건, 살해당한 척 한 사람이 무네히코 이모부가 아니었다는 거였죠. 모자를 푹 뒤집어쓰고 안경을 끼고 거기에 수염까지 붙이면 어둠 속에서 누구인지 식별하기 힘들겠죠. 제가 이렇게 생각하게 된 근거가 있어요. 마쓰자키 아저씨가 이모부를 살해했다고 한 시각이후에 이모부 방에 불이 켜지는 것을 봤거든요. 그때 이모부는 아직 살아 있었던 거예요. 그렇다면 마쓰자키 아저씨가 살해한 인물은 무네히코 이모부가 아닌 다른 인물이라는 뜻이 되죠. 다만 이 트릭에도 한계가 있었어요. 아무리 변장을 한다 해도 체격까지는 어떻게 할 수 없잖아요. 그러니 이모부로 변장할 수 있는 사람은 한정될 수밖에 없죠."

미즈호는 시즈카의 반응을 살피면서 말을 이었다.

"그러니까 그런 인물로는…… 나가시마 외에는 생각할 수 없어요."

이 대목에서 시즈카가 후우 하고 길게 숨을 내쉬었다. 그녀 나름으로 긴장하고 있었던 것일까. 그 긴 한숨은 긍정의 뜻으로 여겨졌다.

"나가시마 씨는 이모부로 변장하고 마쓰자키 아저씨에게 살해당한 척한 후, 실제로 이모부를 칼로 찔러 살해했어요. 그러면 그 범행을 마쓰자키 아저씨에게 덮어씌울 수 있으니까요. 그리고 미타 씨를 살해한 것은 예정에 없던 행동이 아니었을까요. 아무튼 그렇게 생각하면 모든 부분이 딱딱 들어맞아요. 그중 한 가지가 마쓰자키 아저씨가 범인이라는 결정적인 증거가 된 퍼즐이죠. 나가시마 씨는 지하실에 몰래 들어가서 떨어져 있던 퍼즐 조각을 상자에 다시 넣었다고 했죠. 그때 상자 뚜껑이 찢어지는 바람에 문제의 조각을 경찰이 발견하게 되었고요. 그리고 그 때문에 결국 마쓰자키 아저씨가 궁지에 몰렸죠. 그런데 생각해 보면 이상한 일이죠. 퍼즐 조각을 왜 굳이 상자에 돌려놓을 필요가 있었을까, 설령 '나폴레옹의 초상'의 조각 하나가 없어졌다 해도 그 일이 없었다면 경찰은 아마 모른 채 지나갔을 거예요. 그러니까 나가시마 씨는 주운 그 조각을 태워 없애든 버리든 하면 끝나는 문제였어요. 그렇다면 상자 뚜껑이 찢어져 있었던 것도 경찰이 알아채도록 일부러 그랬다고밖에 생각할 수 없죠. 그리고 또 있어요. 스즈에 씨는 이모부가 범인의 머리카락을 손에 쥐고 있었다고 했잖아요. 하지만 너무 완벽하지 않나요? 그 모든 게 마쓰자키 아저씨의 범행으로 위장하기 위한 트릭이었어요."

미즈호는 그 외에도 꼭 분명히 하고 싶은 것이 있었다.

"마쓰자키 아저씨를 범인으로 몰기 위한 트릭은 또 있어요. 마쓰자키 아저씨가 버린 장갑에 피를 묻혔죠. 하지만 그런 트릭을 전부 헛수고로 만든 사람이 바로 스즈에 씨였어요. 이모부가 손에 쥐고 있었다는 머리카락도 처리했고, 장갑은 문밖에 버리고 말이죠. 그런데 그런 위장을 스즈에 씨 혼자 한 게 아니었죠. 또 다른 한 사람, 즉 할머니가 그 위장에 참여했어요. 맞죠?"

시즈카는 아무 대답도 하지 않았다. 그저 멍하니 허공의 한 점을 바라보는 눈빛을 하고 있을 뿐이다. 그러다 마침내 시선을 아래로 내리고 희미하게 고개를 끄덕였다.

"그래, 맞다."

미즈호는 숨을 크게 들이쉬었다.

"하지만 할머니는 범인이 내부에 있다고 막연하게 판단해서 그런 게 아니었어요. 할머니는 그 시점에 이미 알고 계셨던 거죠. 진범이 나가시마 씨고, 그가 마쓰자키 아저씨에게 죄를 덮어씌우려 하고 있다는 것을요."

그때 처음으로 미즈호와 시즈카의 시선이 마주쳤다. 할머니의 눈을 보면서 그녀는 말을 계속했다.

"단추 말이에요. 그 단추도 나가시마 씨가 아마 다른 곳에 놓아두었을 거예요. 스즈에 씨는 시신 옆에 떨어져 있었다고 했지만, 그 단추가 계단 옆 장식장 위에 놓여 있었다는 걸 전 알고 있었어요. 그런데 이상하잖아요, 이모부의 잠옷 단추를 그런 곳에 놔두어 봐야 마쓰자키 아저씨를 범인으로 모는 트릭이 될 수 없을 텐데. 그렇다면 어떻게 된 것일까요. 대답은 하나, 나가시마 씨는 다른 장소, 그러니까 장식장 위가 아니라 마쓰자키 아저씨가 의심을 살 만한 곳에 단추를 놓아두었겠죠. 그걸 할머니가 주워서 장식장 위에 놓았던 거죠?"

단숨에 말을 쏟아 내고서 미즈호는 시즈카의 반응을 기다렸다. 거기까지의 추리에는 자신이 있었다. 몇 번이나 되짚으며 검토했기 때문이다.

"그래. 네 말이 다 맞다."

시즈카는 한숨을 쉬듯이 내뱉었다. 몹시 고통스럽게 들렸지만 표정에는 고통의 여운이 없었다.

"그날 밤에 화장실에 가려고 방문을 여니 나가시마가 계단을 올라오고 있더구나. 이런 시간에 웬일인가 싶어서 지켜보고 있었어. 그랬더니 그 사람이 자기 방과는 반대 방향으로 걸어가지 않겠니. 마쓰자키의 방이 있는 쪽이었지. 그래서 복도 모퉁이까지 나가서 살펴봤단다. 나가시마는 마쓰자키의 방 앞에 쪼그리고서 뭔가를 했어. 난 왠지 괜한 것을 본 듯한 기분에 내 방으로 돌아갔다. 그리고 시간이 한참 지나 다시 방에서 나왔어. 화장실에 다녀온 후 그 사람이 쪼그리고 앉았던 언저리를 살펴보았단다. 그랬더니……."

"그 단추가 있었던 거군요."

"그래."

시즈카가 고개를 끄덕였다.

역시 그런 거였군. 미즈호는 납득이 갔다. 만약 형사들이 마쓰자키의 방 앞에서 단추를 발견했다면 그가 용의자로 지목되는 것은 시간문제였을 것이다.

"하지만 그때는 아직 무슨 영문인지 전혀 몰랐다. 그 단추만 해도, 나가시마가 거기 놓아둔 것인지 분명치 않았어."

시즈카는 안타까운 일이라는 듯 말했다. 사건의 진상을 그때 알았더라면 달리 대처할 수도 있었을 것이란 의미일까.

"그래서 그때는 단추를 그냥 장식장 위에 놓아둔 거군요?"

"그래. 별다른 의미는 없었어."

그렇게 말하고서 시즈카는 맥없이 웃었다.

'아마 그 직후 방에서 나온 내가 장식장 위에 있는 단추를 보았겠지.'

미즈호는 그렇게 생각했다. 그때 시간이 조금만 어긋났어도 사건은 다르게 전개되었을 것이다.

"스즈에는 말이지, 지하실에서 시신을 발견하자 우선 내게 알렸어. 머리가 참 좋은 사람이야. 단박에 이 저택 안에 범인이 있다는 것을 알아차린 것 같더구나. 나도 지하실에 내려가서 상황을 확인한 후 스즈에와 의논했다. 어떻게 하면 외부 사람의 범행으로 위장할 수 있을까 하고. 그리고 둘이 머리를 짜서 여러 가지로 위장을 한 거였다. 그런데 내가 스즈에에게 숨긴 게 있었어. 그게 뭔지 너는 알겠니?"

"네, 알아요, 할머니."

미즈호는 분명하게 대답했다.

"그때 할머니는 이미 나가시마 씨가 범인이라는 것을 눈치채고 계셨죠?"

"그래, 그렇단다."

시즈카가 대답했다.

"아범의 잠옷에서 단추가 하나 없는 것을 보고서 그 단추와 똑같다는 것을 금방 알아보았지. 범인은 나가시마고, 그 사람이 마쓰자키에게 범행을 덮어씌우려 한다는 것을 나는 눈치챘어. 그런데 스즈에에게는 말하지 않았다. 그러니 그 단추의 위치를 옮긴 사람이 나라는 것을 스즈에는 몰랐어. 소동이 벌어지기 직전에 내가 발코니에서 던졌다."

'그런 거였구나.'

미즈호는 자신의 불찰을 그제야 깨달았다. 뒷문 바로 위에 발코니가 있다. 굳이 뒷문까지 나가지 않아도 거기서 던지면 그만인 일이다.

"그런데 야마기시 형사가 다그쳐 묻자 스즈에 씨는 단추도 자신이 버렸다고 대답했어요."

"그래서 현명하다는 거야. 내가 무슨 사정이 있어서 단추를 버렸을 거라고 생각한 모양이야. 그래서 자신이 버렸다고 대답해서 형사가 나를 추궁하지 못하게 한 것이지."

"그럼 마쓰자키 아저씨가 체포되었을 때도 스즈에 씨는 사건의 진상을 몰랐던 거네요."

"그래. 내가 뭔가 숨기고 있다는 것은 눈치챈 모양이다만."

"할머니는 마쓰자키 아저씨가 범인이 아니란 걸 알면서도 왜 그걸 경찰에 말하지 않았나요? 마쓰자키 아저씨보다 나가시마 씨를 지키고 싶었나요?"

그렇게 묻자 시즈카는 볼에 손을 대고 고개를 내저었다.

"그건 아니야. 물론 처음에는 나가시마를 보호하려고 했지. 그 사람이 죽인 상대가 그 두 사람이었으니 그리 미운 마음이 없었던 것도 사실이고."

오히려 그 두 사람은 죽어 마땅하다, 그런 심정이 시즈카의 말에 담겨 있는 듯했다.

"게다가…… 가오리도 있고."

시즈카는 마침내 용기를 낸다는 듯 말했다.

"가오리는 나가시마를 좋아했어. 그 사람이 옆에 있어서 그 아이가 얼마나 밝아졌는지 모른다. 그런데 그 사람이 자신의 아버지를 죽인 범인이라는 사실을 알면 그 아이는 평생 다시 일어서지 못할 정도로 깊은 상처를 받겠지. 사실은 말이야, 와카코에게는 진실을 다 말했단다. 그리고 고토에, 네 엄마에게도. 셋이 의논을 해서, 이대로 사건을 덮을 수 있다면 나가시마 일은 모른 척하기로 결정했단다."

그렇게 된 거로군. 미즈호는 장례식 날 엄마의 모습이 어딘가 모르게 어색했던 것도 이해가 갔다. 하지만…….

"그런데 마쓰자키가 체포되었을 때 생각이 달라졌어. 그토록 교활하게 사람을 옭아맨 나가시마가 끔찍하리만큼 무서워지더구나. 그런데도 가오리만 생각하면 모든 것을 폭로하자는 결심이 서지 않았어. 그래서 나는 나가시마가 제 발로 가오리 곁을 떠나 자수했으면 좋겠다고 생각하기 시작했다. 스즈에가 네 이모부의 잠옷 단추에 대해서 사실과 다른 진술을 했으니 그 사람은 자신의 범행을 누군가 알고 있다는 사실을 눈치챌 거라고 생각했어."

"눈치채기야 했겠죠."

미즈호가 말했다.

"그런데도 그 사람은 우리 앞에서 사라지지 않았고 자수도 하지 않았어요. 아니, 오히려 트릭을 간파한 아오에 씨까지 죽이고 말았죠."

아오에가 살아 있던 마지막 밤에 그와 거실에서 얘기를 나눌 때 계단 위에 누가 있는 듯한 기척을 느꼈는데 그 사람이 바로 나가시마였던 것이다.

"설마 그가 또 사람을 죽일 줄이야……. 정말이지 꿈에도 몰랐다."

그때의 충격이 되살아나는지 몹시 지친 목소리로 시즈카가 말했다.

"그런데 할머니는 또 그를 비호하는 진술을 했어요. 그와 함께 있었던 시간을 조금씩 다르게 말씀하셨잖아요. 그날 2시 25분쯤까지 방에 같이 있었다고 진술했지만 사실 나가시마 씨는 그 전에 방에서 나가지 않았나요?"

"그래. 아오에 군이 살해당했다는 연락을 받았을 때 난 그 사람 짓이라는 걸 금방 알았다. 내 방에서 나간 시간이 실제로는 2시 15분쯤이었으니 시간상으로 딱 떨어지지."

"시신이 그렇게 빨리 발견될 줄은 나가시마 씨도 몰랐을 테니 알리바이 공작 같은 것도 전혀 못 했겠죠. 그래서 경찰 조사에서 모든 시간을 애매하게 대답한 거였어요. 할머니 방에 갔다가 그다음에 가오리 방으로 갔다, 시간은 정확하게 기억하지 못한다, 그렇게 말이죠. 그는 할머니가 위증한 것에 대해서 어떻게 생각했을까요? 자신에게 유리하게 착각을 해 줬다고 해석했을지도 모르겠네요. 그런데 그 사람은 정말 운이 좋았어요. 가오리까지 거짓 증언을 해 주었으니 말이에요."

미즈호가 그렇게 말하자 시즈카는 두통을 참으려는 듯 눈가에 손가락을 대고 잠시 그대로 꼼짝하지 않았다. 그리고 마침내 깊고 길게 숨을 내쉬었다.

"그 아이는 아무것도 모르고 있을 게야. 그런데 왜 그런 거짓말을 했는지……."

"아마 직감적으로 알았을 거예요. 감수성이 예민한 아이니까요. 어쩌면 나가시마 씨의 태도를 보고서 아오에 씨 살해범이 그라는 것을 알았을지도 모르죠. 그런데도 그 아이는 나가시마 씨 편을 들었어요. 나가시마 씨가 2시 30분쯤 자기 방으로 왔다고 진술했지만 그건 거짓말이죠. 가오리는 진심으로 나가시마 씨를 사랑하고 있어요. 동경이나 어리광 같은 게 아니에요."

"이 모든 일의 매듭은 이 할미가 지을 거다."

시즈카가 단호하게 말했다.

"가오리에게 상처를 주지 않는 방법으로 나가시마를 사라지게 할 거야. 그리고 마쓰자키의 혐의는 어떻게든 풀어야지. 어떻게 하면 좋을지는 아직 잘 모르겠다만."

"그러니까 그때까지 저는 가만히 있으라는 말씀이네요?"

"네가 경찰에 신고하겠다면 말리지는 않으마."

미즈호는 살며시 미소를 머금었다.

"제가 그런다고 무슨 이득이 있겠어요. 하지만 한 가지만 더 가르쳐 주세요. 나가시마 씨는 대체 무슨 동기로 이모부를 살해한 거죠?"

시즈카는 창밖으로 시선을 돌렸다.

"나도 확실하게 아는 건 아니다만, 이 모든 일이 벌어진 이상, 요리코를 향한 그 사람 마음이 진심이었을지도 모르겠다고 상상할 뿐이야."

"요리코 이모를 향한 마음요?"

전에 가오리도 비슷한 말을 한 적이 있다. 나가시마는 요리코를 사랑했고, 그녀를 자살로 내몬 무네히코와 리에코를 증오하고 있다고. 그렇다면 그의 범행 동기도 그런 것이었을까. 만약 그 증오심이 동기였다면 시즈카나 가오리가 그를 미워할 수 없는 심리도 조금은 이해할 수 있을 것 같다고 미즈호는 생각했다.

"자, 이제 할미는 모든 걸 다 털어놓았다. 더 궁금한 건 없니?"

"네, 할머니. 고맙습니다."

미즈호가 일어섰다.

"다시 오스트레일리아로 갈 거니?"

시즈카가 손녀딸을 올려다보며 물었다.

"네, 아마 그러겠죠. 다시 한 번 오스트레일리아에 가서 모든 것을 잊기 위해 노력하겠죠."

그리고 미즈호는 방문을 닫았다.

그때 그녀는 벽에 걸린 거대한 고이치로의 초상화가 자신을 내려다본 듯한 착각을 얼핏 느꼈다.

피에로의 눈──

호텔에서 나온 고조는 곧장 택시를 타고 십자 저택으로 향했다. 그는 두 손에 가방을 껴안고 있었고 나는 그 안에 들어 있었다.

고조는 다케미야 저택의 트릭을 밝히기 위해 가는 길일 것이다. 그렇게 해서 누군가가 구제될지, 아니면 또 다른 누군가가 불행해질지는 알 수 없다. 아마 고조 자신도 모를 것이다.

내가 본 다케미야가의 비극은 지금 결말로 치닫고 있다. 그 투신자살 사건에서 시작된 일련의 비극.

그건 그렇고, 수수께끼가 참 많은 사건이었다.

우선 그 지하실에서 벌어진 사건이 그렇다. 캄캄한 지하실로 들어왔던 사람은 무네히코가 아니라 나가시마라는 남자였다. 그런데 그때 나는 그 남자의 이름을 나가시마가 아니라 무네히코라고 생각했다. 그렇게 착각할 만한 이유가 그전에 있었다.

나를 착각하게 한 것은 응접실에서 있었던 대화였다. 그렇다. 고조가 처음 저택을 찾았을 때 노부인과 다른 사람이 이렇게 말했다. 이 인형을 복도 장식장 위에 놓아둔 사람이 '무네히코'인 듯하다고. 그러나 실은 아니었다. 나를 그 계단 옆 장식장에 놓아둔 사람은 나가시마라는 남자였다. 이 착오 때문에 나는 나가시마의 이름을 무네히코라고 착각한 것이다.

그날 밤 내 눈에 칼에 찔린 것처럼 보였던 사람은 무네히코가 아니라 나가시마였다. 내가 그 사실을 깨달은 것은 바로 얼마 전이다. 내가 거실에 장식되던 날, 다케미야가의 전원이 모여 식사를 했다. 그때 나는 그 멤버 중에 이미 죽었어야 할 무네히코가 있다는 것을 알았다. 그리고 그의 이름이 무네히코가 아니라 나가시마라는 것도.

그날 밤 칼에 찔린 사람이 이 남자였을까, 그때 비로소 나는 사건의 진상을 파악했다. 나가시마라는 남자가 무네히코로 변장하고 살해당한 척했다는 것을. 그런 후 제 손으로 무네히코를 살해했다는 것도. 아마 여자를 죽인 사람도 나가시마일 것이다.

고조는 몇 사람이 나가시마를 비호하고 있다는 사실도 알아챈 듯했다. 말할 필요도 없이 노부인과 스즈에는 그런 사람들에 속한다.

그러나 물론 이 정도로 사건이 해결될 리는 없다. 더 큰 사건, 즉 왜 나가시마가 그 두 사람을 죽여야 했느냐 하는 문제가 남는다.

고조는 그 점에 대해 설명하기 위해 십자 저택에 가는 것이다.

4

고조가 찾아왔다는 말을 스즈에에게 들었을 때 미즈호는 짐을 거의 다 꾸린 참이었다. 그녀는 현관으로 나가 고조를 맞았다.

"떠나신다고 하더군요."

그가 말했다. 스즈에게 들은 모양이었다.

"그 전에 꼭 전해 드릴 말씀이 있습니다."

"저도요……."

그렇게 말을 꺼내 놓고서 미즈호가 고개를 약간 기울였다.

"아마 같은 생각을 하고 있겠죠. 그걸 확인하는 일만 남았을 거예요."

"그렇다면 미즈호 씨도 사건의 진상을 파악했습니까?"

고조가 치켜뜬 눈으로 그녀를 보며 말했다.

"네."

희미하게 고개를 끄덕이고서 미즈호는 등 뒤를 살폈다. 아무도 듣고 있는 사람은 없었다.

"할머니에게 확인해 봤어요. 제 추리가 모두 맞았어요."

시즈카에게 확인했다는 말을 듣자 고조는 약간 놀라는 기색이었다.

"그래서 사모님은 뭐라고 하시던가요?"

"할머니 당신께 맡기라고요. 그래서 그러기로 했어요."

"호오……."

고조는 아랫입술을 깨물고 갈피를 못 잡는 듯한 시선으로 아래를 내려다보다가 얼굴을 들었다.

"역시 얘기를 하는 게 좋겠습니다. 미즈호 씨 방에서 할 수 있을까요?"

"네, 그러죠."

미즈호가 고조에게 슬리퍼를 권했다.

방으로 들어간 두 사람은 먼젓번처럼 테이블 양쪽에 마주 앉았다. 고조는 심호흡을 한 번 한 후 전에 미즈호도 본 적이 있는 스케치용 노트를 꺼냈다.

"범인에 대해서는 이미 알고 계신 거죠?"

그가 물었다.

"네, 틀림없어요."

그러자 고조는 떠보는 것처럼 조그만 소리로 물었다.

"나가시마 씨……죠?"

미즈호는 까딱 고개를 숙였다.

"그러니까 나가시마 씨가 무네히코 씨로 변장했었다는 사실도 알아낸 것이군요."

"할머니가 그 일을 숨겼다는 것도요."

"그렇다면!제 추리를 말씀드릴 테니 다른 점이 있으면 지적해 주시죠."

그렇게 말하고서 고조는 지하실에서 벌어진 사건에 대해 풀어놓기 시작했다. 거의 미즈호의 추리와 일치했다.

"다른 점은 없어요."

다 듣고 나서 미즈호가 말했다.

"가족도 아니신데 용케 그렇게까지 생각을 하셨군요."

"가족이 아니기 때문에 객관적으로 볼 수 있는 경우도 있죠."

그리고 그는 미즈호의 눈을 지그시 들여다보면서 물었다.

"그런데 동기에 대해서는 어떻게 생각하세요?"

"그 점은 아직 모르겠어요."

미즈호는 그렇게 전제하고서 시즈카와 나눈 얘기를 전했다. 나가시마가 요리코에게 깊은 애정을 품고 있었던 것 같다는 얘기였다.

"나가시마 씨가 요리코 부인을 사랑했다는 게 사실인가요?"

"그건…… 나가시마 씨의 태도를 보고 알았다고 할머니가 그러셨어요."

"태도를 보고……, 그렇군요. 그런데 가령 말이죠."

말을 고르고 있는 듯 잠시 공백이 있었다.

"가령 그 자체도 위장이었다고 생각할 수는 없을까요?"

"위장이라뇨? 뭘 위장했다는 말이죠?"

"그러니까……."

고조는 말이 궁해졌는지 다음 말을 잇지 못했다. 그 대신 화제를 바꿨다.

"이번 일을 생각하면서 계속 풀리지 않는 점들이 있어요, 어떻게 그 깊은 밤에 나가시마 씨가 무네히코 씨와 미타 리에코 씨를 지하실로 불러들일 수 있었느냐는 겁니다. 게다가 마쓰자키 씨의 뇌물 건에 대해서도 그렇죠. 그는 그걸 어떻게 알았을까요? 또 미타 씨의 워드 프로세서는 어떻게 조작할 수 있었는가 하는 의문도 남습니다."

"네, 그렇기는 해요."

미즈호는 반박하지 못했다. 그의 말대로 그런 의문에 대해서는 아무런 답도 갖고 있지 못했다.

"그래서 생각해 봤는데요, 혹시 나가시마 씨가 무네히코 씨나 미타 리에코 씨와 모종의 비밀을 공유하고 있지 않았을까요?"

"비밀이라고요?"

미즈호가 저도 모르게 눈썹을 찡그렸다. 생각지도 못한 일이었다.

"셋이서 어떤 비밀을 공유하고 있었다는 말씀인가요?"

"그렇습니다. 그것도 예사 비밀이 아니라면요. 나가시마 씨는 다케미야 산업 사람이 아니 회사 관계는 아니겠죠."

인형사는 담담하게 말했지만 미즈호는 숨을 삼켰다.

"설마……"

"네."

고조는 그녀가 놀라는 이유를 간파한 듯이 고개를 끄덕였다.

"요리코 부인의 자살과 관계있는 일이 아닐까, 저는 그렇게 생각합니다."

"큰이모의 자살과 어떤 관계가 있다는 거죠?"

"엉뚱한 추측입니다만, 그 사건이 자살이 아니었을 가능성을 생각해 봤습니다. 아니, 그렇게 의심하고 있어요, 전."

"자살이 아니라고요? ……그럴 리가 없어요. 큰이모가 뛰어내리는 순간을 가오리와 큰이모부가 목격했잖아요."

"아, 그 목격담은 정확하지 않아요."

고조는 약간 회색빛이 감도는 눈을 똑바로 미즈호에게로 향했다.

"그때 상황에서 위치상으로나 시간상으로 가오리 씨는 뛰어내리는 여자의 얼굴을 정확하게 보지 못했을 겁니다. 따라서 엄밀하게 말하면 '요리코 부인인 듯한' 여자가 계단으로 뛰어 올라와 발코니에서 뛰어내리는 모습을 가오리 씨가 목격했을 뿐이죠."

투득, 심장이 퍼덕이는 것을 느꼈다. 맥박이 빨라지고 온몸이 뜨거워졌다.

"그럼 뛰어내린 사람이 큰이모가 아니었다는 말인가요?"

"그렇습니다. 그리고 그 사건에 의심을 품은 사람이 있었죠. 바로 아오에 씨입니다. 전에 그가 이런 말을 했다고 하셨죠? 요리코 아주머니가 그렇게 죽을 리 없다, 믿기지 않는다고 말이에요. 아오에 씨의 추리의 출발점은 거기 있었을 겁니다. 그래서 가설을 세워 보았습니다."

고조는 들고 온 가방을 열고 안에서 피에로 인형을 꺼냈다.

"아오에 씨는 왜 이 인형을 들고 나갔을까요? 이 인형을 가지고 무엇을 하려고 했을까요? 또 범인은 이 인형에서 무엇이 밝혀지면 상황이 불리해지는 걸까요? 아오에 씨가 살해당했을 때 야마기시 형사가 이런 말을 했습니다. 아무도 이 인형을 만진 흔적이 없다고 말이죠. 하지만 흔적이 없을 리 없잖아요. 물론 처음에는 유리 케이스에 들어 있었으니까 만질 일이 없었겠지만 듣자 하니 그 후에 여러 사람이 만졌다고 하더군요. 그렇다면 그 사람들의 지문이 채취되지 않은 것은 이상한 일이죠. 왜 지문이 없을까? 물론 범인이 닦아 냈기 때문이겠죠. 범인은 왜 지문을 닦아 내야 했을까? 이 인형에 묻어 있으면 곤란한 지문이 남아 있을 가능성이 있었기 때문입니다."

"묻어 있으면 곤란한 지문이라뇨?"

"미타 리에코의 지문입니다. 그녀가 피에로를 만질 기회는 없었을 텐데 그녀의 지문이 남아 있다면 대체 언제 만졌느냐가 문제가 되겠죠."

"미타 씨의 지문요?"

미즈호가 고개를 저었다. 관자놀이 언저리가 지끈거렸다.

"모르겠군요. 어떻게 미타 씨의 지문이 남아 있을 수 있죠?"

"아오에 씨는 이렇게 추리했어요. 뛰어내린 사람이 요리코 부인이 아니라 실은 미타 리에코 씨가 아니었을까."

"설마, 어떻게……."

"멋진 착상입니다."

인형사는 눈을 반짝이며 말했다.

"아오에 씨는 생각했죠. 이 추리를 증명할 방법이 없을까. 그러다 생각난 것이 요리코 부인이 계단을 올라온 후에 피에로 인형을 내던졌다는 얘기였어요. 인형에 그 인물의 지문이 남아 있을 거라고 말이죠."

"그래서 아오에 씨가 대학에 가서 지문을 조사해 보려고 인형을 들고 나갔다는 말인가요?"

"아마 그럴 겁니다. 그리고 우연한 계기로 범인인 나가시마 씨가 아오에 씨의 그런 의도를 알아챈 거죠. 저는 아오에 씨가 저택을 나서기 전에 전화를 걸었다는 점이 마음에 걸리더군요. 혹시 아오에 씨가 전화상으로 자신의 생각을 누군가에게 말했는데 그걸 나가시마 씨가 들은 것은 아닐까 싶어서요. 그랬다면 나가시마 씨는 한시 빨리 아오에 씨를 처리하지 않을 수 없었을 겁니다."

"못 믿겠어요."

미즈호는 두 손으로 자신의 볼을 감쌌다.

"그럼 큰이모는 어떻게 돌아가신 거죠?"

그녀의 물음에 고조가 얼굴을 약간 찡그렸다.

"말하기가 무척 껄끄럽군요. 아마 변장한 미타 리에코 씨가 뛰어내리기 전에 누군가가 그 발코니에서 요리코 씨를 밀어 떨어뜨렸을 겁니다."

"그럼 그 사건의 범인이 그 세 사람…… 나가시마 씨와 큰 이모부와 미타 씨?"

"그렇습니다."

"정말 못 믿겠군요."

그녀는 같은 말을 되풀이하면서 고개를 저었다.

"어떻게……. 하지만 변장을 했든 어쨌든 그 여자가 발코니에서 뛰어내린 것은 사실이잖아요. 그렇다면 그 여자도 무사하지는 않았을 텐데요."

"그러니까."

고조가 미즈호의 얼굴을 빤히 쳐다보았다.

"거기에 교묘한 트릭이 있었던 거죠. 이 책이 없었다면 아마 저도 영원히 알아차리지 못했을 겁니다."

그가 꺼낸 것은 예의 퍼즐 책이었다.

"역시 그 책에……?"

"네, 중대한 열쇠가 숨어 있더군요."

그리고 그는 조그만 스케치용 노트를 펼쳤다. 거기에는 십자 저택 2층의 평면도가 그려져 있었다.

"그날 밤 비명을 들었을 때, 가오리 씨와 무네히코 씨는 방에서 뛰쳐나왔다고 했습니다. 그리고 그들이 보는 앞에서 그 여자는 발코니 밖으로 몸을 던졌습니다. 무네히코 씨는 가오리 씨를 안은 채 방으로 돌아가 그녀를 휠체어에 내려놓고 다시 방을 나갔습니다. 가오리 씨도 휠체어를 타고 뒤따라 나가 부인이 떨어진 발코니로 가서 아래를 내려다보았습니다. 이렇게 된 거 맞죠?"

"네. 가오리 말이, 발코니 아래로 쓰러진 큰이모와 뛰어나온 이모부의 모습이 보였다고 했어요. 그러니까 다른 여자는 없었던 거겠죠."

"그랬겠죠."

고조가 천천히 고개를 끄덕였다.

"부인이 떨어진 곳은 북쪽 발코니였으니, 거기에서는 부인의 시신밖에 보이지 않았을 겁니다."

"……"

"그러나 여자가 떨어진 곳은 북쪽 발코니가 아니었어요. 여자는 동쪽 발코니에서 뛰어내렸습니다."

"어떻게 그럴 수가 있죠? 가오리의 방 앞에서는 북쪽 발코니밖에 보이지 않는데요."

"물론 정상적으로는 그렇죠. 그러나 만약 이 위치에……,"

그렇게 말하고서 그는 평면도상에서 복도가 교차하는 부분에 선을 하나 그려 넣었다.

"만약 여기에 거울이 있다면 가오리 씨 방 앞에서 보인 것은 동쪽 발코니였다는 얘기가 됩니다. 그리고 북쪽 계단이었다고 생각한 곳은 동쪽 계단이고요."

가슴이 뻐근할 정도로 심장이 뛰었다. 거울? 그럼 가오리가 본 장면이 거울에 비친 허상이었단 말인가.

"모든 것이 교묘하게 짜인 덫이었던 거죠."

고조가 차분하게 말했다.

"부인을 살해한 후 무네히코 씨는 가오리 씨의 방으로 가서 그녀가 방에서 나가지 못하도록 했습니다. 그동안에 나가시마 씨는 거울을 세팅하고, 미타 리에코 씨는 부인으로 변장해 대기하고 있었던 것이죠. 그리고 리에코는 시간을 가늠하고 있다가 비명을 지르면서 계단을 뛰어 올라가 동쪽 발코니로 뛰어내린 겁니다. 북쪽 외에는 2층이니, 발코니 아래에 차를 세워 놓고 그 위에 이불이라도 깔아 놓으면 뛰어내려도 별 탈 없겠죠. 무네히코 씨가 가오리 씨를 안고 방으로 들어간 후에는 나가시마 씨가 거울을 치우고 자신도 몸을 감췄을 겁니다. 그다음은 가오리 씨가 말한 그대로겠죠. 나가시마 씨와 미타 씨는 기회를 보아 저택에서 빠져나갔을 테고요."

고조는 피에로 인형을 미즈호 앞으로 내밀었다.

"계단 옆의 '소년과 망아지' 인형과 이 피에로 인형을 바꿔 놓은 것도 그 트릭을 위한 것이었죠. '소년과 망아지'는 좌우가 뒤바뀌어 발각될 수도 있다고 생각했겠죠. 그래서 좌우가 그리 다르지 않은 이 인형을 거기에 놓았던 겁니다."

"아아……."

미즈호로서는 상상도 할 수 없는 추리였다. 하지만 그녀는 이 추리에 반론을 제기할 근거가 없었다.

"이 페이지를 보시죠."

그가 검은 표지의 퍼즐 책을 미즈호 앞에 펼쳐 놓았다. 그 페이지에는 거울을 사용한 마술이 소개되어 있었다. 상자 속에 대각선상으로 거울을 넣으면, 정면에서 볼 때는 상자 속에 아무것도 없는 것처럼 보인다. 그 점을 이용해서 거울 뒤에 물건을 숨기는 마술이었다.

"처음에는 몰랐어요. 그런데 이 페이지의 여백에 이상한 메모가 적혀 있는 걸 발견했어요. 이겁니다."

고조가 손가락으로 가리킨 곳에는 연필로 그린 십자가가 있었다. 그리고 두 선이 교차하는 부분에 비스듬히 선이 그어져 있고 '여기에 거울'이라고 씌어 있었다.

"이걸…… 큰이모부가?"

"그렇겠죠. 무네히코 씨가 이 책을 보고 복도의 트릭에 응용한 거죠."

"아오에 씨가 이 책에서 흥미로운 걸 발견했다고 했는데 그 말이 이 메모를 가리키는 거였군요."

"아마 그랬을 겁니다."

미즈호는 천천히 고개를 저었다. 그때 이 책을 아오에에게 먼저 빌려 준 탓에 사건이 전혀 다른 국면으로 발전한 것이다.

"그러나 아직 문제는 남아 있습니다."

노트에 그려진 도면을 톡톡 치면서 고조가 말했다.

"이렇게 거대한 거울을 어떻게 하면 마술처럼 금방 집어넣었다가 꺼냈다가 할 수 있었느냐는 점이죠. 이 점에 대해서도 아오에 씨가 트릭을 간파했는지는 분명치 않지만, 저는 전에 미즈호 씨가 한 얘기를 듣고 알 수 있었습니다."

"제가 한 얘기요?"

그때 방문 밖에서 툭, 소리가 났다. 고조가 벌떡 일어나 문을 열었다.

가오리가 헉, 하고 놀라면서 고조의 얼굴을 쳐다보는 모습이 보였다.

"가오리, 너 엿듣고 있었니?"

미즈호가 묻자 그녀는 말도 안 된다는 듯이 고개를 저었다.

"엿듣지 않았어. 단지……."

"단지, 뭐?"

"할머니가 이쪽에서 걸어오시는데 안색이 몹시 창백했어. 그래서 무슨 일인가 싶어 와 봤을 뿐이야."

미즈호와 고조가 서로 마주 보았다.

"아뿔싸."

고조가 중얼거렸다.

"저희 얘기를 들으셨는지도 모르겠군요."

"할머니는 지금 어디 계시지?"

미즈호가 다급한 목소리로 가오리에게 물었다.

"계단을 내려가신 것 같았어."

그 말과 동시에 고조가 복도로 뛰어나갔다. 미즈호도 그를 뒤쫓았다.

1층에 내려가 보니 스즈에 혼자서 청소를 하고 있었다. 미즈호가 시즈카는 어디 있느냐고 물었다.

"사모님은 방에 계실 텐데요."

그녀가 무표정하게 대답했다.

"나가시마 씨가 왔는데 사모님이 방으로 올라오라고 하셨거든요."

"그럼 나가시마 씨도 할머니 방에 있는 거야?"

"네."

"위험해요!"

고조가 검은 윗도리 자락을 펄럭이며 계단을 뛰어 올라갔다. 미즈호도 따라 뛰었다.

2층으로 올라간 고조는 곧장 시즈카의 방으로 향했다. 그리고 노크도 하지 않고서 방문을 벌컥 열었다.

나가시마는 문 바로 안쪽에서 초상화를 향해 서 있었다. 미즈호와 고조를 본 그가 무슨 일이냐는 듯한 표정을 지었다. 그 순간 고조가 그에게 달려들었다. 그와 거의 동시에 공기를 가르는 소리가 나고 초상화에 화살이 꽂혔다.

"할머니!"

방 안으로 들어선 미즈호가 외쳤다. 방구석에 활을 든 시즈카가 서 있었다. 그녀가 나가시마를 향해 활을 쏜 것이다.

"아니, 왜……."

고조 덕분에 목숨을 건진 나가시마가 침통한 표정으로 그렇게 말하며 일어섰다.

"모든 것이 다 밝혀지고 말았어요, 나가시마 씨. 당신이 무네히코 씨로 변장한 것도, 미타 리에코 씨가 요리코 씨를 가장했던 것도, 그리고 거울의 트릭도 모두요."

고조가 왼 주먹으로 초상화를 탁 쳤다. 그림 뒤에서 와장창 유리 깨지는 소리가 났다.

"이 액자의 뒷면이 거울이었습니다. 베니어판을 붙여 거울을 가렸겠지만 말이죠. 이 액자의 너비와 복도의 양 모퉁이를 잇는 선의 길이가 같다는 것은 이미 확인했습니다. 아마 복도에 세웠을 때는 액자 밑에 바퀴가 달려 있어서 고리를 풀면 쉽게 이동할 수 있게 되어 있었겠죠."

그랬구나, 하고 미즈호는 또 한 가지를 깨달았다. 요리코가 죽던 밤 이 초상화는 복도 모퉁이 벽에 세워져 있었다고 했다. 이 뒷면이 거울이라면 조금 전에 고조가 말한 트릭도 그리 어렵지 않다.

그녀는 나가시마의 가게에도 거대한 거울이 있었다는 것을 떠올렸다. 가오리가 말하기를 그것은 무네히코의 제안이라

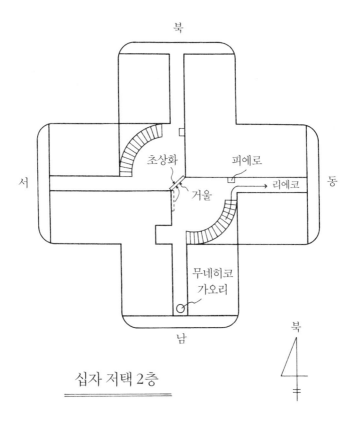

십자 저택 2층

고 했다. 그렇다면 그때 그는 이미 요리코를 살해할 트릭에 착안했고, 거기에 사용할 거울을 주문하기 위한 위장으로 굳이 큰 거울을 제안했을지도 모른다. 또 초상화를 주문하고 그 크기를 정한 사람도 무네히코였다고 들었다.

"무슨 소리를."

나가시마가 초상화를 올려다본 후 고조를 보면서 말했다.

"……무슨 소리를 하는 건지 난 도통 모르겠군. 아무 상관도 없는 사람이 그런 말을 함부로 하면 안 되지."

"물론 저는 추리만 했을 뿐입니다. 하지만 모든 상황이 당신을 가리키고 있어요. 무네히코 씨와 아오에 씨를 살해한 건에 대해서는 사모님이 이미 모든 것을 알고 계십니다."

그의 말에 놀란 나가시마가 시즈카를 보았다. 시즈카는 여전히 활을 든 채였다.

"내가 다 봤네."

그녀가 나지막이 말했다.

"그날 밤 자네를. 자네가 마쓰자키에게 범행을 덮어씌우려 한 것도."

나가시마의 얼굴에서 서서히 핏기가 사라졌다. 부릅뜬 눈에만 핏발이 서 있었다.

"그리고 아오에 군도 자네가 죽였지."

시즈카가 그렇게 말하자 그는 아랫입술을 깨물며 두 주먹을 불끈 쥐었다. 주먹 쥔 손에 힘줄이 돋아 있었다.

"말해 봐요, 왜 이모를 죽였는지."

미즈호가 물었다. 나가시마는 그런 그녀를 외면했다.

"내가 말해 주마."

시즈카가 입을 열었다.

"자네는 그 사람, 그러니까 고이치로 사장의 아들이 아니지?"

미즈호가 숨을 헉 삼키며 나가시마를 보았다. 그도 눈을 크게 뜨고 시즈카 쪽을 뚫어져라 쳐다보았다.

"알고 계셨습니까?"

나가시마가 그렇게 물었다.

"그래, 알고 있었어."

한동안 침묵이 모두를 감쌌다. 나가시마의 거친 숨소리만 들렸다. 그러나 마침내 그 소리도 들리지 않았다. 그리고 그가 얼굴을 들었을 때는 눈빛이 한결 침착했다.

"언제부터요?"

"벌써 오래전이야. 요리코는 줄곧 두 사람의 혈연관계를 의심했어. 그러다 결국 남편이 죽기 전에 혈액 검사를 했지. 그 결과 자네와 남편 사이에는 아무런 혈연관계가 없다는 것이 판명되었어. 안타깝게도 그 전에 남편은 저세상으로 떠나고 말았지만."

"그녀는 아무에게도 말하지 않겠다고 했어요."

나가시마는 분하다는 표정이었다.

"비밀을 지킬 테니까 두말 말고 이 집에서 나가라고 했어요. 물론 유산에 관한 아버지의 유언은 무효라고 했지요."

"그래서 죽인 거예요?"

미즈호가 물었다.

"무네히코 씨가 거래를 하자더군."

나가시마가 대답했다.

"그도 부인에게 들었는지 내가 고이치로 아저씨의 자식이 아니란 걸 알고 있었어. 그래서 부인의 살해를 내게 제안한 거지. 그는 미타 리에코와의 관계를 부인에게 들키는 바람에 이혼당할 위기에 처해 있었거든. 그리고 퍼즐광인 무네히코 씨는 거울을 사용한 트릭을 고안했지."

"그래서 결국은 공범이었던 그 두 사람을 죽인 거네요."

나가시마는 한참이나 말이 없었다. 이윽고 그가 기름이 번들거리는 얼굴을 마구 비비더니 긴 한숨을 쉬었다.

"내 최종 목표는 다케미야가를 빼앗는 것이었어. 내 엄마는 다케미야 고이치로에게 버림받고 지옥 같은 인생을 보내야 했지. 복수를 위해, 숨겨진 아들이라는 신분으로 접근했어. 10년…… 참으로 긴 10년이었지."

그 10년을 되돌아보듯 나가시마는 몇 초 동안 눈을 감고 있었다.

"그 계획을 생각하면 두 사람은 걸림돌일 뿐이었어. 게다가 그들은 요리코 부인을 죽인 사건으로 아오에에게 덜미를 잡히고 말았으니까."

"아오에 씨에게 덜미를 잡혀요?"

미즈호가 되물었다.

"요리코 부인의 49재 날이 되기 전에 내가 이 저택에 묵었을 때 꽃병이 넘어져서 침대가 젖었다는 얘기는 들은 적이 있을 거야. 사실 그때 나는 가오리 씨의 권유로 무네히코 씨의 방에서 잤어. 그런데 아침에 눈을 떠 보니까 문에 편지가 끼워져 있더군. 무네히코 씨 앞으로 보낸 편지였고 보낸 사람 이름은 없었어. 내용은 이랬지."

나가시마가 혀로 입술을 적셨다.

"요리코 부인을 죽인 사람이 당신과 미타 리에코라는 사실을 알고 있다. 부인의 49재 날까지 자수하지 않으면 경찰에 신고할 것이다."

"아오에 씨가 그런 편지를?"

"그때는 누구인지 몰랐어. 그러나 아무튼 급하게 손을 쓸 필요가 있었지."

"그래서 49재 날에 살인을……."

"대책을 세울 여유가 없었어. 그래서 이런 파국을 초래한 거고."

그리고 그는 후우, 숨을 토했다.

"마쓰자키 아저씨에게 이상한 편지를 보낸 사람도 당신이었죠?"

미즈호가 물었다.

"그래. 그 편지로 불러내서 마쓰자키에게 죄를 덮어씌울 작정이었어. 편지는 일부러 리에코의 워드 프로세서와 같은 기종으로 작성했지. 그때 사용한 잉크 리본은 구실을 만들어 리에코의 집에 들어가서 책상 서랍 속에 숨겨 놓았고. 나중에 그녀를 자살로 위장해서 살해하면 경찰이 발견하겠지 하고. 그러면 경찰은 마쓰자키에게 편지를 보낸 사람이 리에코라고 생각할 거 아니야. 마쓰자키를 함정에 빠뜨리려다 도리어 무네히코가 죽자 그 충격으로 자살했다고 판단할 거고."

"그렇다면 거의 모든 게 당신이 의도한 대로 된 셈이군."

고조가 그렇게 말하자 나가시마는 픗, 웃으며 고개를 저었다.

"마쓰자키가 허둥지둥 도망친 후에 전화를 걸어서 무네히코를 불러냈어. 한밤중이었는데도 중요한 얘기가 있다고 했더니 헐레벌떡 지하실로 내려오더군."

"그리고 죽였군요?"

나가시마가 이번에는 고개를 끄덕였다.

"오디오 룸으로 들어올 때 곧장 덮쳤어. 그리고 그의 사체를 옮긴 후 마쓰자키와 엎치락뒤치락하면서 예행연습을 한 대로 퍼즐을 뿌려 놓았지. 마쓰자키와 격투를 벌일 때 뽑은 그의 머리카락을 무네히코의 손에 쥐여 주었고. 여기까지는 계획대로였다고 할 수 있지."

"그런데 계획에 없던 미타 리에코가 등장했다?"

"그래. 무네히코가 숨이 끊어지기 직전에 그러더군. 리에코에게도 다 얘기했으니 내 범행이라는 게 금세 탄로 날 거라고 말이야."

"그래서 그녀도 부른 거예요?"

미즈호가 주먹을 꽉 쥐었다. 나가시마는 그녀 쪽을 힐끔 보더니 다시 눈길을 피했다.

"그녀가 경찰에 신고하지는 않을 거라고 생각했어. 그러면 요리코 부인 살인 사건이 백일하에 드러날 테니까 말이야. 하지만 그렇다고 그냥 놔둘 수는 없었지. 리에코도 같이 죽일 수밖에 없었어."

"그녀를 복도에서 찔렀죠?"

고조가 말하자 나가시마는 약간 놀라는 듯했다.

"잘 아는군. 그래, 복도에서 그녀를 기다렸다가 바로 앞에서 찔렀지. 그리고 오디오 룸으로 끌고 들어가 무네히코의 시신 옆에 두었어. 사실은 리에코를 그런 식으로 죽일 생각은 아니었어. 좀 더 확실하게 자살로 위장하려고 했는데……."

무네히코 살해 계획을 워낙 완벽하게 세웠던 만큼 리에코를 그런 식으로 죽이게 된 건 분하다는 투였다.

"그리고 스즈에 씨가 외부인의 범행으로 보이도록 증거를 조작한 것도 예상치 못한 일이었어."

"마쓰자키 아저씨를 범인으로 몰고 갈 증거들이 전부 사라져서 당황했겠죠."

미즈호의 말에 나가시마는 고개를 푹 숙였다.

"당황했지. 아침에 일어나 보니 상황이 달라져 있어서 어떻게 하면 좋을지 몰랐어. 그런데 마쓰자키가 흘린 퍼즐 한 조각을 만약을 위해 주워 둔 것이 큰 도움이 됐지."

"소동이 벌어져 지하실로 내려갔을 때 틈을 봐서 그 조각에 이모부의 피를 묻히고, 그 후에 경찰이 발견하도록 일부러 상자에 집어넣은 거죠?"

그러나 나가시마는 고개를 저었다.

"조금 달라. 놈이 흘린 것은 역시 '나폴레옹의 초상' 조각이었어. 그걸로는 별 도움이 될 것 같지 않아 소동이 벌어지기 전에 응접실에 들어가서 '머더구스' 조각 하나를 훔쳐 뒀지. 그리고 소동이 벌어져 지하실로 내려갔을 때 틈을 봐서 거기에 피를 묻혔어. 며칠 후, 마쓰자키가 실제로 흘린 조각과 함께 상자에 넣어 두었지. 그렇게 되면 경찰은 전날 밤 무네히코와 함께 '머더구스' 퍼즐을 함께 맞춘 가쓰유키와 마쓰자키를 우선 의심할 것이고, 마음 약한 마쓰자키가 자수하게 될 거라고 예상한 거지."

결국 야마기시 형사는 나가시마가 상상한 것 이상의 추리력을 발휘한 셈이다.

"아오에 군을 죽인 건 그가 진상을 눈치챘기 때문인가요?"

미즈호가 그렇게 묻자 나가시마는 "그는 머리가 너무 좋아서 탈이었어."라고 대답했다.

"마쓰자키가 체포된 후에도 그는 집요하게 사건을 파헤치려 들었어. 그가 하는 말 하나하나가 사건의 핵심을 건드렸지. 무네히코에게 편지를 쓴 사람도 이 남자가 틀림없을 거라고 생각했어."

"게다가 그는 피에로까지 조사하려 했으니."

옆에서 고조가 말했다. 나가시마는 고개를 끄덕였다.

"그날 할머니 방에서 나오다가 복도에서 가오리 씨와 마주쳤어. 아오에가 학교 도서관에 전화를 걸었던 사실을 가르쳐 주더군."

"도서관에요?"

"감식에 관한 책이 있느냐, 그 책에 지문 채취 방법이 실려 있느냐, 그런 걸 물었다더군. 그 말을 듣고 나는 그가 피에로에서 지문을 채취하려 한다는 걸 금세 알았어."

"흐음, 그렇게 된 거군."

고조가 작은 소리로 중얼거렸다.

나가시마는 이제 더는 할 말이 없다는 듯 고개를 푹 숙였다. 그런 그를 보며 미즈호가 말했다.

"그런데 나가시마 씨, 당신 좀 이상하다고 생각하지 않아요? 할머니도 그렇고 가오리도 그렇고, 하나같이 당신에게 유리한 알리바이를 증언해 줬어요. 모두들 당신을 좋아했다고요."

하지만 그는 천천히 고개를 저었다.

"친절하게 대해 준 것은 맞아. 하지만 그렇다고 내 엄마가 고통스럽게 죽어 간 사실이 변하는 건 아니야."

그때 시즈카가 목소리를 쥐어짜듯이 말했다.

"자네가 남편의 자식이 아니라는 건 혈액 검사를 하기 전부터 알고 있었어."

나가시마가 어깨를 움찔했다. 그는 얼굴을 들더니 핏발 선 눈으로 믿을 수 없다는 듯 시즈카를 바라보았다.

"거짓말……."

"거짓말이 아니야. 남편에게 직접 들었으니까. 그런데 그 사람은 자네가 불행하게 자란 이유가 자신에게 있다고 했어. 그러니 친자식이 아니더라도 대가를 치러야 한다고. 요리코

가 자네에게 무슨 말을 했는지는 모르겠지만, 나와 남편은
자네를 쫓아낼 마음이 조금도 없었어. 유언장도 그 사실을
전부 아는 남편이 직접 쓴 거라네."

"어떻게 그런……."

나가시마는 무너지듯 바닥에 무릎을 꿇더니 머리를 움켜쥐
었다.

미즈호는 멀거니 선 채 고이치로의 초상화로 시선을 돌렸다.

시즈카가 쏜 화살이 고이치로의 가슴에 정확하게 꽂혀 있
었다.

5

미즈호가 역 플랫폼에 섰을 때 또 눈이 내리기 시작했다.

그녀는 자신이 여기에 왔을 때부터 벌어진 일들을 생각하
면서 흩날리는 눈발을 바라보았다. 가오리의 앞날을 생각하
고, 시즈카와 다른 친척들에 대해서도 생각했다.

나가시마의 고백 직후 가오리가 없어졌다는 사실을 알아챈
미즈호는 허둥지둥 그녀를 찾았다. 혹시 자살을 시도하지나
않을까 불안했기 때문이다. 그녀에게는 사건의 진상이 매우
충격적이었을 것이다.

그런데 가오리는 자신의 방에서 피에로 인형을 물끄러미 바라보고 있었다. 고조가 미즈호의 방에 둔 것을 가져왔다고 했다.

"참 이상한 인형이지."

가오리가 말했다.

"표정이 불길하다고 생각했는데, 가만히 바라보고 있자니까 왠지 마음이 텅 비는 듯한 기분이 들어."

그리고 이어서 이런 말도 했다.

"엄마도 그런 점이 마음에 들어서 이 인형을 샀는지 모르겠네."

"가오리, 저……."

미즈호가 무슨 말인가 하려고 하자 그녀는 그럴 필요 없다는 듯 눈을 감더니 고개를 저었다. 그리고 피에로 인형을 미즈호에게 내밀었다.

"고조 씨에게 돌려줘."

"그래."

미즈호는 인형을 받아 들었다. 그리고 다시 가오리의 얼굴을 보았다. 해맑은 눈가에 눈물 자국이 어렴풋이 남아 있었다.

"괜찮아."

그녀가 감정을 최대한 억누른 목소리로 말했다.

"잠시 혼자 있게 해 줘, 언니."

그리고 가오리는 고개를 반대편으로 돌렸다. 미즈호는 가볍게 고개를 끄덕이고서 살며시 그녀의 방에서 나왔다.

그것이 가오리와의 작별이었다.

그녀는 정말 괜찮을까. 레일 위에 쌓이는 눈을 바라보면서 미즈호는 가여운 사촌 동생을 생각했다.

아니, 괜찮을 거야. 미즈호는 그렇게 믿기로 했다. 그녀의 진정한 인생은 지금부터 시작이다. 이번 사건으로 그녀는 사람을 사랑하는 기쁨과 고통을 깨쳤다. 지금의 고통을 이겨내면 그녀는 그만큼 더 강해질 것이다. 지금까지도 다리의 불편함을 극복하면서 강하게 살아왔던 것처럼.

나가시마에 대해서도 생각했다.

그는 고이치로의 비위를 맞추고 요리코를 유혹해 다케미야가를 자기 수중에 넣으려 했다고 자백했다. 그리고 그 두 사람이 없어진 후 그의 표적은 당연히 가오리로 옮겨 갔다.

가오리 씨에게는 큰 잘못을 저질렀다. 그러나 그녀에게 보인 호의는 거짓이 아니었다. 그는 그렇게 진술했다고 한다.

미즈호는 또 아오에에 대해서도 생각했다. 그는 가오리를 진심으로 사랑했다. 다만 그 사랑을 표현하는 데 서툴렀을 뿐이다. 그런 생각을 하면 다행이다 싶기도 하고 괴롭기도 하다.

"집으로 돌아가는 건가요?"

미즈호가 멍하니 생각에 잠겨 있는데 문득 뒤에서 말소리가 들렸다. 고개를 돌려 보니 고조가 서 있었다. 그는 미즈호에게 가볍게 눈인사를 했다. 늘 입고 다니는 검은 코트 차림이다. 손에 든 가방에는 예의 피에로 인형이 들어 있을 것이다.

"정말 신세 많이 졌어요."

"무슨 말씀을요. 사건의 진상이 밝혀지고 그런 결과를 낳은 것이 과연 잘된 일인지 의문스러워 하고 있었습니다."

"진실을 알리는 것은 꼭 필요한 일이죠."

"그건 그렇죠. 그런데 나가시마 씨는 어떻게 되었나요?"

"야마기시 형사에게 연락했어요. 나머지는 경찰의 일이죠."

"흐음."

고조는 고개를 끄덕이더니 다소 정색을 하고서 말했다.

"결국 나가시마 씨에게는 최악의 결과가 된 셈이군요."

"최악이라고요?"

"네. 요리코 부인을 살해한 죄를 은폐하기 위해 잇달아 살인을 저질렀으니 말이죠. 그러다 끝내는 체포되고. 그에게 어떤 판결이 내려질지는 알 수 없지만, 이제 그의 인생은 끝난 게 아니겠습니까."

"어쩔 수 없는 일이죠. 그러니까 수지맞는 범죄는 없다고 하는 것 아니겠어요."

"하, 그렇군요."

고조가 가방을 왼손에 바꿔 들고 오른손에 호 입김을 불었다. 그러자 하얀 김이 그의 얼굴을 가렸다.

"그런데 말이죠. 이런 가능성은 없을까요? 나가시마 씨의 그런 운명 역시 누군가의 계산에 의한 것일 가능성 말이에요."

"계산요? 설마요."

"가령 어떤 인물이 요리코 부인 사건의 진상을 알았다고 해봅시다. 그 인물은 범인인 세 사람에게 복수할 것을 다짐했어요. 복수의 첫 단계는 우선 세 사람 중 한 사람에게 나머지 두 사람을 죽이게 하는 것이죠."

"고조 씨……"

미즈호가 그의 옆얼굴을 보았다. 인형사는 입가에 미소를 머금고 있었지만 그 눈은 전혀 웃고 있지 않았다.

"그러기 위해서 그 인물은 무네히코 씨에게 온 편지를 나가시마 씨가 읽도록 일을 꾸몄죠. 그 편지에는 무네히코 씨와 미타 리에코 씨가 요리코 부인을 살해했다는 사실을 알고 있다는 내용이 쓰여 있었어요. 그 편지를 본 나가시마 씨는 두 사람을 죽이지 않을 수 없었고……"

"……"

"그 인물이 계산한 복수의 두 번째 단계는 나가시마 씨의 범죄를 폭로하는 것이었습니다. 그러기 위해 사용된 것은 미즈호 씨와 아오에 씨의 두뇌였죠. 그 인물은 다양한 방법으로 미즈호 씨와 아오에 씨가 사건의 진상에 다가서도록 힌트를 주었어요. 퍼즐 책도 그렇고, 그 속에 적혀 있는 메모도 그 일환이었죠."

"고조 씨, 설마 정말로······."

"덕분에 아오에 씨는 거의 진상에 다가갔습니다. 그런데 결정타가 없었어요. 그래서 그 인물은 피에로 인형에 지문이 남아 있을 가능성을 암시했죠. 실제로 남아 있을지는 알 수 없었지만요. 아니, 요리코 부인이 내던졌다는 것 자체가 그 인물이 지어낸 얘기일 수도 있습니다. 그리고 그 일로 아오에 씨가 지문을 채취하려 한다면 나가시마 씨는 반드시 반응을 보일 거라고 그 인물은 생각했던 거죠. 아오에 씨까지 살해당하는 예상치 못한 결과를 빚기는 했지만요."

"그런 일이 어떻게······, 믿을 수 없어요."

"상상일 뿐입니다."

그렇게 대답하고서 고조는 가방을 다시 오른손에 바꿔 들었다.

"좀 더 상상력을 발휘해 보죠. 그 인물은 단순히 나가시마 씨의 죄를 폭로하는 것이 목적이 아니었을지도 모릅니다. 위증이기는 하지만 그에게 유리한 알리바이를 증언함으로써 영원히 그를 지배하려 했는지도 모르는 일이죠. 해석하기에 따라서는 그만큼 끔찍한 복수도 없을 겁니다."

미즈호는 귓속에서 윙윙거리는 소리를 느꼈다. 심장의 고동이 온몸을 뒤흔드는 것만 같았다.

"그런데 증거가 없어요."

고조가 중얼거리듯이 말했다.

"증거가 전혀 없습니다. 그저 그렇게 생각해 볼 수도 있다는 것뿐이죠."

그때 눈발을 뚫고 기차가 들어왔다. 미즈호가 타야 할 기차와는 반대 방향이었다. 고조가 탈 준비를 했다.

"미즈호 씨를 믿으니까 한 말입니다. 미즈호 씨라면 지금 얘기를 가슴에 묻을 수 있겠죠."

그리고 그는 오른손을 내밀었다. 그 하얀 손바닥을 2, 3초 내려다본 후 미즈호는 자신의 오른손을 내밀어 그와 악수했다.

그녀가 손을 놓자 고조는 기차에 올라탔다. 검은 코트 자락이 차창 너머에서 일렁였다.

그가 탄 기차와 스치듯 이쪽 플랫폼에도 기차가 들어왔다.

미즈호는 기차에 올라타면서 잠깐 뒤를 돌아보았다. 그 시선이 닿는 쪽에 십자 저택이 있을 것이다.

눈이 쌓여 가는 저택의 정경을 그녀는 상상했다.

피에로의 눈 ──────

사건이 정리되자 나는 고조를 따라 다케미야가를 떠났다.

내가 떠나서 그렇다는 것은 아니지만, 이제 그 집에 비극이 생기는 일이 더는 없을 것이다.

정말 기괴한 사건이었다.

내가 계단 옆에 처음 놓였을 때, 두 복도의 교차점에는 이미 거울이 설치되어 있었다. 즉 나는 동쪽 복도에 있었다. 내가 본, 남자가 다리가 불편한 여자를 안은 모습은 거울에 비친 허상이었던 것이다. 그리고 계단을 뛰어 올라온 여자의 손에 부딪쳐 내가 장식장에서 떨어진(실은 그녀가 내던졌다기보다 그 손이 어쩌다 내 몸에 닿았을 뿐인데) 직후에 그 여자는 뛰어내렸다. 그 후 나는 어떤 남자의 손에(결국 그는 나가시마였다) 들어 올려졌다가 다시 바닥에 놓였는데, 그때 나는 동쪽 복도에서 북쪽 복도로 옮겨진 것이었다.

단순하지만 실로 대담한 트릭이었다.

나는 내가 다음으로 가게 될 장소에 대해 생각해야 한다. 과연 거기에는 또 어떤 비극이 기다리고 있을지.

그렇다.

나는 결코 '비극을 부르는 피에로'가 아니다. 비극이 나를 기다리고 있을 뿐이다. 그리고 그 점은 고조도 알고 있을 것이다.

십자 저택에 행복이 있기를 바란다.

다만 내게는 다소 마음에 걸리는 점이 있다. 그 휠체어 탄 소녀다. 모두가 시즈카의 방에 모여 시끌시끌할 때 나와 그녀는 난둘이 있었다. 그녀는 내 얼굴을 지그시 바라보더니 한 줄기 눈물을 흘렸다. 그리고 이렇게 중얼거렸다.

"다 끝났어, 엄마."

그녀는 마치 평온을 얻었다는 듯이 말했다.

대체 무엇이 끝났다는 것일까?

그녀의 말과 표정만 내 마음에 앙금처럼 남아 있다.

해설

다카하시 가쓰히코

히가시노 게이고는 대체 몇 살일까, 문득 궁금해졌다. 에도
가와 란포상을 수상한 『방과후』에 생년월일이 적혀 있었던
것 같아서 책꽂이에서 꺼내 확인해 보았다. 1958년 2월 4일.
그렇다면 나보다 열한 살이나 아래다. 올해 나이 서른네 살
에 불과하다는 얘기다. 허걱, 이렇게 젊은 사람이었어? 괜히
짜증이 났다. 서른네 살이라면 8년 전 내가 소설가가 된 나이
보다 적다. 그러니 이 소설 『십자 저택의 피에로』는 서른한
살이라는 젊은 나이에 썼다는 얘기다. 또 『학생가의 살인』이
나 『졸업』 같은 작품은 이십 대에 쓴 것이다. 여기서 인정하
고 싶지는 않지만, 뛰어난 재능이라고밖에 할 말이 없다.

앞에서 말한 작품 외에 『조인 계획』, 『숙명』, 『마구』 등도 그
렇다. 어느 작품이나 우열을 가리기 힘든 걸작이다. 단언컨
대 란포상은 마치 올가미 같은 상이어서, 그 상에서 출발하

면 수상작의 영향권에서 벗어나기가 좀처럼 쉽지 않다. 몇 년이나 그것이 따라다닌다. 아무리 애를 써서 새 작품을 써 내도 수상작의 인상을 불식하기가 어려운 것이다. 그런데 히가시노 게이고는 다르다. 『방과후』보다 이후에 발표된 작품을 운운하는 독자가 압도적으로 많다. 불과 6년 만에 그는 그 영향권에서 벗어나 몇 배나 큰 작가가 된 것이다.

내가 아는 한 이런 작가는 많지 않다. 나이를 고려하면 히가시노 게이고 딱 한 사람뿐이라고 해도 과언이 아닐 것이다. 데뷔 초기에 발표된 작품들은 나도 여유 있게 읽을 수 있었다. 그런데 『학생가의 살인』 때부터 왠지 불안해지더니, 『조인 계획』과 『숙명』에 이르러서는 솔직히 읽고 싶지 않은 작가가 되고 말았다. 읽다 보면 압도당하고 질투심이 부글부글 끓어오른다. 소설을 쓰다가 막힐 때는 더욱 그렇다. 자신감을 상실할 수도 있다. 그런데도 신간은 속속 날아온다. 그러면 그만 손을 내밀고 만다. 이번에는 또 어떤 테마로 썼을지 궁금해지는 작가인 것이다. 언제나 기존의 미스터리를 능가하는 장치를 도입해서 독자를 즐겁게 해 준다.

이 『십자 저택의 피에로』도 그렇다. 연속 살인 사건의 중심에 피에로를 배치해 등장인물과는 다른 시각에서 사건을 바라보게 한다. 형사는 사건을 목격할 수 없고, 사건에 관계된 인물은 일관된 역할을 맡고 있기 때문에 쓰다 보면 반드시 공정하지 못한 묘사가 등장하게 마련이다. 처음에는 그저 소도구로밖에 여겨지지 않는다. 그런데 계속 읽어 나가면서 피에로가 사건 자체를 해명하는 큰 역할을 맡은 존재라는 것을 알게 된다. 그리고 대단원에 이르러 독자는 피에로가 목격한 상황에 모든 힌트가 숨겨져 있다는 사실을 안다.

피에로는 목격자인 동시에 형사이며, 게다가 거짓말을 하지 않고서도 독자의 오독을 유도하는 소도구 역할까지 맡고 있는 것이다. 그런 데다가 존재 그 자체가 사건의 불길함을 부채질한다. 다시 한 번 읽어 보고 나서 나는 정말 완성도가 높은 미스터리라고 감탄했다. 그래서 히가시노 게이고가 몇 살인지 궁금해진 것이다.

나는 페이지를 넘기는 내내 엘러리 퀸의 작품을 떠올렸다. 나는 직업으로 미스터리 작가를 선택한 사람치고는 미스터리에 그다지 정통하지 않다. 명작이라 불리는 작품들을 대충은 훑어보았지만, 열심히 읽은 작품은 외국 작가 중에서는 에드거 앨런 포와 코넌 도일을 열외로 치면 엘러리 퀸 정도밖에 없다. 그 밝음과 투명함을 좋아하는 것이다.

대부분 살인 사건을 다루고 있는 만큼 어둡고 무거워지기 쉬운 세계인데, 무슨 영문인지 퀸이 창조하는 이야기는 상큼하다. 그렇다고 게임 감각의 작품도 아니다. 사건이 풀리면 그 동기에도 충분히 수긍이 간다. 미스터리가 세련된 읽을거리라는 것을 나는 퀸의 작품을 읽으면서 알았다. 수수께끼의 연속에 흥미와 매력을 느끼고 있다가, 수수께끼가 풀리면 사건의 배경에 애처로운 인간들의 꿈틀거림이 있었다는 것을 알게 된다.

수학적으로 해답이 나오고 기계적으로 움직이는 탓에 범인의 인물상이 이내 드러나고 마는 미스터리는 결국 심심풀이에 지나지 않는다. 하기야 존 딕슨 카 정도의 지식인이 구축한 작품은 그런대로 고급스러운 심심풀이라 할 수 있겠지만, 말 많은 탐정만 기억에 남았지 어떤 사건이었는지, 범인은 어떤 인물이었는지 거의 잊고 말았다.

그런데 퀸은 다르다. 국명 시리즈나 X, Y, Z의 비극과 드루레인 마지막 사건 등, 그 대부분이 기억에 남아 있다. 이렇게 기억에 남는 방식이 퀸과 히가시노 게이고의 공통점이다. 몇 번이나 만났어도 물어본 적은 없지만, 그 역시 퀸의 애독자가 아닐까.

퀸의 작풍과 비슷한 점은 밝음과 투명함 외에 한 가지 더 있다. 옆길로 새지 않고 사건의 핵심을 향해 곧장 치닫는다는 점이다. 수수께끼 풀이를 메인으로 하는 본격물의 결점은 많지 않은 등장인물 모두에게 동기를 부여해 이상한 행동을 하게 하는 것이다. 그래서 필연적으로 샛길로 빠지는 경우가 많다. 해결되고 나면 대부분의 행동과 말이 무의미했다는 것을 알게 된다. 군더더기를 없애면 3분의 1 정도의 분량으로 충분히 완성할 수 있는 작품일 때도 있다.

그런데 퀸은 거의 옆길로 새지 않는다. 탐정이 명석하다면 그것은 당연한 일일 것이다. 일직선으로 돌진한다. 작가가 억지스러운 언행을 요구하지 않기 때문에 등장인물에게도 여유가 있다. 결과적으로 불순물이 섞이지 않아 투명해진다.

『십자 저택의 피에로』를 다 읽은 독자라면 나의 감상이 엉뚱하다고는 생각지 않을 것이다. 범인을 알고서 다시 읽어 보면 더욱 분명해진다. 모든 인물은 불필요한 언행을 하지 않는다. 완벽한 구축이라 할 수 있다. 이렇게 빈틈이 없으면 무미건조한 작품이 될 수도 있는데, 그런 인상을 받지 않는 것은 역시 인물이 면밀하게 그려져 있기 때문일 것이다.

이렇게 쓰다 보니 『백마 산장 살인 사건』을 읽고서 히가시노에게 '퀸과 비슷하다'는 감상을 얘기한 적이 있다는 기억이 떠올랐다. 그 작품은 머더구스를 모티프로 했기 때문에 단순하게 퀸이 연상되었을지도 모르겠다. 하지만 내가 진즉부터 히가시노 게이고에게서 퀸을 느껴 왔다는 얘기일 수도 있다.

사건의 핵심을 향해 일직선으로 돌진하는 성향은 그의 장기인 활쏘기와도 관계가 있을 것이다. 활쏘기만큼 표적과 자신을 하나의 똑바른 선으로 연결하는 것도 없다. 그 습관이 작품에 표현되었을 가능성이 높다. 그의 눈에는 언제나 표적이 빛나 보인다. 내 경우는 거짓말에 거짓말을 엮어 뒤죽박죽이 된 후에 사건의 핵심을 불시에 건드리는 전개 방식을 취하는 일이 많다. 내가 잘하는 스포츠가 있다면 그것은 테이블 하키이다. 지금은 쇠퇴했지만, 옛날에 온천장이나 오락 센터 구석에 흔하게 놓여 있던 게임기다. 동그랗게 자른 무토막 같은 공을 쳐서 상대방의 골에 집어넣는다. 게임대의 테두리를 이용해서 상대의 빈틈을 노리는 게임이다. 당구처럼 게임대 테두리에 부딪치는 각도가 관건이고 또 그게 어렵기도 하다. 경우에 따라서는 상대의 허를 찌르기 위해 서너 군데 각도가 바뀌도록 공을 친다. 히가시노의 작풍을 생각하다가, 나는 그런 식이라는 것을 깨달았다. 무의식적으로 테이블 하키를 머리에 그리면서 소설의 틀을 짠다. 원래 테이블 하키는 실내 게임이다. 내 소설의 음습함도 어쩌면 그런 데서 비롯되는 것이 아닐까.

히가시노 게이고가 앞으로 어떤 소설 세계를 또 보여 줄지, 한 독자로서 많은 기대를 걸고 있다. 그가 늘 미스터리를 지향하고 있는 것도 바람직한 일이다.